De nachtstemmer

Maarten 't Hart

De nachtstemmer

Roman

Uitgeverij De Arbeiderspers
Amsterdam · Antwerpen

MIX
Papier van
verantwoorde herkomst
FSC® C004472
FSC
www.fsc.org

Omslagontwerp: Nico Richter
Omslagbeeld: Johannes Kerkhovenpolder, Kars Kuiper
Portret auteur: Gerard Wessel
Typografie: Perfect Service

ISBN 978 90 295 4037 7 / NUR 301

www.arbeiderspers.nl

Het stemmen van een pijporgel is een moeizaam werk, dat een scherp gehoor, omzichtigheid, spierbeheersing, logisch denken, zin voor praktisch handelen en bij dit alles geduld en uithoudingsvermogen van een stemmer vergt. Alleen in een ruimte waar het volkomen stil is en met een vaardige helper bij de klavieren kan hij zijn taak naar behoren verrichten en bij een groot orgel en gunstige klimaatomstandigheden ook voldoening hebben van zijn werk.

A.P. Oosterhof en A. Bouwman, *Orgelbouwkunde*

Inhoud

1 Een reis om de wereld

In dichte mist zijn bij Winsum in 1980 twee Blauwe Engelen op elkaar gebotst. Negen doden, eenentwintig gewonden. Een van die doden was Lore. Sindsdien heb ik de Blauwe Engel zo veel mogelijk vermeden. Nu was er echter geen ontkomen aan. In Godlinze nam ik op maandag, nadat ik in de loop van de morgen mijn werkzaamheden had afgerond, de bus naar Loppersum. Daar stapte ik over op de Blauwe Engel naar Groningen. Vijf minuten had ik om over te stappen op de trein naar Amsterdam, maar moest daarvoor naar een ander perron. Ik haalde het maar net en kwam in een nieuwe Hondekop terecht. In Zwolle werd de Hondekop uit Leeuwarden eraan gekoppeld, en daarna raasden beide treinstellen de Veluwe over. In Amersfoort hoefde ik alleen het perron maar over te steken voor de sneltrein – uiteraard ook een Hondekop – naar Rotterdam.

Het komt niet vaak voor dat de firma Auerbach & Wüste mij er zo ver van huis voor zo'n grote klus op uit stuurt. Mij verbaast het ook dat ik deze opdracht heb aangenomen. Er valt immers genoeg te doen in Oost-Friesland. Waarbij komt dat het plezierig werken is in Noord-Duitsland. Steevast uiterst beleefde, vriendelijke mensen. Nette, kleine hotels. En altijd is het er goed van eten en drinken, de onvermijdelijke *Bratwurst* ten spijt. Wonderlijk dat de mensen in Oost-Friesland, hemelsbreed niet ver van Groningen verwijderd, zoveel aardiger en voorkomender zijn dan de Groningers. Want al luidt het rijmpje: 'Uit de gouden korenaren, schiep God de Groningers, de Friezen en de Drentenaren, en uit het kaf en de andere resten, schiep hij de klootzakken uit het westen', je kunt niet zeggen dat Groningers, Friezen en Drentenaren zulke prettige mensen zijn. Oost-Friezen, dat zijn prettige mensen. Rijzig zijn ze doorgaans en o, wat een mooie, platinablonde vrouwen! Met een van die vrouwen, afkomstig uit Norden, serveerster in mijn hotel, heb ik, toen ik daar ruim een maand verkeerde vanwege wat toen veruit de grootste klus was in mijn destijds nog prille loopbaan, 's avonds na haar dienst over de verlaten straten geslenterd. Eenmaal weer thuis, in mijn huis in de Geuzenstraat te Heiligerlee, heb ik geprobeerd haar te vergeten, maar dat is niet gelukt, en ik ben de grens andermaal overgestoken en heb haar toen maar meteen stoutmoedig ten huwelijk gevraagd. Ze keek me aan, haar ogen schoten vol tranen, ze kon geen woord meer uitbrengen, en uiteindelijk knikte ze maar steeds met dat mooie, kleine hoofd, waaromheen de Schepper griezelig overdadig heel licht, bijna wit krulhaar had aangebracht.

Lore bleek een gezelligheidsmens, ik ben een einzelgänger, dus wij pasten niet bij elkaar. Niettemin lijkt het alsof mijn leven vrijwel tot stilstand is gekomen. Na haar dood heb ik, van nature allerminst een reislustig type, een opdracht aangenomen in Mariana, in Brazilië. Wat een reis is dat geweest! En wat een ontzaglijk gedoe om daar mijn werk enigszins bevredigend uit te voeren. Maar ja, dat is ook het geval geweest in Porto en in Faro. Portugal – heerlijke wijnen, vorstelijke maaltijden met verrukkelijke *bacalhau*, dat wel, maar eens en nooit weer, want wat je daar aan orgels aantreft is bar slecht onderhouden, en derhalve ook niet goed meer te herstellen.

In Rotterdam stapte ik over in een Muizeneus. Mij verbaasde dat, want voor zover ik wist was de Muizeneus al sinds 1984 niet meer in gebruik. Werd dan op deze nachtkaarslijn toch nog stiekem met Muizeneuzen gereden? Of kwam de NS materieel tekort en had men een oude Muizeneus uit het Spoorwegmuseum gehaald? Zoals zoveel mannen die van klassieke muziek houden, ben ik ook dol op treinen en trams. Daar hoef je je waarachtig niet voor te schamen. Ook de componist Antonín Dvořák is een treinjesgek geweest. Zijn toekomstige schoonzoon, Josef Suk, een van de grootste talenten uit de Tsjechische muziek, heeft hij er eens op uit gestuurd om de nummers te noteren van de locomotieven op het station in Praag. Suk vond het een dwaze opdracht en is met een fout nummer bij zijn aanstaande schoonvader teruggekeerd. Die heeft toen toornig uitgeroepen: 'Dat nummer kan niet kloppen, die locomotief rijdt nu in de buurt van Brno.' En hij heeft zijn dochter Otylka bezworen: 'Met die sukkel van een Suk moet je niet trouwen.' Maar Otylka lachte haar vader uit en is wel met Josef getrouwd. Toen ze in 1905, kort nadat haar vader in 1904 was heengegaan, zevenentwintig jaar oud, aan hartfalen stierf was Suk ontroostbaar. Al zijn blijmoedigheid die voor zoveel luisterrijke momenten in zijn vroege werk had gezorgd, bijvoorbeeld in dat verrukkelijke *Scherzo Fantastique*, was voorgoed verleden tijd.

In plaats daarvan componeerde hij vier smartelijke, grootse mahleriaanse orkestwerken. Rouwverwerking zoals nooit eerder daarvoor of daarna is vertoond in de klassieke muziek.

Wat ik, toen de muf ruikende Muizeneus kreunend en rammelend op weg ging, uit het raam zag, verbaasde mij. In het westen heetten ze toch welvarender te zijn dan in Groningen, maar wat ik aanschouwde oogde grauw en vervallen, en het werd steeds erger naarmate we verder richting Noordzee zwoegden. De Muizeneus stopte, trok weer op, stopte opnieuw, en reed toen in een sukkeldrafje tussen foeilelijke, totaal vervallen pakhuizen door. Alsmaar trager gleed de Muizeneus over de spoorstaven. Het leek haast of er sprake was van opzet – passagiers, let op, dit nu is het welvarende Waterweggebied. Zulke verveloze pakhuizen, rommelige pannendaken, verweerde daklijsten, beroete schoorstenen en grauw, haveloos tussen de stenen opschietend leigrijze ganzenvoet, had ik nog nooit ergens anders gezien. Wat een troosteloosheid, dacht ik, en op de treinramen verschenen glinsterende druppeltjes. Buiten viel kennelijk een miezerregen. Het was eind september, het leek eind november. Weer stopte, nadat we over een havenbrug waren gedaverd, de trein. Moest ik er hier al uit? Nee, nog niet. Het volgende station. De deuren gingen open, een akelige, scherpe lucht woei naar binnen. Passagiers stapten huiverend in. De deuren werden door de conducteur dichtgeschoven, het fluitje klonk, de Muizeneus zette zich weer in beweging. Waarachtig, er kwam toch nog een stukje polderland, al leek dat in de verste verte niet op de weidse Johannes Kerkhovenpolder in Oost-Groningen, waar ik ben opgegroeid. Alles was hier kleinschaliger, bedompter. Ik snakte naar het einde van mijn reis. Sinds mijn vertrek uit Godlinze was ik nu ruim zes uur onderweg. Het werd al donker. De avond viel.

Tegenover mij zaten twee opgeschoten knullen die discussieerden over een tatoeage op de rug. Wat moest het worden, een vis of een vogel? De kleinste van de twee opteerde voor een vogel.

'Maar wat voor vogel wil je dan laten zetten?' vroeg zijn metgezel.

'Een oranje troepiaal met een knalgele snavel.'

'Nou, geef mij de christusvis maar. Dan laat je zien waar je voor staat.'

'Ja, maar die christusvis is hartstikke duur.'

'Zo'n troepiaal zeker niet? Man, je bent alleen al een tiet met dubbeltjes kwijt voor die snertsnavel.'

'Bij de christusvis moet je voor elke schub apart dokken.'

'Bij de troepiaal voor elk veertje.'

En zo redetwistten ze maar voort, beiden steeds nijdiger wordend. Zelden tussen de rails zo'n raar gesprek gehoord.

Toen de Muizeneus weer langzamer begon te rijden, stonden veel passagiers plotseling op en liepen door het gangpad naar voren. Wilden ze dan allemaal zo graag voorin uitstappen? Maar waarom? Piepend remde de Muizeneus af. Nadat we een kerkhof gepasseerd waren, doemde de overkapping van een station op. We schoven eronder en de Muizeneus kwam knarsend tot stilstand. De passagiers trokken wild de deuren open, sprongen naar buiten en renden weg. Ik zag het aan en verbaasde mij. Dat je rent om een trein te halen, ja, daar schuilt logica in. Maar dat je rent zodra je uit een trein gestapt bent – daar begreep ik niets van. Desondanks holden degenen die uit de trein waren gesprongen alsof er op hen gejaagd werd. In een wilde galop vloog men over het perron, richting uitgang. Er was een soort aanvechting, een kriebeling om mee te gaan draven, maar ik weerstond het. Zolang niet duidelijk was waarom al die mensen, haast in een soort blinde paniek, naar de uitgang stoven, leek het mij onzinnig ze te volgen. Er was toch geen brand? Nee, het was koud, en het regende op afbetaling, het was druilerig weer, en ik rook een vreemde, weinig aantrekkelijke geur, en toen daalden heel langzaam de spoorbomen bij de uitgang neer, en ongeveer even langzaam daagde bij mij het besef waarom men was gaan rennen. Nog voor die spoorbomen gedaald waren, wilde men het perron af zijn. Als de bomen gesloten waren, moest je wachten tot de trein waarmee je gekomen was zijn reis voortzette. En daar bleek vrij veel geduld voor nodig, want die miserabele Muizeneus stond daar maar, en aanstalten om te vertrekken leek hij vooralsnog niet te maken. Langs de trein drentelde de conducteur heen en weer, sloot hier en daar de deuren en wachtte kennelijk op een teken van de stationschef die vanuit het grauwe stationsgebouw was opgedoken.

Zo geviel het dat ik daar moederziel alleen in de miezerregen onder een dicht wolkendek voor de gesloten spoorbomen stond te wachten. Aan gene zijde van de bomen was ook niemand meer te ontwaren, al die uitgestapte passagiers hadden zich in een ommezien uit de voeten gemaakt over de drie straten die naar het station leidden.

Het schrille fluitje van de conducteur klonk. Waarachtig, het kwam er toch nog van, maar o, hoe traag rammelde de Muizeneus voorbij, en al even traag gingen de spoorbomen omhoog. Ik stak de rails over en liep het stationsplein op. Waar nu heen? Linksaf, die donkere laan met platanen door? Of rechtdoor in de richting van het zwarte silhouet van een stellingmolen? Of rechtsaf in de richting van dat kerkhof langs het spoor? Niemand aan wie ik de weg kon vragen. Waar ik moest zijn had ik op een papiertje geschreven, dat ik allang weer kwijt was. Maar dat was geen probleem. Omdat ik het had opgeschreven, had ik het onthouden. Zeemanshuis, op de Wip. Dat was in het stadje kennelijk de enige logeergelegenheid. Waarom geen fatsoenlijke straatnaam? Waarom alleen die aanduiding 'op de Wip'? En wat mocht dat dan wel te betekenen hebben? Of was er mogelijk een straat in het stadje die Wip heette? Dat leek mij weinig waarschijnlijk. Maar goed, als er dan maar iemand was geweest aan wie ik de weg had kunnen vragen. In sommige steden staan taxi's bij het station, of is er een spaarzaam verlichte fietsenstalling waar je in kunt lopen en een vraag kunt stellen, maar hier was geen sprake van enige bedrijvigheid, of van taxi's, of van een stalling. En er kwam ook niemand aangewandeld om een trein te nemen. Doodse stilte, op het troosteloze geluid na van een leeg plastic koffiebekertje dat door de wind over het stationsplein werd rond geblazen. Stank. Halfwasregen. Toenemende duisternis.

Wat te doen? In de verte ontwaarde ik een kerktoren. Die richting dan maar uit? Linksaf, die akelig donkere laan met bomen door? Ik begon te lopen, zag rechts de achterkanten van vervallen woonhuizen, met verveloze veranda's. Toen ik de laan helemaal had uit gelopen, kwam ik bij een knooppunt van wegen. Er stond een vlaggenmast met een dubbel touwtje eraan. Zo'n touwtje knalt dan telkens als er wat wind staat met een tamelijk schriel, akelig geluid tegen het hout van de mast, je opzadelend met een gevoel van treurigheid en vergeefsheid. Op de plaats waar ik bij de voet van de vlaggenmast tot stilstand was gekomen, kon je linksaf, het spoor weer over, je kon rechtsaf, een straat in die verderop leek dood te lopen, je kon rechtdoor een brug over, en je kon schuin rechtsaf langs een binnenhaven in de richting van die kerk wandelen. Mij leek dat die kerk in het centrum zou staan, dus dat dan maar doen? Ik liep langs het dof glinsterende water, merkte dat de stank die ik al steeds had geroken sterker werd. Wat een lucht! Leefde men hier maar altijd in deze akelige stank?

Halverwege de Haven doemde opeens uit een zijstraat die, zag ik op een blauw muurbordje met witte letters, het Wijde Slop heette, een opgeschoten knul op.

'Mag ik je wat vragen?' riep ik.

'Wat mot je?' zei de morsige knaap.

'Waar is het Zeemanshuis?'

'Daaro,' zei de jongen, en hij wees in de richting van een statig, groot huis met een torentje erop.

'Is dat het Zeemanshuis?'

'Hebbie me dat horen zeggen? Nee, man, da's het Zeemanshuis niet, da's 't oude stadhuis, het Zeemanshuis ligt d'r achter, op de Wip, je ziet het vanzelf als je voor je gat uit loopt.'

Mij was niet geheel duidelijk wat de knul met de raadselachtige aanduiding 'voor je gat uit lopen' bedoelde (was het zoiets als je neus achternalopen?), maar ik zette de pas erin, zag links hoe de Haven zich verbreedde tot een weids bassin. Aan de overkant ervan verrees de kerk waarvan de toren al bij het station te zien was geweest. Wat een imposante steenklomp, dacht ik, en ik liep langs het oude stadhuis, stak de straat over en zag opeens 'Wip' staan op een bordje boven de etalage van een bakkerij. En even verderop was een witte gevel waarop met grote letters de mededeling TE HUIS VOOR ZEELIEDEN was aangebracht. Terzijde van de voordeur prijkte een klein bordje waarop stond: BEHEERDER: J. BOETEKEES. Wat een aparte achternaam, dacht ik.

2 De ezelin van Bileam

Voorzichtig duwde ik tegen de deur van het Te Huis voor Zeelieden. Waarachtig, die was open, ik hoefde niet te bellen. Maar toen ik via een portaaltje, waar een trap naar beneden en een trap naar boven op uitkwamen, plus enkele deuren, uiteindelijk via een van die deuren de gelagkamer of wat het dan ook was van het Te Huis voor Zeelieden betrad, werd ik buitengewoon wantrouwig aangestaard door een stuurs kijkend heerschap achter een tapkast. Op zijn neusbrug balanceerde een kolossale bril waarin glazen ontbraken. Was dat beheerder J. Boetekees?

'Kommie doen?' grauwde de man, terwijl hij verwoed met een grijze doek over de tapkast wreef, mij scherp aankijkend met venijnige priemogen van achter dat glasloze montuur.

'Ik ben hier...'

Maar voor hij kon uitspreken dook er opeens een fors, roodharig vrouwmens op met een gebloemd schort voor.

'Da's natuurlijk die kennis van Krijn die hier komt overnachten.'

'Ik weet van niks,' zei de man.

'Jawel, doe nou niet zo achterlijk, Krijn Lagrauw is

eergisteren nog geweest om ons d'r an te helpen herinneren.'

'O, wacht... Ja, maar dat zou... dat zou...'

'Wat wil je nou gaan zeggen? Dat zou een chique vent zijn, en dit lijkt een nette armoedzaaier?'

'Nee, nee, maar ik verwachtte een heer met koffers... weet ik veel...'

'Nou, deze globetrotter heeft toch ook een soortement valies bij zich.'

'Valies? Valies, mens, Sjaan, waar haal je dat woord opeens vandaan? Plunjebaal zul je bedoelen.'

'Krijn Lagrauw?' vroeg de vrouw mij. 'Zegt u dat iets?'

'Ja, dat is m'n contactpersoon,' zei ik, 'die heb ik aan de telefoon gehad.'

'Mooi zo. Nou, ik zal u zo meteen de kamer wijzen. Daar kunt u zich dan een beetje opfrissen, want je ziet eruit alsof je achter een vuilniswagen heb lopen zwoegen.'

Mij verbaasde het nogal dat ik opeens halverwege de zin getutoyeerd werd, maar ik liet niets merken. Ik vroeg: 'En kan ik hier dan ook een hapje eten?'

'Da's niet bij de prijs inbegrepen,' grauwde de man met de grijze vaatdoek.

'We kunnen te allen tijde een dubbel uitsmijterje voor je bakken,' zei de vrouw, 'met een snee brood erbij, of als je meer wilt, een aardappeltje, roosjes bloemkool, biefstukje voor je klaarmaken, haal ik wel even wat op de Zuidvliet, daar zijn ze nog tot laat open, en wat de centen betreft, dat regel ik wel met Krijn, dat zijn echt de kosten niet, maar je ken ook naar lunchroom Strijbos stekkeren, da's hier om de hoek, op de Mart, voor een portie patat en een sappig lekkerbekkie.'

'Zou ik maar doen,' zei de man achter de tap, 'want straks hebben we onze handen stijf vol. Dan is d'r hier een bijeenkomst van de mannenvereniging Schrift en Belijdenis.'

'Ja,' zei de vrouw, 'die fijne lui hebben we hier één keer per maand op donderdagavond over de vloer.'

'Doen ze an bijbelstudie,' zei de man, 'en ze bennen bij hoge uitzondering voor één keer van de donderdagavond afgestapt. Nou, dat mag in de krant...'

'Wat ze bespreken is vaak straalbezopen,' zei de vrouw, 'maar je zal d'r heus niet minder van worden als je je oren d'r voor openzet, ook al gaat 't er altijd nogal gewichtig aan toe. Ze beginnen al om zeven uur, want onze vroegere burgemeester Schwarz zit er altijd bij, en die wil graag op tijd naar bed. Zo meteen is het zover, maar fris je even op, en dan bak ik een dubbel uitsmijtertje voor je, met twee sneetjes melkwit erbij, en dan ga je daar in verste hoek zitten... Hebben ze geen last van je, kun je toch alles horen en meegenieten. Of wou je misschien toch liever een VGA'tje?'

'VGA'tje, wat is dat?'

'Weet je dat niet? Waar kom je vandaan? Vlees, groenten, aardappelen.'

'Als 't niet te veel werk is...'

'Welnee, kleine moeite, maar kom mee.'

En ze bracht mij naar een onooglijk achterkamertje met een uitzicht op verweerde daken en het schriele torentje van een andere kerk, waarvan het koperbeslag groen was geworden. In het vertrek bevonden zich een ledikant met een groezelige sprei, een wasbak en een gevulde lampetkan. Mijn instrumententas legde ik op de sprei. Ik plensde wat water in mijn gezicht en weerstond de aanvechting om even op het bed te gaan liggen. Ik wist dat ik na die doodvermoeiende treinreis niet zo makkelijk meer overeind zou kunnen komen. Bovendien moest ik hoognodig naar het toilet.

Eenmaal daar aangeland, via een onwaarschijnlijk nauw doorgangetje, dacht ik, omdat het zo nauw was, weer terug aan die zijstraat, het Wijde Slop. Zoiets noemde men toch deftig een contradictio in terminis, per definitie was een slop nauw, dus een wijd slop, dat kon helemaal niet, en het was een zijstraat van normale breedte. Dus wat nou, Wijd Slop? Maar ja, als mensen niet renden om een trein te halen, maar juist renden om zo snel mogelijk bij het spoor weg te komen, en als ze hier brillen droegen zonder glazen, kon je ook makkelijk de paradox van een wijd slop verwachten.

Toen ik terugkeerde in de gelagkamer bleek daar al een man of twintig bijeen te zijn, merendeels, leek mij, eenvoudige handwerkslieden, maar gehuld in zondagse pakken met recent aangebrachte vouwen in hun lompe broeken, en stuk voor stuk getooid met veiligheidsstropdassen. Het verbaasde mij dat zulke stropdassen, ook wel *clip-on*-dassen genoemd, nog gedragen werden. Terwijl ik door de roodharige vrouw in een soort nis werd weggemoffeld, hoorde ik hoe de vergadering werd geopend. Een welkomstwoord, een onberijmde psalm uit de Bijbel, statig voorgedragen door iemand met zwarte baardstoppels die broeder Van Vuuren werd genoemd, een gebed waarbij de Allerhoogste een zegen werd afgesmeekt voor deze bijeenkomst, psalm 19 vers 4 a capella gezongen (met onbedoelde canonische versieringen), de notulen van de vorige vergadering, en toen kreeg broeder Koevoet het woord. Hij zou, deelde hij mee, spreken over de ezel van Bileam.

En terwijl mij door de vrouw enigszins verstolen een bord werd aangereikt met een vrij forse biefstuk erop en sperziebonen in plaats van de beloofde roosjes bloemkool en merkwaardig bleke, bijna witte, opmerkelijk kruimige aardappelen, hoorde ik een even vermakelijk als geharnast betoog aan over de ongelovigen die de euvele moed hadden te twijfelen aan het waarheidsgehalte van het verhaal in Numeri 22 over die ezel – nee, nee, die ezelin, beklemtoonde broeder Koevoet, die zoals hij zei al vooruitliep op de ezelin waarop Jezus 'tussen haakjes' had gereden bij de intocht in Jeruzalem, de ezelin, kortom, die nadat zij drie keer door Bileam afgetuigd was, had gezegd: 'Wat heb ik u gedaan dat gij mij driemaal geslagen hebt.'

En ik zat daar, in mijn nis, kijkend naar mijn welhaast doorzichtige aardappelen die zo bleek waren als briefpapier, en ik dacht: wat een oord, waar ben ik in godsnaam terechtgekomen? En nog wel met een Muizeneus, terwijl Muizeneuzen allang afgeschreven zijn. Geloven al deze in hun nette zondagse pak gestoken loontrekkers nou echt dat er ooit een ezelin is geweest die haar muil heeft geopend om zo'n overigens terechte vraag te stellen? Maar toen bleek toch, nadat broeder Koevoet was uitgesproken, dat een vrij jonge man zomaar durfde op te merken: 'Die Bileam was daar maar alleen met zijn ezel. Niemand was erbij. Wie weet heeft die koppige Bileam dat hele verhaal uit z'n duim gezogen, niemand kon z'n verhaal bevestigen, want, ik zeg het nog een keer, niemand was erbij.'

Tumult in de zaal. Wat deed dat er nou toe? Het

stond in het Woord, de Heilige Geest was erbij, die had ervoor gezorgd dat het hele gebeuren, inclusief de Engel des Heren die daarbij zo'n opzienbarende rol had gespeeld, waarheidsgetrouw in het bijbelboek Numeri was terechtgekomen. Bovendien stond in 2 Petrus 2 vers 15, dus in het Nieuwe Testament, dat het jukdragende dier met mensenstem had gesproken.

Haastig wat bliksperziebonen doorslikkend, dacht ik: ze zijn gek, die lui, maar het gekste van alles is nog dat ze hun bijbel niet eens goed kennen, want er staat toch duidelijk in dat hoofdstuk 22 dat Bileam vergezeld werd door twee jongens. Dus toen kon ik het niet laten, toen stapte ik uit mijn nis, en zei: 'Neemt u me niet kwalijk, mannenbroeders, dat ik de vrijheid neem om even iets naar voren te brengen, de jonge broeder zo-even zei dat er niemand bij was toen de ezelin het woord nam, maar in Numeri 22 staat glashelder: "Hij reed op zijn ezelin en twee zijner jongens waren bij hem."'

Doodse stilte in de grote zaal van het Zeemanshuis. Toen geritsel en geblader in de meegebrachte zakbijbeltjes. Toen de stem van de man die als voorzitter was opgetreden.

'Ja, dat staat er. In vers 22.'

'Numeri 22 vers 22, makkelijk te onthouden,' zei broeder Koevoet, 'en dank u wel, wie u ook wezen mag.'

Dat was, begreep ik, een uitnodiging om mijn naam en antecedenten te onthullen. En waarom ik daar, in dat Zeemanshuis, van een VGA'tje was voorzien. Maar ik zag ertegen op om mijn naam prijs te geven, want ik weet uit ervaring dat die meestal aanleiding is voor enige besmuikte hilariteit.

Gelukkig stelde broeder Koevoet nog een vraag.

‘Wat brengt u hier? Logeert u hier?’

‘Ja, het is de bedoeling dat ik hier een paar dagen logeer want ik heb de opdracht gekregen om het Garrels-orgel van de Groote Kerk te stemmen. Ik vervang de vaste stemmer van de firma Pels & Van Leeuwen, want die schijnt al enige tijd ziek te zijn. Het zal, schat ik, een dag of vier, vijf werk zijn, tenzij er veel achterstallig onderhoud is, dan ben ik wat langer bezig.’

‘U komt als geroepen,’ zei broeder Van Vuuren, ‘onderlaatst was er sprake van dat het orgel in de Immanuëlkerk, nu het zachies an gaat winteren, nodig eens even nagelopen moest worden, zou u dat orgel misschien meteen in ene moeite door mee kunnen nemen? Dan maak ik er, preses zijnde van de Kerkenraad, werk van dat ze u die opdracht geven, nu u hier toch bent.’

‘Wat is dat voor een orgel?’

‘Ja, dat weet ik zo niet, maar ’t is het orgel van de gereformeerde Immanuëlkerk, het is van na de oorlog, het komt uit Duitsland.’

‘Het is een Seifert-orgel,’ zei een van de andere mannenbroeders, ‘met 43 sprekende stemmen.’

‘Dat is een groot instrument,’ zei ik, ‘eigenlijk stem ik geen moderne orgels, ik ben gespecialiseerd in Schnitger-orgels, en in orgels van leerlingen van Schnitger, en het orgel hier is gebouwd door Rudolf Garrels, een van de beste leerlingen van Schnitger.’

‘Voor iemand die die eeuwenoude Schnitger-orgels kan stemmen is zo’n mooi, modern orgel toch een fluitje van een cent?’

‘O ja, ik ben er wel toe in staat om dat orgel even na te lopen, en ik wil het ook best doen als de kerkenraad mij opdracht geeft. Ik ben hier nou toch.’

'We gaan d'r achteraan,' zei broeder Van Vuuren opgetogen, 'ik breng het morgenavond bij de kerkenraadsvergadering meteen naar voren. En welke naam kan ik dan ophoesten?'

Het moment was gekomen, ik moest wel, ik kon er niet onderuit.

'Gabriel Pottjewijd.'

Het viel mee. Of toch niet? Kwam het zachte gegniffel hier langzamer op gang dan elders? Ik deed net of ik niets hoorde, ik zei: 'Mag ik de mannenbroeders van, naar ik begrepen heb, de vereniging Schrift en Belijdenis, nog iets voorleggen ten aanzien van Bileam wat mij toen ik nog klein was al heeft beziggehouden?'

'Ga uw gang, broeder Pottjewijd,' zei Van Vuuren.

'Bileam slaat zijn ezelin drie keer. De derde keer dat het arme beest geslagen wordt, zegt ze: "Wat heb ik u gedaan dat u mij nu driemaal" – het hoefdier kan dus tellen – "geslagen hebt." En dan zegt Bileam: "Omdat je mij bespot hebt", en daar voegt hij nog aan toe dat hij wou dat hij een zwaard had, "want dan zou ik u doden". Stel nou, je zit op een ezel of ezelin en je slaat het dier drie keer, en de derde keer zegt het beest: "Wat heb ik u gedaan?" Wat zou dan toch te allen tijde je eerste reactie zijn?'

Door de gelagkamer liep ik langs de zittende mannenbroeders naar voren, ik keek naar al die naar mij opgeheven trouwhartige koppen, vroeg nogmaals: 'Hoe zou je nou reageren als een dier opeens iets tegen je zegt?'

Het verwonderde mij dat niemand antwoordde. Blijkbaar had nog nooit ook maar één van die mannenbroeders nagedacht over deze simpele vraag waarop toch zo overduidelijk maar één antwoord mogelijk leek.

'Ik weet wel hoe ik zou reageren,' zei ik, 'ik zou stomverbaasd zijn. Of misschien erger nog, ik zou me doodschrikken. En ik kan me geen enkel mens voorstellen die niet stomverbaasd zou zijn. Een dier dat opeens blijkt te kunnen tellen en spreken! Dat is toch ongehoord! Dat is toch een wereldwonder! Maar die Bileam vindt 't blijkbaar doodgewoon dat zijn ezelin zowel kan tellen als praten. Hij is helemaal niet verbaasd, sterker nog, hij zegt dat hij wou dat hij een zwaard had, hij wil nota bene een dier dat plotseling blijkt te kunnen spreken, ombrengen. Ik weet nog dat ik als kind onder het gehoor zat van dominee G. Meijnen uit Utrecht, een gereformeerde dominee. Die preekte over Bileam, en die vond 't blijkbaar ook niks bijzonders dat Bileam niet stomverbaasd was, want daar repte hij met geen woord over, en toen dacht ik – ik denk dat ik een jaar of tien was – d'r kan eigenlijk maar één reden voor zijn dat Bileam er niet van opkijkt dat z'n ezelin kan praten...'

Ik keek naar al die ernstige mannenbroeders, ik dacht: hoe is het toch mogelijk dat al deze kerels die zotte, onwaarschijnlijke bijbelsprookjes zo moeiteloos accepteren als waargebeurd, hoe kan dat nou, pratende slangen, muren van water, drijvende bijlen, sprekende ezels, klokken die opeens achteruitlopen, Jona drie dagen in de buik van een vis, raven die je ontbijt aandragen, ja, het hele heelal plotseling stilgezet alsof het maar niks is, wonderbare spijziging, wandelen op water, opstanding uit de doden, mensenlief, zo'n hele Bijbel vol zotternij en apekool, en toch wordt het klakkeloos geloofd.

Ik herhaalde het nog maar eens: '...dat Bileam er niet van opkijkt dat z'n ezelin kan praten, en niet verbaasd over is, sterker nog, haar op dat moment wil afslachten... Ja, dat kan toch maar één ding betekenen: hij vond het doodgewoon dat ze het woord nam, want ze had al eerder, al vaker als ze geslagen werd, gevraagd: "Waarom sla je me?"'

3 Stabat Mater Dolorosa?

Voorzichtig sloeg ik een deken en een laken opzij en schoof in bed. Terstond leek het alsof ik wegzonk. Geen beste matras, dacht ik. Dieper en dieper zonk ik weg, het leek zelfs alsof aan het wegzinken geen einde zou komen. Op enig moment was de rek er toch uit, was de kuil in de matras zo diep dat hij niet dieper kon. Maar de eigenaardige sensatie van alsmaar wegzinken bleef. Het moet wel een soort zinsbegoocheling zijn, dacht ik. Maar hoe beroerd van kwaliteit een matras ook is – uiteindelijk komt hij op de vloer waarop het bed staat tot rust. En dan kun je niet verder meer wegzinken. Niettemin – zinken deed ik, alsmaar verder, alsmaar dieper. Ik overwoog uit bed te stappen en te kijken of er iets met de matras aan de hand was, maar ik was die dag van nietsdoen zo vermoeid geraakt dat ik het niet meer kon opbrengen weer te verrijzen. Dus ik bleef liggen en zonk – en dacht: ik zink niet meer, het lijkt alleen maar of ik zink. In dit barre oord is immers alles anders dan elders, hier rennen de mensen niet om een trein te halen, maar rennen ze als de trein tot stilstand komt, hier kun je logeren op de wip, hier dragen ze brillen zonder glazen, hier geloven ze nog onverkort in sprekende ezelinnen die kunnen tellen.

Na mijn opmerking over stomme verbazing die je zou bevangen als een dier begon te spreken en mijn veronderstelling dat Bileam niet verbaasd was geweest omdat hij al vaker had meegemaakt dat zijn ezelin af en toe het woord nam, was een verhitte discussie gevolgd over de vraag of je inderdaad verbaasd zou zijn als een dier begon te spreken.

'Zelf heb ik twee moordezels,' had een van de mannenbroeders gezegd, 'en ik begrijp altijd precies wat ze wel en wat ze niet willen. Ze leuteren met hun oren. Ook onder mekaar. Als je met ze in de weer bent en scherp op de stand van de oren let, ben je er zo aan gewend precies te weten wat er in ze omgaat, dat je echt niet erg verbaasd zou zijn als zo'n beest opeens wat zou zeggen. Ze praten immers al de hele tijd tegen je.'

Een van de andere broeders vond dat dat ook gold voor honden. 'Die zijn een open boek voor wie goed oplet. Zo'n beest kijkt op een bepaalde manier naar je en dan weet je precies wat hij bedoelt: "Baas, het is etenstijd, baas, waar blijven m'n hondenbrokken?" Of: "Baas, ik wil eruit, lijn me aan en kom mee, baas, hou je in, laat moeder de vrouw maar kletsen." En behalve met hun ogen praten ze ook de hele tijd met hun staart.' Daarop was veel bijval gevolgd.

Een derde broeder had zijn ervaringen met paarden uitvoerig met de mannenbroeders gedeeld. Ook die communiceerden blijkbaar met hun oren. Oren ver naar voren – opperbeste stemming, oren ver naar achteren – angst en vertwijfeling. En als een paard brieste, had de broeder opgemerkt, was hij enorm in zijn nopjes.

En van briesen naar spreken was immers maar een kleine stap. Heus, dat Bileam niet verbaasd was geweest

– niks bijzonders. Een broeder met twee ijzeren tangen in plaats van handen had opgemerkt dat Eva in het paradijs, toen de slang het woord tot haar richtte, ook volstrekt niet verbaasd was geweest, dus waarom zou Bileam dan wel verbaasd moeten zijn?

Een vijfde broeder kwam niet aandragen met eigen dierervaringen, maar zei: 'Die Bileam kende z'n ezelin heel goed, wist hoe ze dacht, en had natuurlijk al vaak over haar gedroomd en in die dromen had ze ook al vaak gesproken, dus Bileam was er al aan gewend. Ik heb ook wel eens gedroomd dat een dier tegen mij praatte.' Waarop een wat onnozel ogende, nog jonge broeder was opgesprongen, en die had gehakkeld: 'Ik... ik... heb... ooo... ook eens ge... gedroomd dat een dier tegen mij zei: "Job, jij ziet er heel goed uit, maar toch heb ik een mooiere kop."' Waarop een oude broeder had opgemerkt: 'Over welk dier droomde jij, broeder Oosterlee? Een krokodil?'

En zo was het dus toch nog een vrolijke avond geworden, daar in het Zeemanshuis, met al die mannenbroeders van de vereniging Schrift en Belijdenis. En de avond was geëindigd met gebed en het zingen van psalm 19 het zesde vers. Uit het hoofd had ik, gek genoeg met tranen in de ogen, die psalm meegezongen:

Dus krijg ik van mijn plicht,
O, God, een klaar bericht.
Wat is 't vooruitzicht schoon:
Hij, die op U vertrouwt,
Uw wetten onderhoudt,
Vindt daarin groten loon.
Maar, Heer, wie is de man

Die op 't nauwkeurigst kan
Zijn dwalingen doorgronden.
O bron van 't hoogste goed,
Was, reinig mijn gemoed,
Van mijn verborgen zonden!

Maar nu zonk ik weg. Had ik misschien toch aan het eind van de avond, te midden van die vrolijke mannenbroeders, iets te veel jonge jenever gedronken? Hoe eigenaardig, dacht ik, dat al die zware broeders overal tegen zijn, dansen, theater, bioscoop, kaartspel, cabaret, en tot voor kort van hun vrouwen eisten dat ze in lange rokken gekleed gingen, en dat ze bij de kerkgang hoeden droegen, en op het punt van zondagsheiliging van geen wijken weten, en vuur spuwen als het over abortus en euthanasie gaat, maar wat drank betreft zo'n losse moraal hanteren. Dat bleef toch moeilijk te begrijpen, juist ook omdat de Bijbel vrij vaak waarschuwt voor wijn en sterkedrank. Ook mijn vader, eertijds ouderling van de gereformeerde kerk in Heiligerlee-Westerlee, had hem goed kunnen raken. Ach, m'n vader! Stokoud nu, en doodongelukkig omdat z'n vijf kinderen stuk voor stuk afvallig waren geworden. Weliswaar hield ik, omdat ik orgelstemmer was en dus moest leven van kerkelijke opdrachten, net als veel organisten (en waarschijnlijk ook tal van predikanten) de schijn op dat ik nog geloofde. Zelf was ik zo graag organist geworden, maar echt talent had ontbroken, mijn absolute gehoor ten spijt, en dus had ik ervoor gekozen orgelstemmer te worden. Nou ja, gekozen, ik was erin gerold. Een mooi beroep, je kwam nog eens ergens, maar ja, het beroep hield ook in dat je steeds van huis was en in vreemde bedden moest slapen, want een orgel stemde je doorgaans niet in een dag, tenzij het zo'n mooi klein Schnitger-orgel was als dat in Nieuw-Scheemda met z'n acht sprekende stemmen. Overigens zijn zulke kleine instrumenten vaak zo compact gebouwd dat je nergens bij kunt.

Ik zonk, ik hoorde steeds maar scheepstoeters, ik hoorde het zachte gerinkel van ankerkettingen, ik hoorde stemmen, mij was al duidelijk dat ik die nacht niet best zou slapen. De eerste nacht in een vreemd bed slaap ik nooit goed, en die vreemde sensatie te zinken bleef mij maar parten spelen. Het leek wel of ik een jetlag had.

Wat eigenaardig toch, zo'n mannenvereniging met zo'n hoge opkomst, wel zowat dertig kerels hadden er uiteindelijk in die gelagkamer gezeten, dertig kerels die kennelijk allemaal, op misschien één uitzondering na, geloofden dat eertijds een slang en een ezelin met mensenstem hadden gesproken. Maar ja, als kind had ik dat ook geloofd, en al die andere zaken ook, en de vurige wagens en paarden van de profeet Elia, en tienduizenden dieren in stapelhokjes in de Ark van Noach, en zelfs de drijvende bijl uit 2 Koningen 6, waarover mijn vader, die toch alles wat in de Bijbel stond voetstoots geloofde, altijd maar weer zei: 'Een drijvende bijl, nee, dat kan niet, dat hebben ze verkeerd gezien, dat was de witte buik van een dode vis die vlak onder de waterspiegel dreef.' Gek genoeg hadden niet dat soort dwaasheden mij aan het twijfelen gebracht, maar het *Stabat Mater* van Pergolesi. Zo mooi als ik dat had gevonden toen ik het, een jaar of vijftien oud, voor het eerst hoorde, bij een vriend thuis, op een grammofoonplaat. *Stabat Mater Dolorosa*. Op de hoes van de plaat stond de vertaling: 'De diepbedroefde moeder stond wenend bij het kruis, terwijl haar zoon daar hing.' Ja, alles goed en wel, maar hoe was Maria zo snel vanuit Nazareth, waar ze immers nog steeds woonde, in Jeruzalem aangeland? En hoe was ze te weten gekomen dat haar zoon gekruisigd zou worden? Als ze vanuit Nazareth in allerijl op een ezel naar Jeruzalem was gereden, zou ze toch nooit op tijd zijn geweest, want de afstand Nazareth-Jeruzalem (ik had het opgemeten op de kaart) was hemelsbreed honderd kilometer, en volgde je de bochtige weg (en hoe had ze anders kunnen gaan?), dan was het bijna honderdvijftig kilometer. Of was ze al in Jeruzalem geweest? Maar waarom dan? En zelfs als ze daar al was geweest, hoe had ze dan gehoord dat Jezus zou worden gekruisigd? Van wie? Van een discipel? Moeder Maria, wenend aan de voet van het kruis – ach, hoe diep smartelijk. Maar was het ook echt gebeurd? De enige evangelist die expliciet vermeldde dat moeder Maria aan de voet van het kruis had gestaan, was Johannes. Dominees had ik ernaar gevraagd en steeds had ik het antwoord gekregen dat in het Mattheüsevangelie wordt gezegd: 'Verscheidene vrouwen zagen dit van verre aan. Het waren zij die Jezus van Galilea waren gevolgd om hem te dienen. Onder hen Maria Magdalena en Maria de moeder van Jacobus en Jozef en de moeder van de zonen van Zebedeus.'

Voilà, het was toch duidelijk, moeder Maria was haar zoon vanuit Galilea gevolgd. Bevredigd had mij dat niet. De moeder van Jezus was toch niet dezelfde als de moeder van Zebedeus' zonen? Nee, er klopte iets niet, *Stabat Mater Dolorosa* – o, prachtig, en een bron van inspiratie voor, naast Pergolesi, vele componisten, Rossini (wat een beeldschoon opus), Dvořák (idem Rossini), Haydn, Vivaldi, Liszt, Rheinberger, Poulenc (ook al zo'n prachtig stuk), Boccherini, Szymanowski – maar totaal onverklaarbaar en onbegrijpelijk was hoe moeder Maria daar aan de voet van het kruis had kunnen staan. Eigenaardig, zo was bij mij één schroefje losgeraakt in de metaalconstructie van het geloof, en dat schroefje was gaan rammelen, dat losse schroefje liet zich niet negeren, en daarna waren zo succesievelijk andere schroefjes los geraakt, en opeens was die hechte metalen constructie in elkaar gedonderd en had ik verbijsterd geconstateerd: ik geloof dat ik niet meer geloof. En 't vreemdste van alles was nog dat ik naderhand vaak had gedacht: nou ja, dat moeder Maria daar aan de voet van het kruis had gestaan, was toch niet totaal uitgesloten, althans niet zo volstrekt onmogelijk als een sprekende slang dan wel ezelin of wandelen op water, maar dat maakte niets uit, dat schonk mij het geloof niet terug. En dat terwijl dat geloof in feite zoiets onvergankelijks in zich droeg, en gezorgd had voor allerhande kerkgebouwen met daarin Arp Schnitger-orgels, de Arp Schnitger van wie men vaak zei dat hij de Stradivarius onder de orgelbouwers was. Nu, dat beaamde ik volledig, mensenlief, wat een mooie instrumenten, tot in Mariana in Brazilië aan toe. Wat een reis was dat geweest, eens maar nooit weer. En dan te bedenken dat Schnitger daar zelf niet eens was geweest, nee, dat orgel was in eenenzestig kisten over de oceaan getransporteerd en door een leerling in elkaar gezet, net als de Schnitger-orgels in Porto en Faro.

Weer hoorde ik een boot blazen. Wat een ellende toch, zo'n vals, dof, weerbarstig geluid, met zoveel schrille boventonen. En om het uur sloeg de klok van de kerk waarin vast en zeker dat Garrels-orgel stond dat ik stemmen moest. Nee, van slapen kwam niet veel terecht, die eerste nacht op de Wip in het Zeemanshuis, al droomde ik toch, tegen het ochtengloren, over de reusachtige geit van onze buurman Ai Stront in de Johannes Kerkhovenpolder aan de Dollard.

Wat verlatenheid betreft kan die Johannes Kerkhovenpolder zich meten met elk eenzaam gebied op deze wijde wereld. Als kind heb ik daar evenwel niet onder geleden. Elke morgen liep ik welgemoed over de doodstille smalle polderweggetjes naar de lagere school in Woldendorp. Vroeger heeft de polder deel uitgemaakt van de Dollard, pas eind negentiende eeuw werd een uiterwaard bedijkt en drooggelegd.

Drooggelegd land is zo vlak en zo leeg als een vliegveld in onbruik. In die leegte woonden wij, mijn vader, mijn moeder, mijn twee oudere broers en twee oudere zussen en ik, in een miezerig arbeidershuisje. Zowat een kilometer verderop torende ongenaakbaar de boerderij van Ai Stront uit boven de korenvelden.

Op een zondagmorgen waren mijn ouders en broers en zussen, uiteraard te voet, want fietsen mocht destijds niet op zondag, ter kerke gegaan in Delfzijl. Blijkbaar vonden ze mij toen nog te jong om die lange wandeling van ongeveer tien kilometer naar het godshuis te maken.

Nadat de hele familiemeute vertrokken was, kuierde ik naar de boerderij van Ai Stront. Hij heette anders, maar dat was nu eenmaal zijn bijnaam. Voor zover ik wist, was hij ouderling, dus ik ging er voetstoots van uit dat ook hij, samen met zijn vrouw, ter kerke was gegaan.

Mij leek dat een goede gelegenheid om de boerderij met haar kolossale erf en haar fraaie stallen eens aan een grondige inspectie te onderwerpen. Daar was op andere tijdstippen geen denken aan, want zonder mankeren werd je door Ai Stront met een riek van het erf gejaagd als je ook maar één voet op zijn gewijde grond zette. Wat mij aldaar het meest fascineerde was een reusachtige spierwitte geit – Drieke heette ze – die vrij mocht rondlopen, en keer op keer de paarden de stuipen op het lijf joeg en altijd op mij afrende als ze me op weg naar school voorbij zag komen en me dan vriendelijk aanstootte met haar vervaarlijke kop, en een flink eind met mij mee opliep. Die geit had een groot zwak voor mij, en het streelde mij dat een dier zo dol op mij was, dit temeer daar zij mijn broers en zussen niet kon uitstaan. Op hem stormde ze altijd, haar kop diep gebogen, af als een stormram. Maar zag ze mij dan begon ze, voordat ze huppelend op mij afkwam, dadelijk vrolijk te mekkeren, en elke keer als ik met mijn vingers liefkozend in haar dikke vacht woelde, en in haar kolossale ogen keek, verwachtte ik, tegen beter weten in, dat ze opeens, net als de ezelin van Bileam, tegen me zou gaan praten.

Toen ik op die zonnige zondagmorgen zo behoedzaam mogelijk, want toch beducht voor een eventuele achterblijver, het erf van Ai Stront betrad, waar de aldaar vredig rondscharrelende, en ook vrij rondlopende kippen, stuk voor stuk op mij afrenden omdat zij erop hoopten dat ik wat eetbaars voor ze had meegebracht, hoorde ik mijn witte hartsvriendin zacht mekkeren. 'Waar ben je dan?' fluisterde ik, want mijn stem verheffen durfde ik niet aan. Je wist maar nooit of er niet toch iemand daar rondslenterde. Voorzichtig sloop ik om de hooiberg heen. Bij een zwarte schuur stond mijn witte metgezel, en achter haar verrees Ai Stront. Hij stond met zijn rug naar mij toe, dus zag hij mij niet, maar ik schuifelde niettemin achteruit en verschanste mij zo goed mogelijk achter zijn hooiberg. Tussen drogende grashalmen door glurend kon ik vrij goed zien wat zich bij de zwarte schuur afspeelde. Het eerste wat mij opviel waren bungelende bretels. Die schudden heen en weer omdat Ai zelf nogal woest bewoog. Wat ik ervan maakte was dat hij zijn witte geit met man en macht vooruit probeerde te duwen, hoewel hij het dier tegelijkertijd ook met zijn kolossale knuisten zo stevig omklemd hield dat het dier geen stap kon zetten. Toen zag ik, omdat zijn bretels vrij zweefden, dat zijn broek op zijn enkels hing. Daarboven lubberde als een witte vlag een deel van zijn lange onderbroek. Waarom heeft hij om Drieke vooruit te duwen zijn broek en onderbroek laten zakken, en waarom blijven Drieke en hij, terwijl hij toch steeds met zijn onderlijf steeds harder en feller tegen het achterste van de geit aan beukt, op dezelfde plek staan, vroeg ik mij af. Ik begreep er niets van, maar zag wel dat de enorme inspanning Ai Stront haast te veel werd. Zijn konen waren hoogrood, en op zijn enigszins naar mij toegewende linkerslaap parelden glinsterende zweetdruppels. Steeds krachtiger beukte Ai Stront tegen het achterwerk van zijn prachtige geit, en die bleef doodkalm op dezelfde plek staan, al het brute geweld ten spijt. Onbekommerd, sereen en stoïsch, ja, naar het leek zelfs totaal onaangedaan, verorberde zij onverstoorbaar een reusachtige brandnetel, die bij stukjes en beetjes naar binnen verdween. Kennelijk had ze een opmerkelijk smakelijk exemplaar te pakken. Toen stiet Ai

Stront een langgerekte rauwe kreet uit, en ik dacht: hij gaat dood. Op de kreet volgde een eigenaardig, aftands, haast reutelend gekreun, dat steeds zachter klonk en ten slotte wegstierf in de warme najaarslucht. Boven zijn verkreukelde broek en smoezelige onderbroek zeeg Ai Stront ineen, zich met beide handen vastklemmend aan de vacht van het dier. Daardoor leek het alsof hij zich met behulp van de geitenvacht overeind hield. Op het moment overigens dat Ai Stront die rauwe kreet slaakte, keek Drieke even met half geloken ogen naar hem om. Ik kneep 'm dat ze mij dwars door de halmen heen in het oog zou krijgen en zich zou losrukken en naar mij toe zou rennen, want al sprong mijn hart steeds hoog op als ze zo vrolijk dartelend op mij afkwam, het leek mij toch beter dat dat nu niet zou gebeuren. Dan zou Ai Stront als gevolg daarvan op mijn aanwezigheid bij de hooiberg attent zijn gemaakt. Uiterst voorzichtig schuifelde ik nog verder naar achteren, mij vervolgens, toen ik volledig uit zicht was, zo snel mogelijk uit de voeten makend, daarbij steeds op het hoog opgeschoten, nog altijd niet gemaaide bladgroen van de wegberm voorthollend omdat dravik en distels en duizendblad het geluid van mijn voetstappen dempten. Niemand volgde mij toen ik de polderweg bereikte, maar zelfs daar bleef ik tot ik bijna bij ons huis was, voortlopen in de wegberm die het geluid van mijn voetstappen smoorde.

Steeds heb ik nog maanden daarna, als die wondergeit weer vrolijk mekkerend op mij afkwam, de gedachte niet van mij af kunnen schudden dat die evenhoevige schoonheid eens, op een doodgewone maandag onder een doodgewone wolkenlucht, net als de ezelin van Bileam zou gaan praten, en mij zou toevertrouwen: 'Wat je toen zag, moest ik elke zondag onder kerktijd ondergaan.'

4 Moeder en dochter

Van een overdonderend, haast spookachtig snerpend gehuil van een stoomfluit schrok ik wakker. In mijn zeemanshuisledikant schoot ik recht overeind, en het leek nog altijd of ik zonk.'Wat was dat?' stamelde ik. Op die vraag kreeg ik pas antwoord toen ik aan hetzelfde tafeltje waar ik de dag ervoor was onthaald op een VGA'tje, aan het ontbijt zat: drie sneetjes witbrood, twee gekookte eieren, een plakje vochtige kaas, een grote mok halfvol thee.

'Dat was de fluit van de kistenfabriek van Van Toor,' zei Sjaan, die mij bediende. 'Die gilt altijd precies om zeven uur.'

'Maar dat is toch verschrikkelijk, wat een geluid, heremijntijd, het giert nog na in mijn oren.'

'De mensen hier zijn eraan gewend, ze zijn er blij mee, ze hebben geen wekker nodig.'

'Het klonk als één lange, verschrikkelijke noodkreet.'

'De mensen hier zouden de fluit missen als hij er niet meer was, en er zijn ook nooit klachten over.'

'Ik vind het een uitzonderlijk wreed begin van de dag.'

'Als je hier zou wonen, zou je er ook blij mee zijn.'

'Dan zou ik een actiegroep opzetten om die fluit weg te krijgen.'

‘Wat ben jij kreen op lawaai.’

Het woord ‘kreen’ kende ik niet, ik wilde ook niet laten blijken dat ik dat woord niet kende, dus ik vroeg: ‘Waarom draagt meneer Boetekees een montuur zonder glazen?’

‘Dat weet geen sterveling,’ zei Sjaan, ‘en ik raad je aan hem daar niet naar te vragen, want dan word je getrakteerd op een grauw en een snauw.’

‘Rare wereld hier,’ zei ik.

‘Wou je zeggen dat ’t ergens anders geen rare wereld is? Kom nou toch.’ Vrolijk neuriënd liep ze weg, zichzelf begeleidend met een eierlepeltje waarmee ze op een bordje trommelde.

Hoe zou het nu verdergaan, vroeg ik mij af. Zou ik afgehaald worden door contactpersoon Krijn Lagrauw? Zou die mij vervolgens afleveren bij de kerk waarvan ik het orgel moest stemmen? En wie zouden mij assisteren bij het stemmen? Meestal worden de leerlingen van de organist opgetrommeld. Zo’n leerling moet dan plaatsnemen op de orgelbank en een voor een de toetsen van één bepaald register indrukken. Elke toets afzonderlijk correspondeert met een pijp (behalve bij de mixturen) en terwijl het geluid van die ene pijp dan opklinkt, moet ik, in de duistere ingewanden van het orgel vertoevend, die pijp stemmen. Soms is dat in een ommezien gepiept, soms moet de toets langdurig ingedrukt worden, en klinkt maar steeds die ene toon door de kerk. Het luistert nauw, er komt veel bij kijken, en degene die op de orgelbank zit en steeds met één vinger een toets ingedrukt houdt, wordt gek van verveling. Vandaar dat er altijd vrij veel toetsenindrukkers gerekruteerd worden, want langer dan een uur of twee houd je het niet vol om steeds maar weer een toets in te drukken en naar dat ene geluidje van die ene pijp te luisteren, tot de pijp gestemd is en de stemmer roept: 'Volgende toets', of simpelweg: 'Ja.'

Het was niet Krijn Lagrauw die mij kwam afhalen uit het Zeemanshuis, maar de organist van de Groote Kerk. Een opmerkelijk vriendelijke, bescheiden man met een bril met glazen erin. Hij zag eruit als een gemoedelijke wiskundeleraar. Zo zagen organisten er meestal uit. Doorgaans is hun haar iets te lang, weet ik uit ervaring, behalve uiteraard als ze van het vrouwelijk geslacht zijn. Dan zijn het haast altijd eigenaardige, flamboyante verschijningen met, vrij vaak, hun haar in een paardenstaart. Hoe meer staart, hoe beter ze doorgaans spelen. Maar zeldzaam waren ze, die paardenstaartorganistes. Goed, je hebt ook heel ernstig, soms zelfs sip kijkende organistes met een fondsbrilletje op, die op Marie-Claire Alain of Jeanne Demessieux lijken, maar doorgaans toch minder goed spelen dan beide Françaises. Hoe het ook zij, hier in dit buitenissige oord waar alles anders was dan elders en waar de hele bevolking collectief om zeven uur werd gewekt met een krijsende stoomfluit, bleek toch de organist van hetzelfde slag te zijn als overal elders op de wereld, tot in Portugal en Brazilië toe, zoals ik heb kunnen vaststellen.

'Goed geslapen?' vroeg de bescheiden organist.

'Nou nee, maar da's niks bijzonders, zo'n eerste nacht in een vreemd bed slaap ik altijd slecht. De komende nachten zal 't wel beter gaan.'

'Gelukkig maar, want u bent hier vast een flinke tijd zoet, er moet veel gebeuren aan de oude dame.'

Dat organisten hun instrument doorgaans liefkozend

als 'deerne' of zelfs 'meisje' aanduiden, daar kijk ik echt niet meer van op, maar 'oude dame' was toch nieuw voor me.

'Ja, en ze hebben me ook gevraagd het orgel van de Immanuëlkerk hier en daar wat bij te stemmen.'

'Werkelijk? Hoe is dat zo gekomen?'

'Er was in dat Zeemanshuis gisteravond een bijeenkomst van de mannenvereniging Schrift en Belijdenis en daar kwam men erachter dat ik hier ben om het Garrels-orgel te stemmen, en toen zei de preses van de gereformeerde kerkenraad dat ik, als ik er nou toch was, ook wel het orgel van de Immanuëlkerk zou kunnen nalopen.'

'Eigenaardig, dat wordt voor zover ik weet altijd gestemd door iemand van de firma Seifert, maar misschien is die nu niet beschikbaar om hier en daar wat bij te stemmen. Of ze vinden het te duur om hem helemaal uit Duitsland te laten komen. Of die lui van Seifert willen zelf niet zo ver reizen om een beetje bij te stemmen, weet ik veel.'

'Hoe is dat orgel?'

'Ook een instrument om te knuffelen, flink groot ook, maar lastig te bespelen vanwege de elektropneumatische tractuur. Je zit beneden pal naast de preekstoel en een fractie van een seconde later hoor je van boven het geluid komen van de toetsen die je indrukt. Dat is nogal vervreemdend, daar moet je erg aan wennen. Maar laten we op weg gaan.'

We liepen de Wip op, sloegen af naar de Hoogstraat, waren daar in een ommezien doorheen, en sloegen na de Hoogstraat af naar de brug 'over de Noordgeer', zoals de organist zei. We kuierden over het Kerkeiland en waren drie minuten na ons vertrek uit het Zeemanshuis al bij de ingang van het majestueuze gebouw.

'De kerk,' zei de organist, 'is een exacte replica van de Noorderkerk in Amsterdam. Ze hebben hier de bouwtekeningen van die kerk aan de Amsterdammers ontfutseld en die kerk dus nogmaals neergezet. Bespaarden ze alvast op de kosten van de architect. En het vorstelijke instrument, dat overigens pas een eeuw later, van 1730 tot 1732, is gebouwd, werd geschonken door een vrijgezelle rijkaard, Govert van Wijn, die zijn fortuin had vergaard met de zalmvisserij. Niemand weet hoeveel Govert van Wijn Rudolf Garrels voor de oude dame betaald heeft. Ik geloof dat dit instrument het enige in Nederland is waarvan men geen flauw idee heeft hoeveel het gekost heeft.'

'Hoe kwamen ze hier op het idee om Garrels te vragen het orgel te bouwen?'

'Hij heeft in het dorp hier vlakbij een vrij klein instrument gebouwd, en dat bleek zo'n juweel dat men hem hier ook gevraagd heeft. Jammer genoeg is dat andere Garrels-orgel, net als het Garrels-orgel in Klundert, in de Tweede Wereldoorlog door brand verwoest. Dit orgel trouwens bijna ook bij het Engelse bombardement op 18 maart 1943. Echt jammer dat dat andere Garrels-orgel verdwenen is, want zoveel Garrels-orgels zijn er niet in Nederland. Je hebt er een in de oud-katholieke kerk in Den Haag, een in Purmerend, en eentje dat half door Garrels is gebouwd, in Anloo. Maar dit is in ieder geval z'n grootste orgel,' zei de organist.

'Die Garrels was een Duitser, die kwam uit Norden, net als mijn vrouw, zijn leven viel nagenoeg samen met het leven van Bach,' zei ik.

'Ja, hij is in hetzelfde jaar gestorven, 1750, maar hij was tien jaar eerder geboren, dus hij is best oud geworden, vijfenzeventig jaar. Maar wat sta ik hier nou te doceren over Garrels-orgels? Dat weet u natuurlijk allemaal beter dan wie ook. Kom, laten we eens gaan kijken of de koster de kerk al open heeft gezet.'

Dat bleek het geval. Wij schreden naar binnen. Mijn oog viel ogenblikkelijk op het orgelfront.

'Kijk nou toch,' zei ik. 'Garrels heeft de grootste frontpijpen in het midden gezet, dat deed Schnitger meestal niet, maar indrukwekkend oogt dit wel. In Purmerend heeft Garrels ze aan de buitenkant gezet, net zoals Schnitger vaak deed, dan krijg je toch een heel ander orgelfront. Het lijkt dan veel breder. Maar dit is streng en groots, wat een mooie ruimte trouwens, en wat een eigenaardige plafonds.'

'Het verhaal hier gaat dat die tongewelven opgebouwd zijn uit het kuiphout van visserstonnen. Maar ja, alles hier herinnert aan visserij en scheepvaart, op dat grote bord daar staan de haringbuis en de hoeker. Daarmee werd eeuwenlang vis gevangen. En de koperen deurknop van de preekstoel toont Jona op het moment dat hij door de vis wordt uitgespuwd. Bij gelegenheid moet u...'

'Zullen we maar jij zeggen?'

'Mij goed. Dus: bij gelegenheid moet je dat even bekijken, dat is echt apart. Zoiets vind je nergens anders.'

'Net als die stoomfluit van die kistenfabriek vanmorgen, mensenlief, wat een krankzinnig lawaai.'

Via de deur onder de orgelgaanderij liepen we de kerk weer uit en kwamen in de ruimte achter de kerkzaal, waar zich de immens hoge trap bevond die naar het orgel leidde.

‘Allemachtig, wat een enge, open trap. Gelukkig dat ik geen hoogtevrees heb.’

‘Die trap went,’ zei de organist.

‘Dat zal wel. Nou ja, haast in alle oude kerken moet je via griezeltrappen omhoog.’

‘Zo meteen,’ zei de organist, ‘wordt hier door haar moeder een jongedame afgeleverd die je zal assisteren. Het is een eigenaardig geval, een verstandelijk gehandicapt meisje, om het netjes te zeggen, nou ja, meisje, ze is al een jaar of zestien, geloof ik, dat niks liever doet dan zo’n toets eindeloos indrukken. Ik weet waarachtig niet precies hoe men er hier achter gekomen is dat ze verzot is op meehelpen bij het stemmen, dat heeft zijn beslag al gekregen voor ik hier werd aangesteld. Naar wat ik ervan begrepen heb, heeft ze een blauwe maandag muziekles gehad, en omdat ze les kreeg van mijn voorganger werd ze hier ook een keer in de kerk gevraagd om te assisteren bij ’t stemmen, en toen vond ze dat blijkbaar zo fantastisch leuk dat ze altijd opdraaft als er weer gestemd moet worden. Hoe dan ook, het schaap is haar gewicht in goud waard. Het is tenslotte altijd weer een hele klus om vrijwilligers te vinden die toets na toets willen indrukken, maar hier heb je er geen omkijken naar, hier heb je één vaste kracht. Het is alleen jammer dat haar moeder zo’n kreng is, nou ja, daar heb je verder ook geen omkijken naar, die brengt haar, blijft er dan de eerste dag meestal bij zitten en neemt haar aan ’t eind van de middag weer mee naar huis. En tussendoor gaan ze ook een poosje weg voor de middagboterham.’

Toe maar, dacht ik, ook dat nog, het kan niet op hier, mensen die de trein ontvluchten, een normale straat die het Wijde Slop heet, een dijkhelling die de Wip genoemd wordt, een beheerder met een monstermontuur op z'n neus zonder glazen erin, een dol geworden stoomfluit, broeders die een hele avond delibereren over een sprekende ezelin, Jona uitgebraakt op de preekstoel, en nu ook nog een of ander geschift geval om mee te werken, en met een kwaadaardige moeder.

Voor ik de orgeltrap kon beklimmen, dook plotseling de koster op. Hij was een lange, magere man met op zijn neus een bril die was voorzien van griezelig dikke jampotglazen. Achter die glazen loerden twee kraalogen naar mij. Ik voelde mij bepaald ongemakkelijk onder de kille blik van de uiterst wantrouwig kijkende koster.

'U bent heer Pottjewijd?' vroeg het heerschap bits.

'Ja,' zei ik, en ik stak mijn hand uit. Die werd simpelweg genegeerd. De koster stond daar als een soort scherprechter, met naar binnen gekrulde lippen.

'Bakkie koffie om half elf?' gromde hij met zo'n nauw verhulde afkeer in zijn stem dat ik antwoordde: 'Nee, laat maar.'

'Laat maar? Laat maar? Om de dooie dood niet, bakkie koffie om half elf. Melk? Suiker?'

'Geen suiker, wolkje melk.'

De koster beende weg.

'Wat een griezel,' mompelde ik vooral tegen mezelf, maar de organist verstond het toch, en zei: 'Niet van schrikken. Eigenlijk een doodgoeie vent, die Joris de Koeier. Komt alleen maar een beetje raar over. Is opgegroeid in de Sandelijnstraat in zo'n onbewoonbaar verklaarde woning... Hij is er een van veertien, de een na jongste, 'n echte verschoppeling. Maar ja, zo zijn er zoveel hier, ik heb vreselijk aan het vrome volk moeten wennen toen ik hier kwam wonen. De meeste dominees die hierheen beroepen worden, beginnen al een half jaar na hun bevestiging te bidden om een beroep naar een andere gemeente. Onder elkaar hebben de mensen hier de schoonste lol, een en al geintjes en gebbetjes, en onophoudelijk zijn ze erop uit elkaar flink in de maling te nemen, het is hier elke dag 1 april, maar vreemden, daar moeten ze totaal niks van hebben. Kom je hier wonen, dan heet je domweg import, en je blijft import.'

We bestegen de hoge trap. Even waande ik mij een evenwichtskunstenaar. Het was net of ik nooit boven zou geraken, of ik voor altijd zou blijven stijgen.

De orgelgaanderij bleek onverwacht ruim, en eenmaal op de orgelbank had je niet zo'n eng claustrofobisch gevoel als in veel andere kerken.

'Mooi ruim hier,' zei ik, 'da's meest wel anders. In Naarden heb ik eens gestemd in die kerk waar ze de Mattheüs altijd uitvoeren. Op 't orgel waan je je in een muizenval.'

'Wat je zegt. Hier is dat wel anders. Ja. Je zit hier als een vorst. Ik heb alvast een lijst op de orgelbank gelegd van alle euvels, er zijn nogal wat hangers, vooral de dulciaan op het hoofdwerk is een ramp. En diverse sleepladen haperen, en overal heb je rare bijgeluiden, vooral op het bovenwerk, nou ja, er is een boel te doen, maar goed, ik heb het netjes voor je opgeschreven. Als je wat nodig hebt, qua ijzerwaren, is hier vlak in de buurt de winkel van Smitje de Smit. Je kunt het zo gek niet bedenken of ze hebben het, tot en met alarmpistolen aan toe. En je mag alles op rekening laten zetten van de kerkvoogdij, ze weten ervan bij Smitje de Smit.'

'Ik heb wel het een en ander bij me, maar vaak heb je vooral behoefte aan houtwerk.'

'Mocht je iets nodig hebben, geef het mij dan op, ik kan hier terecht bij een fantastische timmerman, Piet Pons. Die wil eigenlijk niet voor ons werken, want de hervormden gaan volgens hem allemaal na hun dood met een ingebeelde hemel linea recta naar de hel, maar als ik een beetje aandring, en en passant laat vallen dat ik 't met hem eens ben dat de meeste hervormden vreselijk lichtzinnig zijn, wil hij zijn hand wel over zijn hart strijken. Wacht, hoor, daar komt mevrouw met haar dochter. Zet je maar schrap.'

Het geluid van hoge hakken op de hardstenen vloer van de kerk klonk daarboven op de orgelgaanderij als een doelbewust schelle, kwaadaardige vooraankondiging van een aardbeving. Bij het passeren van de deur onder de orgelgaanderij viel het geluid opeens weg, en van de beklimming van de orgeltrap hoorde je niets. Dat had ongetwijfeld te maken met de akoestische eigenschappen van de diverse ruimtes, maar het had toch ook iets spookachtigs. In het schaarse licht boven op de orgelgaanderij leek de verschijning van beide vrouwen vervolgens op een epifanie. Althans, zo onderging ik het. Waar ik ook op had gerekend – toch niet dit, deze wonderlijke madonna's, een al wat oudere vrouw van een jaar of vijfenveertig met mat, olieachtig glanzend zwart haar dat in een eigenaardige wrong half achter het brede gezicht was weggeborgen, en de vrije val van datzelfde haar van het meisje, van de jonge vrouw toch eigenlijk, die onmiskenbaar de dochter was van de donkerharige dame, want sprekend op haar leek, met net zo'n breed gezicht met wat schuinstaande ogen. Onbegrijpelijk was echter dat de moeder beeldschoon oogde, maar de dochter volstrekt niet, terwijl ik toch bij

Hotz had gelezen: 'Als de moeder mooi is, is de dochter mooier', en mijn vader altijd had gezegd: 'Wil je weten hoe een vrouw die je leuk vindt er later uit komt te zien, kijk dan naar de moeder.' De moeder was gekleed in een pauwblauwe deux-pièces, de dochter in een simpele grijze jurk met een zwart jasje eroverheen. De moeder had hier en daar wel een enkel dun lijntje bij haar ogen getekend en een vleugje mascara op haar wimpers aangebracht, en zo te zien ook wat lippenstift opgedaan, maar zwaar geschminkt was ze allerminst. Het meisje was geheel naturel – geen spoor van enige make-up.

'U dus de stemmer,' zei de oudere vrouw plompverloren en streng, en zonder ook maar de zweem van een glimlach, tegen mij.

'Ja mevrouw, ik ben de stemmer,' zei ik.

'Denk om, u goed passen voor mijn dochter.'

Passen voor mijn dochter, dacht ik, wat bedoelt ze, wat moet ik voor haar passen? O, wacht, ze bedoelt natuurlijk dat ik goed op haar moet passen, maar ze gebruikt een verkeerd voorzetsel.

Waar zou ze vandaan komen, vroeg ik mij vervolgens af. Zou ze uit Turkije of Marokko komen? Of nog heel ergens anders vandaan? Het zou toch 'denk erom' moeten zijn, dacht ik, maar ze laat het woordje 'er' weg. En mij schoot terstond te binnen dat mijn overleden echtgenote er altijd over geklaagd had dat je als je goed Nederlands probeerde te spreken maar wat moest aanrommelen met het woordje 'er' zonder dat je begreep waarom het nu juist op die plek in de zin gebruikt moest worden. Zo had ze, toen ze Nederlands probeerde te leren, keer op keer gezegd: '*Wir verbessern uns*, we gaan op vooruit', en dan had ik gezegd: 'Het moet zijn: "We gaan érop vooruit"', en dan had ze gevraagd: 'Waarom daar nou "er"?' Komisch was ook dat ze altijd als ze iets ging ondernemen, uitriep: 'Wij gaan tegenaan', en dan had ik geroepen: 'Nee, nee, je moet zeggen: "We gaan értegenaan."'

'Mevrouw,' zei ik, 'ik zal goed op uw dochter passen.'

'Ik reken op,' zei de vrouw. En ze pakte een rieten stoel, zette die schuin achter het rugpositief en ging zitten. Ze blijft zelf op haar dochter passen, dacht ik, waarom wordt mij dan zo nadrukkelijk bevolen om 'voor' haar te passen?

Haar dochter vlijde zich zo soepel neer op de orgelbank dat het wel leek alsof ze die beweging vele malen had geoefend, en trok alsof het volkomen vanzelf sprak, het stemregister, de Octaaf 4 op het hoofdwerk, uit. Ze wist dus dat je altijd met de Octaaf 4 begint. Het komt er allereerst op aan daar een goede temperatuur in te leggen, met andere woorden, die eerst heel goed te stemmen, en vervolgens open te laten staan zodat je de tonen van het register dat je daarna stemt met de Octaaf 4 kunt vergelijken. Stem je de Octaaf 4 niet goed, dan zet iedere zweving te veel of te weinig zich voort in de andere registers, dus het kan behoorlijk scheef uitpakken, vooral bij de mixturen.

De organist zei: 'Kijk aan, je kunt meteen beginnen.'

'Ja, we gaan ertegenaan,' zei ik, en het meisje drukte alsof het vanzelf sprak de hoogste toets in op het middenklavier. IJl klonk het stemmetje door de kerkruimte.

'Wacht maar even tot ik erbij geklommen ben,' zei ik. 'Ik geef wel een teken als je kunt beginnen.'

Het meisje antwoordde niet, maar haalde wel haar vinger van de toets af, dus blijkbaar begreep ze wat ik bedoelde.

'Ik moet er helaas ook vandoor,' zei de organist, 'maar ach, je hebt me niet meer nodig, alles wijst zich vanzelf.'

En dat bleek die eerste stemdag ook inderdaad het geval te zijn. Het meisje was een wonder. Vrijwel niets hoefde ik te zeggen of te verduidelijken. Blijkbaar had ze al zo vaak als toetsenindrukker de vaste stemmer van het Garrels-orgel bijgestaan dat ze wist in welke volgorde de diverse registers van het hoofdwerk na het stemregister aan de beurt waren. En ze wist ook dat je, als je een register gestemd hebt, het graag nog even naloopt door de stemhulp octaven te laten aanslaan. Spijtig was alleen dat haar moeder om twaalf uur naar huis wilde en het meisje meenam, en pas om twee uur weer met het meisje terugkeerde. Waarom zo'n lange pauze? En waarom niet even snel een middagboterham genuttigd in de kerk?

Net zoals Arp Schnitger dat altijd deed, had ook zijn leerling Garrels in het hoofdwerk de pijpen geplaatst in een tertsopstelling. Niet onbegrijpelijk, want dan klinkt een orgel net iets mooier, maar voor de stemmer is zo'n tertsopstelling lastiger dan een chromatische of, bij pijpen die in het zicht staan, een piramidale opstelling. Maar ja, als je, zoals ik, vrijwel uitsluitend Schnitger-orgels stemt, ben je zo gewend aan een tertsopstelling dat je die niet meer als lastig ervaart.

Om vijf uur – graag was ik overigens nog een poosje doorgegaan – zei de moeder: 'Nu genoeg geweest. Wij naar huis. Jij tevreden over mijn dochter?'

'Mevrouw,' zei ik, 'uw dochter is een godsgeschenk. Stem je een orgel, dan heb je steevast te maken met twee problemen. Je moet in die donkere orgelkassen zo'n beetje op de tast je werk doen, al zijn er soms looplampen, maar dat is vaak behelpen, en je moet bijna altijd werken met zich al snel vervelende toetsenindrukkers die nooit precies begrijpen wat je wilt, dus je pendelt maar heen en weer tussen pijpwerk en orgelbank om uitleg te geven, maar uw dochter kan blijkbaar gedachten lezen, die weet zowat al eerder waar ik op uit ben dan ik het zelf weet. Het is ronduit wonderbaarlijk.'

'Jij horen Lanna, wat hij zegt,' vroeg de moeder aan de dochter.

Het meisje knikte, maar zei niets, leek ook totaal onaangedaan door de haar toegezwaaide lof. Bij de moeder was dat heel anders, er verscheen zowaar iets van een glimlach op dat beeldschone gelaat.

5 Een scheepswerf

Die eerste stemdag was dus ronduit een mirakel. Mede dankzij mijn voortreffelijke stemhulp schoot ik verbazend goed op. Maar aan het einde van de tweede dag, weer wegzinkend in het Zeemanshuisledikant, dacht ik terug aan dat zinnetje van de organist: 'Alles wijst zich vanzelf.' Inderdaad, helemaal waar, niets op af te dingen, maar blijkbaar was dat een soort bezwering geweest, een dooddoener van iemand die wel beter wist, en mij derhalve had opgezadeld met tamelijk onoplosbare problemen. Want toen ik op woensdag echt aanstalten wilde maken om de stemming van het hoofdwerk af te ronden, en het meisje had gevraagd eerst eens even achter elkaar alle toetsen van het middenklavier in te drukken om een indruk te krijgen van de klankverhoudingen en de staat van die Dulciaan 16 voet, was er, terwijl ze nog maar drie toetsen had ingedrukt, en nadat de klok van de kerk plechtig negen slagen had laten horen, een verbijsterend lawaai losgebarsten – gerinkel van ankerkettingen, het gierend geluid van pneumatische boren, en nog allerhande andere daverdreunen – tot aan klinkhamers toe die zo te horen neerkwamen op ijzeren scheepsrompen.

Wat is dit, dacht ik, denken ze hier dat ik in staat ben

om onder zulke omstandigheden te stemmen?

In Hamburg, waar ik, lang geleden alweer, maar liefst vier Schnitger-orgels had gestemd, was er ook sprake geweest van akelig veel geluidsoverlast – verkeerslawaai vooral, en daar had ik, in overleg met mijn opdrachtgevers, besloten om dan maar's nachts te stemmen. Hier zou dat, gesteld dat dit lawaai aanhield, natuurlijk ook een mogelijkheid zijn, maar ja, wie moest dan de toetsen indrukken? Dit meisje? 's Nachts? Dat vindt haar moeder, ook al was ze daarnet nadat ze haar dochter had afgeleverd weer vertrokken (blijkbaar had ze een dag eerder de indruk gekregen dat ze haar dochter veilig aan mij kon toevertrouwen) vast niet goed, dacht ik.

Ik daalde af uit het orgel, vroeg aan het meisje: 'Weet jij waar dit lawaai vandaan komt?'

Ze keek mij vriendelijk aan, haalde haar schouders op, zei niets. Begrijpt ze wat ik vraag, dacht ik, kan ze eigenlijk wel gewoon praten?

'Ik ga de koster opzoeken,' zei ik, 'ik moet weten waar dit lawaai vandaan komt en of dat de hele dag aanhoudt. Want dan valt er aan stemmen niet te denken. Dan moet ik eerst maar eens achter al die hangers aan, en mij over de sleepladen ontfermen en sleutelen aan de windvoorziening.'

Uit niets bleek dat het meisje begreep wat ik had gezegd, maar ze bleef toen ik wegliep geduldig op de orgelbank zitten, en drukte zo nu en dan een zwarte toets in zodat mijn tocht naar omlaag en door de kerk heen begeleid werd door een soort spookachtige aleatorische muziek in Fis-groot, iets wat Arvo Pärt gecomponeerd zou kunnen hebben, zomaar wat tonen achter elkaar zonder duidelijke tijdsintervallen of enigerlei samenhang. Nou ja, als ze maar zoet is, dacht ik, en ik dwaalde door de kerk. Geen koster te zien. Dan misschien in de consistorie? Nee, die was ook leeg. Waar hield die griezel zich dan op?

In een vrij klein optrekje aan de noordoostkant van de kerk, een soort bijgebouwtje, trof ik De Koeier uiteindelijk aan. Hij zat daar met een in stemmig zwart geklede man die zich ongevraagd meteen voorstelde als begrafenisondernemer en mij toevertrouwde: 'Vrijdag aanstaande is er 's middags hier in de kerk een rouwdienst. Dan kunt u dus een poosje niet stemmen.'

'Goed te weten,' zei ik, 'en neem me niet kwalijk dat ik stoor, maar dit lawaai? Waar komt het vandaan en gaat dat de hele dag zo door?'

'Scheepswerf De Haas,' zei de koster, 'daar wordt altijd keihard gesappeld. Tot vijf uur. En soms nog langer, soms tot in de kleine uurtjes als d'r weer sprake is van een spoedopdracht van de een of andere emir.'

'Maar werd er dan gisteren niet op die scheepswerf gewerkt?'

'Gisteren werd er voor 't eerst een Eurokotter te water gelaten, dus toen was het groot feest, lag alles stil, en daarom kun je er donder op zeggen dat ze vandaag een tandje bijzetten.'

'Alles goed en wel, maar dan is er een probleem. Als er van buiten zo allemachtig veel lawaai komt, kan ik niet stemmen.'

'Meent u dat nou? Die vaklui van de firma Pels & Van Leeuwen die hier al jaren komen, hebben hier, terwijl ze onderwijl op de scheepswerf als gekken met klinkhamers in de weer waren, probleemloos elk jaar opnieuw het hele orgel gestemd.'

'Nou, dat waren dan andere stemmers dan ik, maar ik kan u verzekeren dat al mijn collega's stuk voor stuk ook last van lawaai hebben als ze aan het werk zijn. Meestal verkeerslawaai trouwens.'

'Kijk aan, dat heb je hier nou helemaal niet, en dit geluid, meneer Pottjewijd, komt van tamelijk ver, van de overkant van het water.'

'Mindert lawaai als het over water op je afkomt?'

'Nou en of,' zei de koster.

'Wat een baarlijke nonsens,' zei ik, 'en al was dat het geval, dan nog is het totaal onmogelijk een orgel te stemmen als ze vlakbij met pneumatische boren en klinkhamers aan de gang zijn.'

'Als er overdag hier in de kerk een rouwdienst is, gaan ze bij De Haas ook gewoon verder met hun werkzaamheden,' zei de begrafenisondernemer.

'Lijkt me ook nogal hinderlijk,' zei ik, 'maar goed, bij een rouwdienst luistert het niet zo nauw als wanneer je stemt.'

'Soms kun je anders de dominee gewoon niet verstaan,' zei de ondernemer trouwhartig, 'da's toch ook niet plezierig.'

Het lag, geïrriteerd als ik was, op mijn tong om te zeggen: 'Ach, dominees, die hebben toch nooit wat bijzonders te vertellen, het is toch altijd dezelfde onzin, al eeuwenlang', maar ik hield het gelukkig voor me. In plaats daarvan zei ik: 'Voorlopig is er genoeg ander werk te doen aan het orgel, daar zal ik dan maar eerst mee beginnen, en dan moet het stemmen maar wachten tot het wat stiller wordt. Alleen zit ik dan wel met die jongedame, wat moet ik daarmee, die heeft dan niets te doen.'

'O, dat geeft niks,' zei de koster, 'die is zo onnozel,

die laat je gewoon op de bank zitten en je wijst haar af en toe een toets aan om in te drukken. Dan is ze heel tevreden en heb je geen kind aan haar.'

'Is dat die dochter van kapitein Edelenbos?' vroeg de begrafenisondernemer.

'Ja, die is het.'

'Och, och, wat mij betreft de jongejuffrouw met verreweg het mooiste krulhaar uit de hele stad, maar ja, zo debiel als een woudaapje.'

'Zo erg debiel kan ze toch niet zijn,' zei ik, 'ze heeft me gisteren fantastisch geholpen, ze begrijpt wat je tegen haar zegt, ze is alleen niet erg spraakzaam, maar verstandelijk gehandicapt is ze absoluut niet, althans dat is mijn indruk.'

'Nou, die indruk heb ik helemaal niet,' zei de ondernemer, 'maar ja, zo goed ken ik haar nou ook weer niet. Och mensenlief, wat een treurnis toch, zulk mooi haar, maar zo hopeloos arm van geest.'

'Arm van geest, da's nog erg vriendelijk gezegd, zwaar gestoord, zul je bedoelen, en dat ze begrijpt wat meneer de stemmer zegt wil ik graag aannemen, want zoveel bijzonders is dat niet, nu die toets, meissie, nu de volgende toets, meissie... Ik denk dat zelfs m'n kat 't nog wel zou begrijpen.'

De koster wees op de enige lege stoel in het optrekje en zei: 'Nou je hier toch bent, Pottjewijd, neem een zit en ga stoelen, dan hoef ik zo meteen niet naar boven, dan schenk ik nu meteen al een bakkie lafenis voor je in. Kun je even bijkomen van 't lawaai buiten.'

Het liefst had ik de uitnodiging afgeslagen, maar de koster schonk reeds koffie uit een grote kan in een blauwe reuzenmok met de naam van het havenstadje erop.

Hem bruusk de rug toekeren zou wel erg onbeleefd zijn geweest, dus ik ging zitten.

De begrafenisondernemert zei tegen de koster: 'Had ik al verteld wie er dood is en vrijdag begraven wordt?'

'Nee, wie de gelukkige is, heb je me nog niet toevertouwd.'

'Okke Hokke is hemelen. Zomaar opeens, hij was net tachtig geworden.'

'Da's toch die knul van 't Stort? Heel z'n leven verloofd geweest met Nel Noordzij.'

'Ja, die is het', en de begrafenisondernemer keerde zich naar mij toe en zei: 'Zal ik u eens wat vertellen over die Okke Hokke? Toen hij net twintig was kreeg hij verkering met een bleu meisje achter uit de Lange Straat, bij 't Paard z'n Bek. Op zondagmorgen liep Okke helemaal vanaf 't Stort de Lange Straat uit om z'n meisje op te halen om samen naar de kerk te stiefelen, en na de dienst bracht hij haar weer netjes terug naar huis, en dronk daar dan een bakkie leut, en zondagmiddag 't zelfde verhaal, hij was er al met al zowat de hele zondag mee zoet, nou, en toen verloofden ze zich, en haalde hij dus twee keer op zondag z'n verloofde op om samen naar de kerk te stekkeren, en dat heeft hij toen vijftig jaar lang zo volgehouden. Over trouwen werd niet gerept, Okke en Nel bleven hun hele leven lang verloofd met elkaar, en 't enige wat ze met mekaar deden was twee keer op zondag naar de kerk gaan, en na de dienst koffiedrinken. Toen ze vijftig jaar verloofd waren, zei Nel tegen Okke: "Zullen we toch maar niet eens gaan trouwen?", en toen zei hij: "Ja, maar wie zou ons nou nog willen hebben?"'

Ondanks het feit dat ik geïrriteerd was, of zoals mijn

moeder gezegd zou hebben 'de bokkenpruik ophad', schoot ik in de lach. Ik dronk mijn koffie op, bedankte de koster, stapte het optrekje uit en de kerk weer in, hoorde hoe het meisje via een wonderlijke schubertiaanse sluiproute over de zwarte toetsen van Fis-groot naar Cis-groot moduleerde, en beende naar de buitendeur. Eenmaal op straat liep ik in gezwinde pas om de kerk heen. Scheepswerf De Haas bleek vlakbij, lag pal aan de overkant van een smalle uitloper van de Haven. Het lawaai dat vanaf de werf over de stad werd uitgestort was bijkans grotesk te noemen. Maar van verder weg kwamen ook nog andere geluiden, klonken scheepsroepers, klonk het nadrukkelijke gerinkel van ankerkettingen. En aan de Havenkade lag een binnenschip afgemeerd waar grind in werd geladen via een schuine goot die van de kade naar het ruim toe liep. Het luchtige gerommel daarvan mengde zich wonderlijk goed met de klinkhamerslagen.

Totdat het tijd was voor de middagboterham, ging ik op die laatste woensdag in september de ene na de andere hanger in het instrument te lijf. Nu moet ik uiteraard eerst duidelijk maken wat een hanger is. Een hanger is een toon die blijft doorklinken, ook nadat je je vinger weer van de ingedrukte toets hebt gehaald. Als je een toets indrukt maar er komt geen geluid, is dat tamelijk vervelend, maar een enkele toon kun je wel missen, een toets echter die blijft doorklinken is een ramp. Vooral tijdens een concert of kerkdienst. Goddank kun je het register waarbij de hanger zich voordoet buiten gebruik laten, maar als er erg veel hangers zijn, netjes verdeeld over de diverse registers, ben je als organist akelig onthand. Er komt een moment dat er zoveel hangers zijn dat het orgel niet langer bespeelbaar is. Gelukkig is een hanger meestal tamelijk makkelijk te verhelpen. Maar als er veel zijn – en er waren er veel in het Garrels-orgel – ben je enige uren zoet. Ik was dan ook nog lang niet klaar toen het twaalf uur sloeg. Straks verder, dacht ik, nu eerst maar eens een boterham of zoiets. Maar wat te doen met mijn assistente, die al die diverse hangende toetsen na reparatie zo verwonderlijk volgzaam net zo lang ingedrukt hield als ik had aangegeven?

'Moet je iets eten?' vroeg ik haar.

Ze keek mij reuze vriendelijk aan, knikte eerst, maar schudde vervolgens haar hoofd.

Zo kom ik niet verder, dacht ik, wat moet ik in godsnaam doen? Ik verdom het om die ellendige koster De Koeier te raadplegen, ik haal wat krentenbollen bij de bakker op de hoek van de Wip en de Hoogstraat. Dus ik zei: 'Ik ga wat te eten halen, heb je zin om even mee te lopen?' Het meisje knikte, kwam van de orgelbank af en even later liepen we naast elkaar via de brug en de Hoogstraat naar de bakkerswinkel. Het was mij bij die tocht vreemd te moede. Daar liep ik nu, naast een verschijning die blijkbaar de aandacht trok met haar lange zwarte haar, dat tot ver over haar rug viel. Fietsers die achter ons naderbij kwamen, vertraagden terwijl ze passeerden hun gang, en keken dan om. Kennelijk verwachtten ze dat ze op grond van dat weelderige zwarte haar met een schoonheid te maken hadden, want onveranderlijk waren ze teleurgesteld als ze naar haar gezicht gluurden. Niettemin genoot ik uitbundig van die kleine wandeling in het gouden licht van de septemberzon. Een man wil immers alleen maar een beeldschone vrouw hebben om daar andere mannen de ogen mee uit te steken. Lig je met een vrouw in bed, dan is het doorgaans vrij donker, kun je dus weinig zien. Dan hoeft een vrouw niet beeldschoon te zijn, dan tellen andere eigenschappen. Dus ik verheugde mij over al die fietsers die ons achteropkwamen en door het krulhaar van Lanna op het verkeerde been werden gezet, en zolang zij achter ons reden nog jaloers op mij waren omdat ik met dat meisje over de Hoogstraat flaneerde.

Toen doemde echter, komend vanaf de Wip, nog voor wij de bakkerswinkel bereikt hadden, de moeder op, en die zag ons aankomen en versnelde haar pas en snauwde: 'Wat jij van plan? Waar jij naartoe met mijn dochter?'

'Ik ga even wat krentenbollen halen bij de bakker daar op de hoek.'

'Jij niks aan mijn dochter geven. Ik haar eten geven.' En in het Portugees werden mij vervolgens allerlei verwensingen naar het hoofd geslingerd die vergezeld werden van dramatische armgebaren. Er kwam geen einde aan totdat, daar op de Hoogstraat, voor het eerst sinds ik mijn assistente ontmoet had, haar stem klonk. Ze zei: '*Não, mamãe, é um bom homem.*'

In Portugal en Brazilië heb ik, toen ik in Faro en Porto en in het oerwoud, in Mariana stemde, alles bij elkaar wel zoveel Portugees opgevangen dat ik min of meer begreep dat het meisje het voor mij opnam. Trouwens, voordat ik daarheen ging, heb ik zo'n Linguaphone-cursus Portugees gedaan. Erg nuttig, want noch in Portugal, noch in Brazilië kon ik mij redden met steenkoolengels. Wat de moeder echter vervolgens in rad Portugees antwoordde – daar verstond ik geen woord van, maar het meisje herhaalde nadrukkelijk: '*É um bom homem*', en voegde er nog aan toe: '*Sim, sim, é um homen simpático*', en dat pacificeerde de moeder enigszins. Toch greep ze nogal wild haar dochter bij de arm en sleurde het meisje mee, de Havenkade op. Vol wroeging keek ik moeder en dochter na, en dacht: ik heb het verknald. Dat was een korte vreugde, die zie ik nooit meer terug.

6 Dominee Berenschot

Uiteraard is het niet zo verbazingwekkend dat je, als je een dochter hebt die verstandelijk gehandicapt is, er, ook gelet op haar verwonderlijke volgzaamheid, beducht voor bent dat manvolk erop uit is zich te vergrijpen. En dus over haar waakt als een cerberus. Niettemin bleek ik, om het maar simpel te zeggen, enigszins gekrenkt en uit het veld geslagen. De hele middag kon ik, moederziel alleen met het Garrels-orgel in dat grootse, maar nogal kille kerkgebouw, aan niets anders denken dan die opbruisende woede van die moeder van wie ik verder alleen nog maar wist dat ze blijkbaar uit Portugal afkomstig was. Hoe was die nu in dat eigenaardige, bedrijvige, luidruchtige havenstadje terechtgekomen? Hoe dan ook, het leek mij een beetje overdreven dat ze zo boos was geworden. Met haar dochter was ik op weg geweest naar een bakkerswinkel – kon het onschuldiger? Zoveel kwaad kon er niet schuilen in een wandeling die enkel maar de verwerving van een paar krentenbollen ten doel had? Zeker, met een krentenbol kon je al een eerste stap zetten naar verdere toenadering, maar zonder krentenbol had dat in de kerk ook al makkelijk gekund, gelet op de moeilijk te doorgronden gezeglijkheid van dit prille, helaas nogal plompe meisje. Hoe eigenaardig trouwens dat zo'n raadselachtig voorkomen (sprekend haar beeldschone moeder, en toch onaantrekkelijk) je al snel, ook omdat er de hele ochtend geen zinnig woord uit de mond van het deerntje was gekomen, nauwelijks meer beroerde. Pas met de fietsers op de Hoogstraat was ik mij er weer van bewust geworden dat ik naast een verschijning liep die, als je haar van achteren zag, sprookjesachtig overkwam.

Die middag miste ik haar niet. Op de werf werd nog steeds gewerkt met pneumatische boren en klinkhamers en in de Haven bliezen om de haverklap allerlei rijnaken en loodsboten en zeeslepers. Dus had ik, wat stemmen betreft, toch niks kunnen uitrichten. Een toetsenindrukker zou alleen maar in de weg gezeten hebben. Maar een simpel kopje thee, ik zou het op prijs gesteld hebben. De koster liet zich evenwel niet zien, de torenklok sloeg elk half uur eenmaal en elk heel uur zoveel keer als nodig was om aan te geven hoe laat het was. De tijd, kortom, verstreek, zoals hij altijd doet, behalve blijkbaar als je met de snelheid van het licht reist, of begrijp ik de relativiteitstheorie dan verkeerd? Enfin, klokslag half vijf hoorde ik het geluid van voetstappen op de stenen vloer van de kerk. Wie mocht dat wel zijn, die daar zo bedaard kwam aangelopen?

Er klonk een stem: 'Ben u daar nog, meneer Pottjewijd?'

'Ik ben daar nog,' riep ik terug.

'Zal ik even bovenkomen? Of bent u wellicht toe aan een alcoholische versnapering? Zo ja, dan nodig ik u graag uit op het Noordvlietterras.'

Ik zette de windmotor van het orgel uit, daalde af naar het portaal en liep de kerk in. Een vrij rijzige man met een volle baard en een geduchte bril op tuurde met zijn bijziende ogen naar mijn opkomst. Dat is vast en zeker een predikant, dacht ik.

Hij stak een hand uit, en ik schudde die, en hij zei: 'Aangenaam kennis te maken, Berenschot is de naam. Ik ben dominee hier, niet van deze kerk, maar van de gereformeerde kerk, de preses van de kerkenraad belde mij en zei dat u misschien wel genegen bent ook ons mooie Seifert-orgel her en der wat bij te stemmen. Niet dat ik daarover ga trouwens, maar ik dacht: komaan, ik ben toch in de buurt, ik ga eens even polshoogte nemen. Verplaatsen wij ons naar een terras? Voelt u daarvoor?'

'Ja, daar voel ik wel voor, een kopje hervormde thee kan er hier blijkbaar niet af, dus zit ik al een paar uur op een droogje.'

'Dat komt dan goed uit, komt u mee, onlangs hebben ze op de Noordvliet een platbodem neergelegd en daarop zitmeubilair en tafeltjes geplaatst, en nu kun je daar zowaar een drankje gebruiken. Trekschuit gepromoveerd tot terrasboot. Een wonder hoor, want de horeca hier – daarmee is het slecht gesteld. Het zal mij een waar genoegen zijn u op dat terras een gereformeerd biertje aan te bieden. U logeert heb ik gehoord in het Zeemanshuis. Nou, het is toch niet te geloven dat dat hier ter stede de enige logeergelegenheid is.'

Eenmaal de brug van het Kerkeiland naar het vasteland over, zei de dominee: 'We dalen hier de Breede Trappen af. Eertijds heeft Govert van Wijn, die ook het orgel schonk, de stad een brede dijktrap geschonken en die heeft men later opgesplitst in twee smalle trappen aan weerszijden van de sluis, maar desondanks spreekt men hier nog steeds over de Breede Trappen, onveranderlijk met hoofdletters en twee e's gespeld. Maar ja, kom er maar eens om hier iets te veranderen, dat is nagenoeg kansloos, ach, wat een stedeke. Ik sta hier nu twee jaar en verbaas me nog elke dag. Ik heb erg moeten wennen aan de bevolking. Meteen je en jij tegen je, en recht voor z'n raap alles maar tegen je zeggen, enige voorkomendheid is ver te zoeken, terwijl ik het in Peize toch heel anders gewend was.'

'Zo, hebt u in Peize gestaan? Daar hebben ze een prachtig orgel, waaraan Schnitger toen het nog in de Pelstergasthuiskerk in Groningen stond een vrij pedaal heeft toegevoegd.'

'Aha, een beroepsdeformatie, noem een dorp of een stad en u begint meteen over het orgel aldaar. Voor ik in Peize stond, stond ik in Eenum, m'n eerste standplaats. Wat voor orgel...'

'Hoe is het mogelijk, daar staat een van de best bewaarde orgels van Schnitger, een klein instrument, tien sprekende stemmen, aanhangend pedaal.'

'Daar heb ik toen ik daar stond weinig van meegekregen, maar ja, ik kwam niet in de hervormde kerk, dat was een andere wereld, rijke boeren kerkten daar, en bij mij kerkten arme sloebers – ach, oecumene, oecumene, dat was toen nog zo ver weg.'

Toen we eenmaal op het Vlietterras waren neergestreken, zei de dominee: 'Van Kippenek hoorde ik dat u door mevrouw Edelenbos op de Hoogstraat op uw nummer gezet werd.'

'Kippenek, mevrouw Edelenbos, waar hebt u het over?' vroeg ik.

'Kippenek is een van de ambulante politieagenten hier. Wie hem ziet, begrijpt meteen waaraan hij zijn bijnaam dankt. Welnu, die Kippenek fietste op de Zuiddijk en heeft kennelijk vandaar gezien wat u op de Hoogstraat overkwam en dat meteen overal rondverteld. Want ja, kijk, in dit gat gebeurt nooit iets, dus als er iets voorvalt, weet meteen de hele stad dat het gebeurd is, en staat het kort daarop in geuren en kleuren in *De Schakel*, dat is de plaatselijke courant. Daarin was bijvoorbeeld ook al te lezen dat u zou komen stemmen.'

'Ik ben verbaasd,' zei ik, 'maar die mevrouw Edelenbos... O wacht, ja natuurlijk, die begrafenisondernemer noemde die naam ook. Dus deze mevrouw is getrouwd met kapitein Edelenbos.'

'Was getrouwd met kapitein Edelenbos. Helaas is de goede man omgekomen in de Golf van Morbihan, hij was kapitein op een van de zeeslepers van Smit & Co, op de Zwarte Zee, meen ik, maar dat was voor mijn tijd hier, dus zo precies weet ik het niet, en wat ik ook niet snap is wat hij daar in die Golf van Morbihan uitspookte. Ze versleepten daar – maar waarom in zo'n recreatiegolf? – een grote drijvende bok en daarvan kwam op enig moment een zwaar onderdeel omlaag, maar hoe dat die Edelenbos toen heeft kunnen treffen – ik weet het echt niet. Je zou toch denken: zo'n bok hangt op enige afstand van de sleepboot aan een paar trossen, en als er al iets mee is, gaat de kapitein toch geen polshoogte nemen, daar heeft hij zijn mensen voor. Maar goed, hij is toch omgekomen, en daar had die bok iets mee van doen.'

Ik zat daar vorstelijk in de septemberzon, ik nam een teug van het bier dat de dominee voor mij besteld had, en vroeg: 'Weet u verder iets over die mevrouw Edelenbos? Komt ze uit Portugal?'

‘Ik kan u van alles vertellen over die spectaculaire mevrouw Edelenbos. Ze is hier, met al haar nukken en grillen, zogezegd *the talk of the town*. Maar of het allemaal waar is wat ze vertellen... daar heb ik zo mijn twijfels over, het lijken mij sterke verhalen. Maar uit Portugal komt ze niet, o nee, ze komt uit Brazilië, uit de havenstad Belém, als dat tenminste een havenstad is, maar dat kan toch haast niet missen, want hoe zou kapitein Edelenbos haar, toen hij met de Zwarte Zee aldaar ergens de monding van de Amazone op voer, anders zwemmend voorbij hebben zien komen? Sommigen zeggen dat ze op de hielen gezeten werd door een hamerhaai... nee, nee, een zwarte kaaiman. Van zijn kant was het liefde op het eerste gezicht, althans dat beweren ze hier, maar ik kan me niet voorstellen dat je terstond je hart verliest als je van de brug van een schip daar ergens in de diepte een vrouw, al dan niet achtervolgd door een hamer... pardon, zwarte kaaiman, voorbij ziet crawlen. En hoe maak je dan contact? Mysterie, mysterie. Hij zal haar wel op de wal getroffen hebben, en toen een drankje hebben aangeboden, en van het een kwam het ander, en uiteindelijk heeft ze haar land vaarwel gezegd en is met hem meegekomen naar Nederland. Wennen kon ze hier in het begin al helemaal niet – ja, ik heb het allemaal van horen zeggen, en ze is niet van mijn gemeente, als ze al gedoopt is, zal ze wel katholiek gedoopt zijn, ik heb haar nog nooit gesproken, dus hou me ten goede, al wat ik vertel is uit de tweede hand, maar erg ingeburgerd... nee. En onze mooie taal spreken – nee. Een verhaal dat steeds weer opduikt is dat ze op een stralende zomerdag poedelnaakt midden in de Vliet, voorbij de Weverskade, door Kippenek werd aangetroffen en op de bon werd geslingerd. Met een speer in haar hand. In kreekjes van de Amazone zou ze ooit, ook met zo'n speer, zeemeervallen hebben gevangen, zoals daar in Brazilië gebruikelijk schijnt te zijn, want die beesten dobberen ook graag in brak water. Dus dat probeerde ze hier ook... Nou ja, gelooft u het? Om te beginnen: waar zou ze hier zo'n speer bemachtigd kunnen hebben? Toch niet bij Smitje de Smit, al mag het dan geen naam hebben wat ze niet kunnen leveren. En dan ten tweede – spiernaakt in de Vliet, ik geloof er hoegenaamd niks van, het water is daar zo troebel dat je als iemand erin staat helemaal niet zien kunt of hij naakt is. En dan nog, wat had ze nou ooit kunnen vangen daar in die ondiepe Vliet met zijn modderbodem waarin je wegzinkt? Zo'n zeemeeronding in ieder geval zeker niet. Een snoek? Een karper? Een zeelt? Een brasem? Een ruisvoorn? En wat had Kippenek daar te zoeken? Hij heeft daar helemaal geen bevoegdheid om op te treden, je bent daar de stad al uit. En waarom zou het strafbaar zijn om in je blootje met een speer midden in de Vliet te staan? Dus hoe zo'n verhaal nou de wereld in komt?'

Ik besloot deze spraakzame dominee maar eens te jennen, dus ik zei: 'Het is een erg mooi verhaal, het zou zo uit de bijbel kunnen komen, in het Oude Testament zijn ze ook altijd met speren in de weer, maar ik geloof niet dat er ooit sprake van is dat ze met speren vissen, er wordt in het Oude Testament geloof ik nergens gevist, al staat er in het boek Job iets over een haak waarmee ze een krokodil verschalken, maar in het Nieuwe Testament vissen ze juist vaak, alleen nooit met speren. Veel succes met vissen hadden de discipelen overigens niet, want bij de wonderbare spijziging beschikt Jezus slechts over twee vissen. Maar geen nood, met vijf broden en twee vissen weet Jezus toch vijfduizend mannen te voeden, plus hun vrouwen en kinderen, waarvan de aantallen niet genoemd worden omdat die uiteraard minder in tel zijn.'

'O, maar zulke verhalen moeten ook helemaal niet letterlijk worden genomen, het zijn mythen in dienst van de verkondiging.'

'Dat hoorde ik in mijn jeugd van de kansel van gereformeerde kerk in Heiligerlee wel anders,' zei ik.

'O, hoor nou toch, u komt uit Groningen, ik eveneens, we kunnen elkaar een hand geven. En bent u nog steeds gereformeerd? Of hebt u, zoals zoveel anderen, de kerk inmiddels vaarwel gezegd?'

'Ik breng al mijn hele werkzame leven mijn tijd in kerken door. Niemand die zo vaak en zo lang in de kerk vertoeft als ik.'

'Ja, maar staat u ook nog achter de boodschap die daar verkondigd wordt? Ik heb zo'n gevoel, als ik die woorden over uw werkzame leven proef en uw visie op de wonderbare spijziging, dat dat niet het geval is. Maar dat maakt immers niets uit. Gelovigen en ongelovigen staan heden ten dage veel dichter bij elkaar dan vroeger het geval was, gelovigen zijn de witte en ongelovigen de zwarte toetsen op een piano. Zonder elkaar kunnen ze niet. Iedereen hoopt toch dat het leven iets meer te betekenen heeft dan het loos gepraat van alledag. Wijding, ritueel, echt gebeuren, diepgang, iets wat groter is dan wijzelf – daar verlangen we allemaal naar. Daarom schilderen we, musiceren we, schrijven we boeken, bespelen en stemmen we kerkorgels, en beklimmen zulke eigenaardige residuen als ik op zondag in een zwarte toga met een wit befje die aloude kansels.’

7 Een bijbelregaal

Ik ging ervan uit dat ik mijn assistente nooit meer zou zien, maar de volgende morgen kwam haar moeder, alsof er niets gebeurd was, weer met haar dochter aanzetten. Ze leverde haar af op de orgelgaanderij en zei tegen mij: 'Gisteren, ik beetje te veel boos, sorry, jij niet op mij boos meer hoop ik, Lanna wil graag jou blijven helpen.'

'Dat is plezierig om te horen, maar aan stemmen kom ik vandaag nog niet toe, met al dat verbijsterende lawaai buiten, of wacht, misschien kan ik mij op de mixturen werpen.'

'Ik haar hier laten. Straks, half een, wat eten, kom ik hierheen, wij dan naar mijn huis, jij bij mij soepje, boterham. Is goed?'

'Graag,' zei ik, en ik dacht: ze wil niet dat ik voor een tweede keer met haar dochter over straat loop, maar waarom is dat nou zo erg? Waarom vertrouwt ze dat niet, terwijl ik hier de hele morgen van alles met haar dochter zou kunnen uithalen? Of houdt ze het erop dat ongewenste intimiteiten in kerken ondenkbaar zijn? Zo naïef kan ze toch niet zijn? Wat eigenaardig overigens dat ze, terwijl ze hier kennelijk al vele jaren woont, nog zo onbeholpen Nederlands spreekt.

‘Dat zeg je nou,’ leek het wel of ik mijn Lore hoorde uitroepen, ‘maar Nederlands is akelig moeilijk. Nederlands is geen taal, Nederlands is een keelaandoening.’

‘Nou, jij had het anders na twee jaar goed onder de knie.’

‘Nou, maar prins Bernhard niet, en los daarvan, Nederlands en Duits staan toch dichter bij elkaar dan Nederlands en Portugees. Wat het Nederlands zo lastig maakt, is dat jullie de klank achter uit de keel wringen, terwijl je bij Duits juist voor in de mond moet praten. En dan al die akelige ui- en u-klanken, kruit en buit en luid en tuit, en die verdomde sch, brr, schuifluik, schuinschrift, zuipschuit. Toereloers word je ervan.’

‘Ach, het is zo vertederend, een buitenlander die jouw taal probeert te spreken. Voor je ’t weet heb je ’t te pakken.’

‘Ja, pas jij maar op.’

‘Deze Braziliaanse feeks? Kom nou toch. Iemand die woedend wordt als je, op weg naar een krentenbol, in alle eer en deugd met haar dochter over straat kuiert.’

Eigenaardig dat je met doden nog jarenlang in gedachten zulke gesprekken kunt blijven voeren. En dat die overledene zich dan altijd opwerpt als hoeder van de moraal. En dat je na afloop van zo’n fictief gesprek wegzinkt in peilloze treurigheid.

Dus wierp ik mij verbeten andermaal op de hangers. Want als je denkt dat je ze allemaal gehad en goed hersteld hebt, breng je de volgende morgen de windvoorziening weer op gang, trek je wat registers open, en ziedaar, in volle glorie is er een aantal terug, en soms zijn er zelfs nieuwe hangers bij gekomen. Dus moest ik opnieuw allerlei latjes en ventieljes en pennetjes onder handen nemen, en passant draaipunten opzuiverend, en uiteindelijk waren ze allemaal weg, op één hanger na die zelfs bleef klinken terwijl er geen registers meer openstonden. Pas als je de motor van de windvoorziening uitzette, doofde het geluid langzaam uit in de immense kerkruimte.

'Die houden we tegoed voor morgen,' zei ik tegen mijn wonderbaarlijke assistente, 'en laten we dan nu proberen of we de mixturen van het hoofdwerk kunnen stemmen, want die klinken van dichtbij zo luid dat ze de klinkhamers van de scheepswerf waarschijnlijk overstemmen.'

Dat bleek inderdaad het geval. Dus stemde ik de mixtuur, wat altijd een hele klus is. Bij de mixtuur spreekt één toon meerdere pijpen tegelijk aan, die in rijen naast elkaar opgesteld staan. Eén zo'n rij noemt men een koor, en je moet met kwastjes voor de grote en pijpenragers voor de kleine pijpen de koren die je niet stemt afsluiten, anders gaan al die pijpen met elkaar mee resoneren. Omdat het penetrante geluid van de mixturen je verdooft, doe ik, als ik mixturen stem, altijd van die oordopjes in die orkestleden ook gebruiken. Die laten het geluid wel door, maar zachter. Behalve de mixtuur kon ik ook de Scherp en de Cornet stemmen zonder dat ik veel last had van de scheepswerf. Zodoende kon ik toch, de firma De Haas ten spijt, terugzien op een vruchtbare morgen toen rond half een de moeder van Lanna arriveerde om ons af te halen, want blijkbaar mocht ik niet met haar alleen over straat.

Even na half een liepen we over de Hoogstraat en op de plaats waar ze tegen mij was uitgevallen, vroeg ze poeslief: 'Hoe jij heten?'

'Gabe,' zei ik, 'komt van Gabriel.'

'Jij Gabriel,' zei ze verbaasd, 'is engelennaam. Maar Gabe wel mooi, ik ook met een g, maar geen engelennaam, Gracinha.'

Gracinha bleek op de Haven te wonen, vlak bij dat bizarre Wijde Slop. In een bovenhuis dat zo te zien uiterst grondig gerenoveerd was. Van de kamers en suite hadden ze één ellenlange ruimte gemaakt, met achterin een open keuken. Aan een van de muren hing een verbazend mooie afbeelding van een langgerekte vis met een diep gevorkte staart en vinnen als vlaggen. Akelig lange baarddraden ontsierden de bek. Was dat misschien de zeemeerval waarop ze met een speer gevist had? Vanuit het grote raam aan de voorkant had je een prachtig uitzicht op de Havenkom en de Groote Kerk, al stond er een nogal detonerend flatgebouw voor het bedehuis.

'Je woont hier op een van de mooiste plekjes van dit stadje,' zei ik.

'Ja, nu wel mooi, vroeger daar stinkfabriek, slaoliefabriek De Ploeg. Gelukkig afgebrand, maar nu lelijke flats, beetje jammer, en stank van fabriek gebleven, niemand begrijpen, maar vreselijk.'

Ze zette een geheimzinnig soepje op tafel, zei: 'Ik voor jou lekkere tosti maken.'

'Dat is te veel eer. Geef mij maar een gewone boterham.'

'Niks van, ik voor jou tosti maken met schapenkaas.'

'Nou, graag dan, en die soep ruikt alvast erg lekker. Braziliaans recept? '

'Hoe jij weten ik uit Brasil vandaan?'

'Gisteren van een dominee gehoord.'

'Jij niks geloven wat ze over mij vertellen, ook niet

van dominee, allemaal leugens.'

'Dus je komt niet uit Belém?'

'Jij ook al gehoord?'

'Ja, van die dominee.'

'Wat hij nog meer vertellen?'

'Dat je met een speer in de Vliet vis ving.'

Had ik dat maar niet gezegd! En dan liet ik nog wel weg dat ze daarbij poedelnaakt in het water zou hebben gestaan. Met het wafelijzer waarmee ze de tosti wilde gaan maken sloeg ze op haar gasfornuis. Het was bijna hetzelfde geluid als van een klinkhamer op een scheepsromp.

'*Mentiras*,' riep ze, '*mentiras*', en er volgde een woedende tirade in het Portugees. Haar dochter sloeg de handen voor haar ogen, riep: '*Não, mamãe, não, mamãe.*'

Onder zulke omstandigheden kun je maar het beste zo snel mogelijk een ander onderwerp aansnijden, dus ik zei luchtig, alsof er niets aan de hand was: 'Ik ben een keer in Brazilië geweest.'

Kijk, dat bleek nou een schot in de roos, ze was meteen afgeleid, vroeg: 'Jij in Brasil geweest? Vakantie?'

'Nee, nee, ik moest daar een orgel stemmen, in Mariana.'

'Jij in Mariana geweest,' riep ze in opperste verbazing uit, 'daar mijn moeder vandaan komen.'

'Ja, in Mariana, midden in het oerwoud.'

Helaas, die overbodige toevoeging 'midden in het oerwoud' bleek een domme fout.

'Mariana niet in oerwoud, Mariana grote stad, omheen heuvels, beetje bos, niks oerwoud.'

'Nou ja, als je zoals ik in Groningen in de Johannes Kerkhovenpolder bent opgegroeid, waarin drie verdwaalde populieren staan en een schamele schietwilg, waan je je als je een paar dennen ziet algauw in een oerwoud, zeker in zo'n land als Brazilië.'

'In Mariana niks oerwoud, geloof niks van, jij daar geweest zijn.'

En ze zwaaide dreigend met haar wafelijzer en riep: 'Jokkebrok.'

Mij verbaasde het enorm dat ze mij zo'n ongebruikelijk woord voor de voeten wierp. Jokkebrok, wie gebruikt dat vandaag de dag nog? Waar haalde ze dat vandaan? Maar ik vroeg haar er niet naar, ik zei: 'Ik kan bewijzen dat ik in Mariana was, ik heb er nog foto's van, kan ik je een keer laten zien.'

'Hoe jij daar komen?'

'Vliegtuig naar Rio de Janeiro, bus van Rio naar Mariana.'

'Hoelang jij zitten in dat bus?'

'Een uur of tien, maar we hadden vertraging onderweg, er klapte een band, die moest vervangen worden.'

'Welke kerk jij stemmen?'

'In een kathedraal. Maar hoe die heette? Nossa Senhora da Assunção, geloof ik, Onze-Lieve-Vrouwe van 't Wafelijzer.'

'Jij niet spotten alsjeblieft, en draak steken op mij.'

Ze is vast en zeker katholiek, dacht ik verschrikt, ja, wat dacht je anders, maar wat zou het? Ernaar vragen durfde ik niet, ik keek de woonkamer rond, ontwaarde nergens een crucifix, noch ook heiligenbeeldjes of soortgelijke roomse gruwelprullaria. Alleen stond er in een nis een klein tafeltje waarop een reusachtig boekwerk lag. Mij leek dat een erfstuk, een oeroude statenbijbel waarvan de sluitveters al in geen jaren waren losgeknoopt. De woonkamer was opvallend sober ingericht, dat beviel mij wel, al ben ik geen fan van open keukens. Uit haar open keuken walmde een schroeilucht de kamer in.

'O, jouw tosti, hij verschroeit. Ik ander maken,' riep ze.

'Ach wat, beetje bruin, dat geeft toch niet, dat is juist erg lekker.'

'Niks van, ik nieuw maken.'

Nog een keer of drie zei ik dat ik die verschroeide tosti best kon eten, en zij hield koppig vol dat ze een nieuwe zou maken, en voerde dat voornemen ook uit. Toen die tosti dan eindelijk dampend op een bordje naast mijn soep lag, kon de simpele maaltijd een aanvang nemen. Moeder en dochter vielen uiterst behoedzaam op die soep aan, alsof ze niet konden geloven dat die lekker zou kunnen smaken. Wat een precieusheid! Ik keek naar de moeder, ik keek naar de dochter. Dat de dochter verstandelijk gehandicapt was, viel nergens uit op te maken. Afgezien van het feit dat ze geen woord uitbracht, leek ze volstrekt normaal. Bij het stemmen en het verwijderen van al die hangers had ze me voortreffelijk bijgestaan, steeds de juiste toetsen indrukkend. Goed, die toetsen kon ik aanwijzen, het zou wellicht anders zijn geweest als ik bijvoorbeeld van achter uit het orgel had geroepen: 'Sla de As eens aan', maar ja, dat was ook lastig als je werkte met mensen die zelf konden spelen, want dan moest je toch altijd uitleggen welke As je wilde horen – er zijn er immers op een orgel per klavier minstens vier, soms zelfs vijf, en met drie klavieren heb je dus al snel twaalf tot vijftien Assen.

Wat schortte eraan bij die dochter? Had ze zich niet

normaal kunnen ontwikkelen omdat ze thuis haar moeder alleen Portugees had horen spreken, terwijl ze op de bewaarschool alleen maar Nederlands hoorde? Maar had ze wel op een bewaarschool gezeten? Was ze ooit in contact geweest met kinderen van haar eigen leeftijd? Graag had ik de moeder ernaar gevraagd, maar mij leek het onkies om, terwijl de dochter erbij zat, over haar kind te beginnen. Ik moest wachten tot ik deze Gracinha een keer alleen zou kunnen spreken, maar ja, wanneer zou die gelegenheid zich voordoen? Dat het meisje debiel was, zoals de koster had gezegd, wilde er bij mij niet in. Zo zag ze er domweg niet uit. Maar wat was er dan aan de hand? En kon daar dan niets aan gedaan worden?

Ik zal er mijn broer eens naar vragen, dacht ik, och, kon hij haar maar eens een keer zien, maar ja, hoe zou ik mijn honkvaste broer vanuit Groningen, waar hij als kinderpsychiater werkzaam is, naar Holland kunnen lokken? Of andersom: hoe het ooit voor elkaar te krijgen om met moeder en dochter naar Groningen te reizen? Vaak denk ik: de mens is net een kerkorgel met een beperkt aantal sprekende stemmen. Hoe hij of zij spreekt, hangt af van de stemming, net als bij een orgel. Als hij goedgeluimd is, dus als er zachte fluitregisters zijn uitgetrokken, krijg je een liefelijk geluid te horen. Is de stemming ronduit kwaadaardig, dan lijkt het alsof je de Scherp en de Sifflet en de mixturen hebt openstaan. Maar bij dit meisje, deze jongedame, leek het wel alsof de windvoorziening niet werkte, sterker nog, alsof het orgel op slot zat, een enkel moment waarop ze '*Não, mamãe*' had geroepen niet te na gesproken.

Mijn oudste broer wordt nijdig als ik zeg dat de mens

net een kerkorgel is. Maar ja, wat weet hij van orgels? Hem hindert de starre klank. Hij wil strijkers, houtblazers, koper, slagwerk, akkoord, dat valt te billijken. Een kerkorgel heeft een ietwat strakke, starre klank, dat is waar, maar de mens is, zeker naarmate hij ouder wordt, in toenemende mate minder flexibel. Goed, beste broer, laten we het er dan op houden dat bejaarden net kleine kerkorgels zijn.

Toen de eenvoudige maaltijd was beëindigd, zei Gracinha tegen mij: 'Jij vanmiddag alleen. Ik met Lanna naar ziekenhuis. Zij heeft... zij heeft... ik niet weten Hollandse naam... *marca de nascença*... moet naar gekeken worden.'

'Vanmiddag red ik me wel,' zei ik, 'al kom ik aan stemmen waarschijnlijk toch niet toe, want de geluidsoverlast is enorm buiten, alleen al die scheepswerf...'

'Waarom jij niet daarheen? Met grote toeter en jij dan deze prachtige maanlied zingen.'

'Welk maanlied?' vroeg ik verbaasd, meteen denkend aan de befaamde Maanaria uit de opera *Rusalka* van Dvořák.

De dochter snelde naar de statenbijbel, knoopte de veters los, sloeg het werk open, en prompt transformeerde die bijbel zich tot een regaal, een bijbelregaal. In een museum had ik ooit eens zo'n instrument aanschouwd, maar het verbaasde mij enorm dat er daar zomaar zo'n zeventiende-eeuws speeltuig op een tafeltje lag. Niettemin sloeg de dochter, alsof het vanzelf sprak, daarop een akkoord in Fis-groot aan, en zong, zichzelf begeleidend: 'Zie de maan schijnt door de bomen, makkers staakt uw wild geraas.' Ach mensenlief, wat een mooie zangstem bleek die dochter te hebben, en daarbij kwam dat, terwijl ze zong, de eigenaardige plompheid van haar gezicht uitgewist leek, en nogmaals dacht ik: ik begrijp er gewoon geen donder van. Wat is er aan de hand met dit zogenaamd gehandicapte meisje dat niet alleen terstond begrijpt welk maanlied haar moeder bedoelt, maar dat ook nog, prachtig op toon, in goed Nederlands blijkt te kunnen zingen, zich daarbij opeens iets van de schoonheid van haar moeder toe-eigenend, en zichzelf op dat ongetwijfeld kostbare erfstuk, dat bijbelregaal, begeleidend alsof ze Gerald Moore is? Het enige wat tamelijk eigenaardig is, is dat ze alles in Fis-groot speelt. Je zou toch verwachten dat een meisje van zestien zo'n liedje, als ze het uit het hoofd speelt, in F-groot aanvangt. Dat is een makkelijke toonsoort. Fis-groot, met al die kruisen, is knap lastig. Maar juist omdat 't knap lastig is, valt het des te moeilijker te geloven dat ze verstandelijk gehandicapt is. Of zou die verstandelijke handicap juist met zich meebrengen dat ze alleen met de zwarte toetsen uit de voeten kan? Maar ja, een voorkeur voor zwarte toetsen, wat zegt dat nou? Skrjabin had ook een voorkeur voor toonsoorten met veel kruisen en mollen, en die was, wat je verder ook over hem kunt zeggen, zeker niet verstandelijk gehandicapt. Nou ja, misschien toch wel geschift, zeker op 't eind van zijn leven. Neem echter alleen al dat middendeel van zijn pianoconcert. In Fis-groot, dus maar liefst zes kruisen, maar wat een adembenemend mooie muziek.

8 Zwart stemmen

Zoveel was inmiddels zeker: akkoord, ik kon mij uit de naad werken om het Garrels-orgel, voor zover als in mijn vermogen lag, weer goed bespeelbaar te maken, maar het was duidelijk toe aan een grondige opknapbeurt. Dus al mijn arbeid was eigenlijk overbodig. Veel beter zou zijn meteen maar tot restauratie over te gaan. Maar ja, dat geldt voor veel kerkorgels, en 't grote probleem daarbij is altijd weer: waar haalt het kerkbestuur of de kerkvoogdij of de gemeente de fondsen vandaan om die altoos zo akelig kostbare restauraties te financieren? Zonder rijkssubsidie valt er niet aan te denken, tenzij de gemeente kan bogen op enkele vrijgevige miljonairs. Daarbij komt dat men in steeds meer kerken, want God verhoede dat gemeenteleden tijdens de diensten verkleumen, heteluchtverwarmingsinstallaties aanbrengt. Een uitkomst voor kerkgangers, want in no time is het, zet je zo'n ellendig systeem aan, 20 graden in de kerk, maar die verhitte, droge, opstijgende lucht sloopt het orgel. O, gouden tijden toen men nog gehard genoeg was om, zelfs als het vroor, het Woord des Heren in bittere koude aan te horen. Met hoogstens een warme stoof onder je voeten. En zo'n stoof kwam ook van pas als je 't niet met de dominee eens was. Dan kon je hem daarmee bekogelen. In Domburg is ooit een dominee die door een stoof werd getroffen, rechtstreeks vanaf de preekstoel naar de hemel gegaan.

Dus moest ik mij vermannen, die stille donderdagmiddag in de Groote Kerk. Tamelijk vergeefs toch was mijn geploeter, en om dat gevoel de baas te worden wierp ik mij verbeten op de haperende windvoorziening. Ach, hoe dat toch in vroeger tijden moet zijn geweest! Geen elektromotor om een ononderbroken luchtstroom en constante winddruk te waarborgen. Nee, een of twee leeglopers, doorgaans zo van straat geplukt, zoals Mendelssohn in een van zijn brieven vertelt, om de treden van de blaasbalgen voor een paar stuivers met beide voeten op en neer te bewegen. Echt stabiel zal die windvoorziening derhalve niet zijn geweest. Je was helemaal afhankelijk van de kracht van de orgeltrappers. Het geluid zal nu eens wat schriel, dan weer wat al te krachtig zijn geweest. Wil je dus op authentieke wijze orgel spelen, wil je de werken van Bach uitvoeren zoals ze in Bachs tijd hebben opgeklonken, dan zul je toch allereerst moeten afzien van zo'n mooi elektrisch aangedreven windvoorziening, en moeten teruggrijpen op orgeltrappers. Maar dat doen al die voorvechters van authentieke uitvoeringspraktijken nimmer. Dus hoor je Bach niet zoals hij destijds heeft geklonken. Reken maar dat zo'n verpletterend werk als de Toccata in F, waarbij het orgel bij hedendaagse uitvoeringen zowat van de muur af komt, toendertijd toch tamelijk dun heeft geklonken.

Om half vier werden mij door koster De Koeier zowaar een kop hervormde thee en een rooms mariakaakje aangereikt. Ook vroeg hij of mijn werk enigszins vlotte, en of hij iets voor mij kon doen.

‘Dank voor het aanbod,’ zei ik ietwat korzelig, ‘maar ik heb op dit moment geen hulp nodig.’

Van achter zijn jampotglazen tuurde hij naar mij alsof ik een vriendelijke geste afwees omdat ik een oneerbaar voorstel vermoedde. Eigenaardig toch dat sommige mensen je koude rillingen over je rug bezorgen, terwijl ze waarschijnlijk nobele bedoelingen hebben. Ik was blij toen de koster weer ging en de dreunende geluiden van zijn voetstappen op de stenen kerkvloer verklonken waren. Maar een poosje later had ik er spijt van dat ik zijn aanbod voor hulp had afgewezen, want die ene hanger in de prestant van het bovenwerk die ik eerder had laten zitten, kon ik er niet uit krijgen omdat ik er niet bij kon komen. Dus ik daalde af, zocht de koster op en vroeg of hij een flinke ladder had.

‘Heb ik,’ zei hij, ‘maar waar heb je die voor nodig?’

‘Ik kan binnendoor niet bij de voet van de prestant op het bovenwerk komen waar een hanger zit. Dus ik wou proberen of ik er van buitenaf bij kon komen met een ladder die we dan boven op het rugwerk neerzetten.’

‘Jezus, mensen, da’s levensgevaarlijk, wou je hier soms een eredood sterven?’

‘Nee, ik wil die hanger er zo graag uit hebben.’

We sjouwden een ladder naar boven, ik klom op het rugwerk, hees de ladder op terwijl de koster hem aangaf, zette hem neer en klom erop. Je reinste acrobatiek natuurlijk, maar een groot kerkorgel stemmen is, laten we wel wezen, een circusact zonder publiek, en zo’n hanger laten zitten, dat is m’n eer te na. Dus via het open krulwerk aan de voet van de prestant kon ik er net bij, en na enig gepruts had ik die verdomde hanger er toch uit.

‘Petje af,’ zei de koster nadat we de ladder weer naar beneden hadden gebracht, ‘petje af.’

Hij heeft het over de vaklui van Pels & Van Leeuwen, dacht ik, maar nu zal het hem toch duidelijk zijn dat ik ook wel iets kan.

Ruim een uur na mijn circusact klonk opnieuw het geluid van voetstappen. Daar heb je hem weer, schoot door mij heen, dominee Berenschot. Hij was het inderdaad, maar hij bleek niet alleen te zijn. Vier man sterk kwamen ze de orgelgaanderij op.

‘Goedemiddag, meneer Pottjewijd,’ zei Berenschot. ‘Ik heb de heer Van Vuuren bij me, u welbekend van de mannenvereniging Schrift en Belijdenis, plus de scriba van onze kerkenraad, de heer Tuitel, en ouderling Bravenboer. We willen graag wat concretere afspraken maken over het nalopen van het Seifert-orgel. Zullen wij dat hier doen? Of zullen wij dat op het terras doen waar wij samen gisteren zo’n vruchtbaar gesprek hebben gevoerd?’

‘Ik ben wel toe aan een gereformeerd biertje,’ zei ik.

‘Ja, gerstenat, dat lijkt mij wat,’ rijmde Berenschot, en de andere broeders vielen hem bij, dus daalden wij behoedzaam de enge trap van de orgelgaanderij af en wandelden naar de platbodem op de Noordvliet. Op weg erheen kon ik mij niet aan de indruk onttrekken dat de vier heren reeds flink gepimpeld hadden. In ieder geval waren ze duidelijk verhit.

Nog voordat wij goed en wel van drank waren voorzien, vroeg dominee Berenschot aan mij: ‘Meneer Pottjewijd, mag ik u een gewetensvraag stellen?’

O mijn God, dacht ik, wat krijgen we nu? Waar gaat dit heen? Moet ik mij verantwoorden voor het feit dat een problematische jongedame mij bijstaat?

Maar nee, nadat ik met een kort knikje te kennen had gegeven dat hij mij zo'n vraag kon stellen, vroeg hij: 'Zou u bereid zijn een orgel in een moskee te stemmen?'

Waar wil hij heen, dacht ik, en wat hoopt hij te horen? Dat ik zal zeggen: 'Nee, geen sprake van'? Maar dat is een belachelijk antwoord, want in moskeeën ontbreken kerkorgels.

'Geen moskee op deze wijde wereld waarin een orgel staat,' zei ik dus om tijd te winnen en hem uit zijn tent te lokken.

'Dat is mij uiteraard bekend, maar stel nou dat er wel orgels in islamitische bedehuizen zouden staan?'

'Het zou er wat mij betreft van afhangen om wat voor instrument het zou gaan. In principe stem ik niet in katholieke kerken, want ik verfoei het pedofiele papendom, maar ik heb wel in Portugal in een klooster en een kathedraal gestemd, en in Brazilië eveneens in een kathedraal, omdat in die drie gebouwen een Schnitger-orgel staat. Zou er een moskee zijn met een Schnitger-orgel, dan zou ik dat, als men mij ervoor vroeg, wel stemmen – zij het niet van harte.'

'Dus u zou aldaar stemmen niet principieel afwijzen?'

'Nee, want het zou mij gaan om het behoud van het Schnitger-orgel. Elk Schnitger-orgel is een geschenk aan de mensheid, ook al zou het in een moskee staan. Of in een hindoetempel of in een boeddhistisch klooster. Of in de onderzeeër van kapitein Nemo.'

'Dus u zou zo'n orgel ook stemmen als het in een bordeel stond,' zei scriba Tuitel.

'Nou en of, want het is kostbaar erfgoed, en vanuit een bordeel kan het zo weer in een kerk geplaatst worden, vanuit een moskee trouwens ook. Maar ja, een kerkorgel in een bordeel, ach... ach... zoiets is eerlijk gezegd nog nooit bij me opgekomen.'

De toch al ongezond rode gelaatskleur van scriba Tuitel tintte nog wat dieper rood, hij wilde iets venijnigs terugzeggen, maar dominee Berenschot was hem voor en zei korzelig: 'Bordeel? Bordeel? Waar gaat dit over? We dwalen af. Het gaat om de moskee. Een uurtje geleden hoorden wij op de receptie van een bruiloft uit betrouwbare bron dat vier aannemers zich hebben ingeschreven voor de bouw van een grote moskee in de Dijkpolder, en dat aannemer Booster de goedkoopste van die vier bleek te zijn. Dus die gaat die moskee nu neerzetten.'

'En die aannemer...'

'Precies, die aannemer is van onze kerk. Je zou toch denken dat het nooit in het hoofd van een gereformeerde aannemer zelfs maar zou kunnen opkomen om zich in te schrijven bij zo'n bouwproject... Nooit, nooit ofte nimmer...'

Van Vuuren, Tuitel en Bravenboer knikten instemmend.

'U vindt, meneer Pottjewijd, dat een orgel stemmen daar zou kunnen, mits het een Schnitger-orgel is, maar weet wel dat u dan reeds een hellend vlak betreedt? Hoe haalt een gereformeerde aannemer het in Gods naam in zijn hoofd om zich voor zo'n afgodstempel in te schrijven?'

Om de vraag voor te zijn of ik ook vond dat een gereformeerde aannemer zoiets niet in zijn hoofd mocht halen, vroeg ik: 'Wat wou u hieraan gaan doen?'

‘Dat hebben we zonet op die receptie al uitgebreid besproken. We kunnen misschien, om maar eens wat te noemen, broeder Booster de toegang tot het Heilig Avondmaal ontzeggen.’

‘Maar pas als hij, nadat we hem hebben uitgelegd dat hij dwaalt, er toch in volhardt om te bouwen,’ zei scriba Tuitel.

‘Dat hoef je hem niet uit te leggen,’ zei ouderling Bravenboer, ‘die gaat onherroepelijk metselen, wat je ook zegt. Zo’n megaproject – dat laat hij niet lopen. Neem alleen al zo’n hoge minaret met zilverbeslag – tsjonge, wat een goudgeld is daarmee gemoeid.’

‘We kunnen niks tegen hem beginnen,’ zei voorzitter Van Vuuren, ‘we staan met de rug tegen de moskeemuur. Hij zal zeggen: “Waar staat in de Schrift dat je geen moskee mag bouwen”, en dan moet je zeggen: “Dat is met zoveel woorden nergens in ’t Woord duidelijk aangegeven, maar ’t spreekt toch vanzelf dat je dat als gereformeerde aannemer niet in je bolle kop haalt.” Maar Booster smijt die moskee pontificaal neer, met alles d’r op en d’r an, tot de minaret aan toe, en je zult zien dat hij onze Leen Stigter erbij haalt voor de elektra, en Siem Kouwenhoven voor de vloerbedekking, en Petrus Leune voor het verfwerk, en Bram Boudesteijn voor ’t stucwerk, en Klaas Kabel voor het sanitair, en Sander Robbemond voor de verwarming, en Witold Warnaar voor het glaswerk, en nog zo wat lidmaten van onze kerk, dus ’t wordt een all-in gereformeerd project, halleluja, nou ja, zoals ik het zie moet je alle lidmaten die zich hiervoor lenen bij ’t ouderlingenbezoek alle hoeken van de kamer laten zien, die moet je onder ogen brengen dat ze een akelig scheve schaats rijden, zodat ze in gewetensnood raken. En dan maken ze dat vanzelf wel goed door hun vaste jaarlijkse kerkelijke bijdrage flink te verhogen. En dan hebben wij toch mooi profijt van dat goudgeld van zo'n hoge minaret. Want ja, wat kun je nou anders doen, er staat bij mijn weten toch nergens in de Schrift dat je geen moskeeën met minaretten mag bouwen, nergens staat dat.'

'Ik vind toch...' zei dominee Berenschot, 'we kunnen toch overwegen broeder Booster de toegang tot het Heilig Avondmaal te ontzeggen.'

'Haalt dat wat uit? Ons Boostertje zal erom gniffelen. En op grond waarvan?' vroeg scriba Tuitel, 'en moeten we dan voor al zijn personeel, dat voor 't merendeel ook van onze kerk is, de toegang tot de tafel des Heren blokkeren? Dat scheelt ons dan een hele tafel. En wat doen we met de doopleden die bij hem in loondienst zijn, want dat bennen er tussenbeide ook nog aardig wat.'

'En ondertussen schrijdt de islamisering van ons land en volk alsmaar voort,' zei Berenschot mismoedig.

'Zodat mettertijd koningin Beatrix de troonrede voorleest met een hoofddoekje op,' zei ik met een passende grafstem.

'Zo'n vaart zal 't niet lopen,' zei Van Vuuren.

'Ik weet 't zo net nog niet,' zei Tuitel. 'Voor je 't weet leest mettertijd een kleindochter van onze vorstin met een hoofddoekje op de troonrede voor.'

Er viel een diepe stilte. De zon begon reeds te dalen achter de Groote Kerk.

De dominee zei: 'Terzake. Het Seifert-orgel, 43 sprekende stemmen. Het hoeft niet echt gestemd te worden, maar het zou geweldig zijn als u het hier en daar onder handen wilt nemen. Hoeveel zou ons dat gaan kosten?'

'Momenteel is het gebruikelijke tarief 60 gulden per sprekende stem, dus dat komt bij 43 sprekende stemmen op 2580 gulden, maar als 't alleen hier en daar wat bijgestemd hoeft te worden, zal 't misschien de helft minder zijn.'

'En dat geldt, neem ik aan, als u wit stemt. Allicht is het nog flink wat goedkoper als u genegen zou zijn om zwart te stemmen.'

'Daar begin ik niet aan,' zei ik, 'want zoiets *spricht sich herum*, om het in mooi Duits te zeggen, en dan willen alle kerkbesturen dat ik zwart stem, en krijg ik vroeg of laat grote problemen met de belastingdienst. En met mijn Duitse werkgever. Nee, u krijgt een keurige rekening van de firma Auerbach & Wüste, waarbij ik in dienst ben.'

'Ik kan u verzekeren dat het onder ons blijft dat u in dit ene geval... Kijk, wij hebben een krap budget, het is sappelen. We verliezen alsmaar kerkleden, we moeten de eindjes aan elkaar knopen, dus...'

'Ik heb er alle begrip voor, maar ik werk niet zwart. Wat belasting betreft is de Schrift behoorlijk wat duidelijker dan over minaretten, slaat u er Mattheüs 22 maar op na, dus nee, zwart stemmen, het spijt me, dat doe ik niet, dan zoekt u maar een ander.'

'Goede stemmers heb je niet voor het oprapen.'

'Dat is waar, het is vakwerk, ik weet het, en ik ben hier nu toch, en ik kan makkelijk dat Seifert-orgel even nalopen, dus profiteer ervan, zou ik zeggen.'

'Wanneer zou u daarmee kunnen beginnen?'

'Wat mij betreft morgen al. In de Groote Kerk kan

ik op werkdagen niet stemmen, vanwege het verpletterende lawaai van die scheepswerf. Ik hoop dat ik daar komende zaterdag en zondag kan stemmen. Maar ja, misschien hoor je die scheepswerf ook in die Immanuëlkerk. Ja, en dan... Nou ja, eerst maar eens daar overdag luisteren, wie weet kan ik daar wel op doordeweekse dagen aan de slag.'

'Bij ons wordt in ieder geval niet op zondag gestemd,' zei dominee Berenschot, 'niet alleen zijn er dan twee diensten, maar we eren ook voluit de sabbatdag.'

'Daar heb ik uiteraard alle begrip voor,' zei ik, en ik dacht: kijk toch, nu gaat de dominee wat betreft de zondagsheiliging opeens op zijn strepen staan om als het ware uit te wissen dat er zonet nog sprake was van een losse, weinig schriftuurlijke moraal betreffende het betalen van belasting. Met zijn gemeenteleden erbij is hij bovendien wat minder joviaal dan als je hem alleen spreekt.

We stonden op. Zo achteloos mogelijk vroeg ik de broeders: 'Weten jullie misschien hoe ik aan een Portugese bijbel kom?'

'Wat mot je daar nou mee?' vroeg Van Vuuren verbaasd.

'Ik wou m'n Portugees een beetje ophalen.'

'Met de Bijbel?'

'Omdat ik als kind graag las en we maar één boek in huis hadden, de Schrift, en ik daar dus altijd in zat te lezen, ken ik de Bijbel zowat uit m'n hoofd, dus als ik de bijbel in een vreemde taal lees, weet ik vaak woord voor woord wat er staat, en zie ik dus hoe al die overbekende teksten er in zo'n vreemde taal uitzien. En aldus leer je spelenderwijs zo'n vreemde taal lezen. Het is echt een fantastische methode, ik kan het iedereen aanraden.'

'Dat heb ik nou nog nooit gehoord,' zei dominee Berenschot. 'Waar het Woord al niet voor dienen kan.'

'Voor een bijbel in 't Portugees,' zei ouderling Bravenboer, 'kun je misschien terecht bij Kris Kloppenburg in de Joubertstraat op 't Hoofd. Die verzamelt bijbels, die koopt vaak hele partijen op omwille van één bijzonder exemplaar, en dan beschikt hij dus over een boel bijbels waar hij verder weinig emplooi voor heeft. Maar ja, wegsmijten, die bijbels, dat gaat natuurlijk niet. De Schrift gooi je niet zomaar in de vuilnisbak. Dus z'n huis puilt uit van de bijbels. Allicht zit er wel een Portugese bijbel tussen, want hij heeft onderhand bijbels in zowat alle talen die er op deze wereld gesproken worden.'

'Maak het nou,' zei scriba Tuitel, 'zover ik weet zijn er zo'n zevenduizend talen. Dan moet hij dus op z'n minst zevenduizend bijbels in verschillende talen hebben.'

'Of hij zoveel bijbels heeft, weet ik echt niet. Toen hij nog in 't huis van zijn ouders in de Hendrik Schoonbroodstraat woonde, was het huis volgestouwd met bijbels. Het was een drama toen hij, omdat ze de Hendrik Schoonbroodstraat gingen slopen, moest verhuizen, dozen vol bijbels moesten in een houten kruiwagen naar de Joubertstraat. Honderd keer zijn ze op en neer geweest met die kruiwagen. En met een aanspan van de schillenboer. Heremijntijd, je weet niet wat je ziet als je daar binnenstapt. Overal bijbels, tot op de traptreden aan toe, in grote stapels. Z'n vrouw is bij hem weggelopen. Die kon er niet meer tegen. Die had hem verboden om nog meer bijbels aan te schaffen, maar hij sleepte ze overal vandaan naar z'n hol. Maar ja, tweedehands zijn ze voor een habbekrats te krijgen, dus laat ze dan maar eens liggen als je gek bent van bijbels.'

9 Hendrik Schoonbroodstraat

Een plattegrond van de stad bleek in het Zeemanshuis niet voorhanden. Maar de vrouw die Sjaan heette en die mij al voor de derde keer van een VGA'tje voorzag, vertelde mij waar ik de Joubertstraat kon vinden.

'De Haven uit, het spoor over, en dan ben je op 't Hoofd. Rechtdoor lopen, richting Havenhoofd, dan halverwege linksaf, da's de Joubertstraat. Vroeger woonde hij, staat me nog bij, trouwens in de Hendrik Schoonbroodstraat.'

'Wie was die Hendrik Schoonbrood?' vroeg ik.

'Heb ik eerlijk gezegd geen flauw idee van, de meeste straten op 't Hoofd zijn vernoemd naar helden uit de Boerenoorlog, maar of Hendrik Schoonbrood nou ook in de Boerenoorlog heb gevochten... wacht, ik vraag het Joop.'

Ze deed enkele stappen in de richting van de toog, riep: 'Joop, weet jij of Hendrik Schoonbrood in...'

'Mens, waar hebbie 't over? Mot ik dat weten? Schei nou toch uit, wat ken mij dat nou schelen, Henkie Sloopschroot...'

Nadat ik mijn VGA'tje genuttigd had ging ik op weg, mijzelf ter hoogte van haar bovenhuis op de Haven duchtig toesprekend.

'Wou je haar imponeren met enige kennis van het Portugees? En waarom? Waartoe? En dacht je nou heus dat je, als je dankzij die Portugese bijbel dat schamele beetje Portugees hebt opgehaald dat je in Portugal en Brazilië is aangewaaid, die taal ook maar enigszins redelijk kunt spreken? Om dat te bereiken zou je nogmaals die Linguaphone-cursus moeten doen. De Bijbel in het Portugees lezen heeft niet de minste zin, je zou er alleen iets aan hebben als iemand jou uit die bijbel voorlas en je telkens moest nazeggen wat je gehoord hebt. Indertijd, toen je met veel moeite bij Riemer in zijn antiquariaat in Groningen een Hongaars bijbeltje hebt bemachtigd, heeft dat, terwijl je zo verliefd was op het Hongaarse vluchtelingetje dat op de mulo bij jou in de klas kwam, toch ook niks opgeleverd?'

Daar was uiteraard geen speld tussen te krijgen, maar ik stapte vastberaden voort. Het zou, nu mijn verblijf in dit eigenaardige stadje langer ging duren dan ik oorspronkelijk begroot had, plezierig zijn iets te lezen te hebben. Liefst lectuur waar ik dan en passant ook iets van opstak, en mogelijk zelfs nuttig gebruik van kon maken. Plus dat ik er altijd al veel plezier in had gehad de Bijbel te lezen in een vreemde taal. Vooral Duits had ik ermee leren lezen, ach, ach, dat mooie Duits van de Lutherbijbel! Maar Hongaars was erg moeilijk gebleken, wat een hopeloos lastige taal. Daar stond dan weer tegenover dat ik met de King James Version aangename uren had doorgebracht. Die Engelse bijbel had ik alvast maar aangeschaft, voor het geval er ooit een leuk Engelse meisje zou opduiken. Las je de Bijbel in een vreemde taal, dan verruimde je daarmee je blik op de Schrift. Je zag opeens dat al die teksten die je als kind als de ultieme waarheid waren opgedrongen, ook heel anders konden klinken dan in het Nederhebreeuws van de onvolprezen Statenvertaling. Althans, zo is het mij vergaan, en ik heb de Bijbel ook gretig in het Italiaans en Zweeds gelezen. Dus waarom nu niet in het Portugees? Dat vloeide dan wel voort uit het feit dat ik met Gracinha en haar wonderlijke dochter in aanraking was gekomen, maar daar hoefde verder toch niets achter gezocht te worden, de dominee ten spijt, die mij zo'n bevreemde blik had toegeworpen toen ik over een Portugese bijbel was begonnen?

Eenmaal haar bovenhuis voorbij, doemde al snel die ogenschijnijk doogewone straat op die van de raadselachtige aanduiding Wijde Slop was voorzien. Ik kon er niet toe komen hem achteloos voorbij te lopen, nee, ik betrad behoedzaam dat Wijde Slop, liep erdoorheen, zag dat er aan de linkerkant een straat op uitkwam die Zandpad heette, ofschoon er noch van zand, noch van een pad sprake was, en bereikte een kruising waar ik rechtsaf kon, een vrij smalle straat in, met aan het einde ervan het naambordje: Fenacoliuslaan. Ook dat verbaasde mij, want bij een laan stel je je toch een vrij brede verkeersweg voor met links en rechts een rij bomen. Maar hier was, althans in dat gedeelte van de smalle laan, geen boom te zien.

Ook via die boomloze laan kwam je uit bij de spoorwegovergang. Daarachter doemde de grauwe woonwijk 't Hoofd op. Het was duidelijk waar die naam vandaan kwam: liep je rechtdoor, dan kwam je uit bij het Havenhoofd. En ik liep rechtdoor, die Joubertstraat langs, want ik wilde eerst dat Havenhoofd aanschouwen, plus de rivier daarachter. Naarmate ik er dichterbij kwam, leek het wel of de mooie septemberschemering langzaam transformeerde tot een kille winteravond. Vanaf de rivier woei een akelig soort sirocco over de Havenkade. De lucht was vochtig, condenseerde op mijn dunne zomerjack. Ik huiverde. Eenmaal bij de rivier aangekomen – en wat een rivier, een machtige stroom met hol klotsend water bezaaid met rijnaken en schepen en bootjes die, hoewel het nog niet geheel donker was, al helverlicht waren – drentelde ik een poosje op het Havenhoofd rond. Het leek of er op het water tussen die vaartuigen een duistere wolk dreef, en of er vanuit die wolk nevelflarden landinwaarts gestuurd werden. Ik ontwaarde op het Havenhoofd een als een trap met uiterst brede treden aangelegde steiger. Bij de laagste trap van de steiger lag een schip afgemeerd, met groene en rode lichten. Dat moest haast wel de veerpont zijn naar het eiland aan de overkant. Die kon dus, afhankelijk van het getij, aanleggen bij een van die treden van de steiger. Over de rivier gleed volstrekt geluidloos nog zo'n zelfde groene veerpont in de richting van net zulke aanlegsteigers als aan deze zijde van het tamelijk luidruchtig kabbelende water.

Via een stille straat met nette lage huizen aan mijn linkerhand en wat minder nette huizen aan mijn rechterhand, De la Reystraat, liep ik terug. Ik belandde halverwege de Joubertstraat. Ik belde aan bij nummer 30 rood. Akelig langzaam zwaaide deur open. Niemand verscheen. In het halfduister ontwaarde ik traptreden met daarop links en rechts stapels boeken waartussen per trede nog hoogstens 20 centimeter was uitgespaard. Ergens daarboven had blijkbaar iemand aan een touw getrokken. Er klonk een rauwe bibberstem.

‘Wie daar?’

‘Gabe Pottjewijd,’ riep ik naar boven.

‘Ken ik niet.’

Ik zag versleten pantoffels omlaagkomen, broekspijpen, een schipperstrui met rafels – ten slotte het witte gezicht van een kromme, kale man die mij uiterst wantrouwig aankeek.

‘Kommie doen?’ vroeg hij.

‘U bent me aanbevolen door ouderling Bravenboer van de gereformeerde kerk.’

‘Bravenboer? Is dat er eentje van Bravenboer uit de Hoekerdwarsstraat?’

‘Zou kunnen, ik weet niet waar hij woont, maar hij zei dat u bijbels verzamelt. En hij zei dat u hele partijen opkoopt waar een paar mooie bijbels tussen zitten, maar ook bijbels waar u verder niks aan hebt, en wat ik nu hoop is dat er misschien bij die bijbels waar u niks aan hebt, een bijbeltje bij is in Portugese vertaling, want daar zoek ik naar en als u zo’n bijbeltje zou hebben, zou ik die graag van u kopen.’

‘Nou, nou, da’s een hele mondvol. Maar als ik ’t goed begrijp ben u op zoek naar een Portugese bijbel. Waar heb u die voor nodig, als ik vragen mag?’

‘Om erin te lezen.’

‘Hè, een bijbel om in te lezen? Dat gaat me nou eventjes boven m’n pet.’

‘Ik heb ooit een beetje Portugees geleerd. Dat wil ik graag weer ophalen.’

‘Ho, wacht even, ik snap er geen biet van, je wilt de Bijbel lezen. Maar de Bijbel is toch geen leesboek? Da’s ’t Woord van de Here God zelf.’

‘Nou, maar daarom kun je er nog wel in lezen.’

'Ja, maar dat doet toch geen sterveling? Aan tafel lees je er na 't eten hardop een klein stukkie uit voor, en de dominee leest in de kerk een smakelijk periscoopje...'

(Pericoop, wou ik zeggen, een periscoop is zo'n geval in een duikboot waarmee je boven water kijkt, maar ik liet het na. Waartoe hier de schoolmeester uitgehangen? Plus dat periscoop eigenlijk heel passend was in zo'n havenstadje.)

'...waar hij dan de tekst voor z'n preek uit opdiept, maar zelf d'r stil in lezen alsof 't een leesboek is – nou, daar heb ik eerlijk gezegd nog nooit van gehoord. En als je er al in wil lezen, waarom dan niet in je moerstaal? Maar goed, ieder z'n meug... En nou wilt u in een bijbel lezen in 't Portugees om... wat zei u ook weer... ophalen, wat ophalen? Een steek? 't Is toch geen breiwerkje?'

'Nee, zeker niet, met ophalen bedoel ik opfrissen, m'n kennis opfrissen.'

'Opfrissen – jeminee, nou snap ik er helemaal niks meer van, opfrissen... met de Schrift... Ja, maar 't is toch geen nat washandje, heremijntijd... nou ja, mij best allemaal, je wil een Portugese bijbel – die heb ik d'r wel tussen zitten, denk ik, wel meer dan eentje denk ik, dus ik ken d'r wel eentje missen, maar dat mot ik dan toch eerst eventjes nakijken in m'n kaartsysteem, want ik heb zoveel bijbels dat ik d'r een kaartsysteem van heb aangelegen. Ken ik makkelijk terugvinden waar of die bijbel bivakkeert... Als u nou... Ja, 't spijt me wel, 't belieft me niet om u uit te nodigen boven te komen, 't is nogal een klerezooi in huis, en al ziet u d'r nou niet direct uit alsof u slechte bedoelingen heeft... Ik heb u toch liever niet boven, ik zeg 't maar eerlijk, je hoort tegenwoordig zulke rare dingen... Onderlaatst nog hier om de hoek, in de Generaal de Wetstraat, vrouw Cats, die vroeger met haar katten op 't mooie Stronikaadje woonde, dat zo nodig gesloopt moest worden, laat een lichtmatroosje binnen... Drie dagen later mosten we d'r begraven... Dus als u nou een ommetje maakt... Pik effetjes een Hooffie, haal daar... Je had 't over opfrissen... Nou, haal daar een frisse neus, en kom dan hier weer op aan, dan diep ik ondertussen een Portugese bijbel voor je op.'

'Dat is goed,' zei ik, 'ik kom over pakweg twintig minuten weer terug.'

'Wat voor soort bijbel staat je voor ogen? Een zakbijbeltje? Een grote bijbel? Een halfwasbijbel? Een tussendoormaatje? Kleine lettertjes, is dat erg? Nou ja, je wil je eigen d'r mee opfrissen, dus dan maakt 't niks uit of de letters groot of klein zijn.'

'Een zakbijbeltje zou ideaal zijn.'

'Ik duik in m'n kaartsysteem, ik zie je zo meteen weer.'

Het was inmiddels donker geworden. Ik drentelde andermaal via die nauwe straten naar het Havenhoofd. Vanaf de rivier wolkten akelig geurende nevelsluiers in de richting van de Boerenoorlogstraten. Het leek net of het regende, maar de regen kwam niet omlaag, hij steeg omhoog. Ik werd er behoorlijk nat van. Over de rivier zweefde, groen en rood uitgemonsterd, de geluidloze veerpont, nu in omgekeerde richting.

Mij liep een tamelijk gebogen man tegemoet, voorzien van een hoofddeksel dat het meest leek op een fruitmandje. Toen hij mij passeerde lichtte hij dat geval bij wijze van groet, en riep uit: 'Nee maar, u hier, ik herken u van uw foto in *De Schakel*, heer Gabriel Pottjewijd, de orgelstemmer, in eigen persoon een Hoofdje pikkend als een gewoon mens. Mag ik u de hand drukken, mijn naam is IJzerhard Paalvast', en hij greep mijn rechterhand en schudde hem alsof hij erop uit was hem zo te kwetsen dat ik nooit meer zou kunnen stemmen.

'Toen ik uw naam in *De Schakel* zag, moest ik meteen aan de schrijver Bordewijk denken, want uw en zijn naam lijken sprekend op elkaar, drie lettergrepen, met de o in de eerste, de e in de tweede, en de ij in derde lettergreep. Hebt u ooit, meneer Pottjewijd, die bekende roman van Bordewijk gelezen, *Karakter*? Voor tien cent leende ik het op de Mart bij boekhandel annex leenbibliotheek Fortuyn, en wat las ik in dat boek uit de Nimmer Dralend-reeks? Ergens bijna aan het eind? Dat het water van de zee met dat van de bergen een eeuwige bruiloft viert te Rotterdam. Hoe komt die Bordewijk erbij? Hier in de bocht bij Het Scheur ontmoeten het water van de zee en het water uit de bergen elkaar. Hier wordt die bruiloft gevierd en nergens anders. Ruik maar! Loop je hier naar het oosten, dan ruik je het zoete water. Loop je hier naar het westen, dan dringt de zilte zeelucht je neusgaten binnen. Hier, ter hoogte van dit stedeke, is die eeuwige bruiloft. Of wou u dat betwisten?'

'Nee, waarom zou ik?'

'Vindt u 't geen juweel, dit stedeke?'

'Als 't een juweel is, dan toch een bizar juweel. Neem nou alleen het Wijde Slop...'

'Wat wou u daar gezegd over hebben?'

'Dat die naam zo eigenaardig is. Een slop is per definitie nauw, dus een wijd slop, dat kan helemaal niet.'

'Toch wel, toch wel, en ik kan het u nog sterker vertellen. Ooit liep er een smalspoor doorheen. Een slop met een smalspoor, waar ter wereld vind je dat? O, dit stedeke... dit stadje...' En hij zette zich in postuur en declameerde:

'Ik hou van mijn stadje, ontstaan aan de Maas,
Geen ander kan meer mij bekoren,
Ik hou van de Haven met al haar geraas,
Het klinkt me als muziek in de oren.'

'Dat geraas is anders knap lastig als je dat mooie Garrels-orgel moet stemmen,' zei ik.

'Daar kan ik in komen, en ik groet u. Ik ga maar weer eens op huis aan,' zei IJzerhard Paalvast, nogmaals zijn mandje lichtend.

Toen ik terugkeerde in de Joubertstraat stond de bijbelverzamelaar al in de deuropening van zijn huis op mij te wachten.

'Kijk es wat ik voor je heb,' zei hij, 'een puik zakbijbeltje in 't Portugees, 't lag hier op de trap, vierde tree van onder, we hadden 't daarnet zo voor 't grijpen gehad. Want ik had d'r nergens anders meer plaats voor, en emplooi heb ik d'r verder ook niet voor, want ik heb volgens m'n kaartsysteem twaalf bijbels in 't Portugees... Ja, niet dat ik bij machte ben zelf precies uit te vogelen om welke taal 't bij al die bijbels gaat, maar daar heb ik gelukkig m'n knappe kleinkinderen voor... Die helpen hun opa... Nou ja, 't gaat je niks aan ook, hier, een bijbeltje in 't Portugees... Heel bijzonder, vind je nergens, twee knaken en vier kwartjes mot ik d'r voor hebben. Die kwartjes zijn voor m'n kleinkinderen, maar dat had je natuurlijk al begrepen.'

Ik vond 't nogal prijzig, voor zo'n verweerd exemplaar, maar ik had geen zin om te onderhandelen. Ik gaf de verzamelaar twee rijksdaalders en een gulden, want vier kwartjes had ik niet.

Hij overhandigde mij het bijbeltje, zei: 'Vaak hebbie lui, opgeschoten knullen meestal, die voor noppes een bijbeltje proberen te bemachtigen omdat de blaadjes van zulk mooi dun papier zijn gemaakt. Scheuren ze die blaadjes eruit, kennen ze dan een sjekkie, een zware van de weduwe, mee rollen. Sparen ze een paar pakkies Mascotte mee uit. Zonde natuurlijk, maar ja, ken ik nog in komen, maar een bijbel om je d'r mee op te frissen, nee, daar heb ik nou nog nooit van gehoord. Maar 't beste ermee.'

Toen ik was teruggekeerd in het Zeemanshuis dompelde ik mij onder in dat Portugese bijbeltje. Bij een schriel 40 wattlampje las ik een poosje voort – al die geliefde bijbelgedeelten, het eerste hoofdstuk van Genesis, het verhaal over Jozef en zijn broers, psalm 23, psalm 84, psalm 91, psalm 121, Jesaja (dat hele bijbelboek Jesaja is ongelofelijk, echt de mooiste taal van de Bijbel, al mag het bijbelboek Prediker er ook zijn), en het verhaal van de dorre beenderen uit Ezechiël 37 die weer levend worden, en het boek Jona, 'een van de kleinste strengen in de machtige kabel van de Heilige Schrift, maar wat een diepgang', zoals Father Mapple in *Moby Dick* zegt, en vandaar meteen door naar de superieure taal van de Brief aan de Hebreeën: 'Gij zijt niet genaderd tot een tastbaar en brandend vuur, tot donkerheid, duisternis en stormwind, en tot het geklank van een bazuin, en tot het geluid van een stem, bij het horen waarvan zij verzochten dat niet verder tot hen gesproken zou worden. Maar gij zijt genaderd tot de berg Sion, tot de stad van de levende God, het hemelse Jeruzalem, en tot tienduizendtallen van engelen, en tot een feestelijke en plechtige vergadering van eerstgeborenen die ingeschreven zijn in de hemelen.'

10 Stemmen!

Dankzij de gillende stoomfluit van de kistenfabriek was er die vrijdagmorgen weer sprake van wreed ontwaken. Zo droom je nog vredig over de binnenlanden van Brazilië en zo schiet je met kippenvel over al je leden recht overeind in je bed. Zou je daar nu ooit aan wennen? Ik kon het moeilijk geloven.

Na het ontbijt las ik in mijn kamertje nog een poosje in de Portugese bijbel. Ik leerde een paar teksten uit het hoofd die mogelijk van pas zouden kunnen komen in de omgang met Gracinha. Ik nam aan dat zij, in de veronderstelling verkerend dat ik mij weer naar de Groote Kerk zou begeven, rond een uur of negen met haar dochter over de Havenkade aan zou komen lopen. Dus wachtte ik haar op bij de hoek van die kade en de Hoogstraat. Toen ik haar en haar dochter zag verschijnen, mompelde ik, bij wijze van bezweringsformule: 'Gij zijt niet genaderd tot een tastbaar en brandend vuur, tot donkerheid, duisternis en stormwind, en tot het geklank van een bazuin', en probeerde mij te herinneren wat er in het Portugees stond. Het eerste deel van de zin bleek gewist, maar ik had onthouden: '*...e à escuridão, e às trevas, e à tempestade; e ao sonido da trombeta.*' Mooi was dat, en ook makkelijk te onthouden, vooral: *e* *ao sonido da trombeta*. Toepasselijk was het ook, want het orgel van de Groote Kerk had zowel een trompetregister als, op het pedaal, een bazuinregister. Een 32 voet nota bene! Maar wonderlijk toch dat er in het Portugees sprake was van een trompet, en in het Nederlands van een bazuin. Wat zou er in het Grieks staan? In de Duitse vertaling, herinnerde ik mij, was sprake van *Posaunen*, dus ook van bazuinen, terwijl er in de Engelse vertaling daarentegen weer sprake was van een trompet. Maar ja, die bijbelvertalers zitten niet alleen bij muziekinstrumenten, maar vooral ook bij dierennamen en namen van gesteenten met hun handen in het haar. Dus rommelen ze maar wat aan, en daarom vind je vooral voor dieren en gesteenten de meest uiteenlopende benamingen in de verschillende bijbelvertalingen, de Heilige Geest die de bijbelvertalers uiteraard altijd bijstaat, ten spijt.

De dochter zag mij en zwaaide. Terstond greep haar moeder in en drukte de arm van Lanna omlaag. Zwaaien mocht blijkbaar niet. Dichterbij gekomen schoten haar ogen vuur, en het werd er niet beter op toen ik, dat vuur trotserend, blijmoedig meedeelde dat we naar de Immanuëlkerk zouden gaan.

'Waarom?' vroeg ze nijdig.

'Omdat ik vandaag daar het orgel ga bijstemmen. In de Groote Kerk kan ik nu niet aan de slag vanwege het lawaai van de scheepswerf. Bovendien is daar vanmiddag een rouwdienst.'

Nors en zonder iets te zeggen volgde ze mij, haar dochter aan de hand meevoerend, de Wip af, het marktplein over, en via de brug en de Kerkstraat naar de Lange Boonestraat nummer 9. Daar werden we al opgewacht door de organist van de Immanuëlkerk, een vrij gedrongen donkere man met tamelijk lang haar en een nogal scherpe stem.

'U bent de stemmer,' zei hij alsof hij mij al jaren kende, 'en u hebt zich kennelijk ook al verzekerd van de diensten van Lanna Edelenbos. Nou, dat is prachtig, dan kunt u wat mij betreft meteen aan het werk.'

We liepen de kerk in. Een hoog, groot, licht gebouw in de vorm van een achthoek met twee brede zijden. De septemberzon scheen uitbundig door de gebrandschilderde ramen naar binnen. Zover het oog reikte, banken, banken en nog eens banken van blank grenen. En op de gaanderij nog veel meer grenen banken! Een van de gebrandschilderde ramen, zag ik bij het betreden van die zee van ruimte, vertelde het verhaal van de profeet Elia die met een vurige wagen en vurige paarden ten hemel stijgt. Onder in het raam ving de profeet Elisa de kemelharen mantel op die Elia bij zijn hemelvaart verloor. Nog altijd zijn er miljoenen orthodoxe christenen die geloven dat dat ooit echt gebeurd is. Plus wat er dan volgt. Met die kemelharen mantel slaat Elisa op het water van de Jordaan. Terstond valt er een middenpad vrij waarover Elisa droog de andere oever kan bereiken. Eenmaal daar aangekomen wordt Elisa door opgeschoten jeugd uitgescholden voor 'kaalkop', waarop er twee berinnen uit het woud treden die tweeënveertig kinderen afslachten. Een mooie geste van de Here God! Ondertussen schrijdt Elisa voort naar de weduwe van Sarfat, die over een kruikje beschikt waaruit zij onbeperkt olie kan schenken! En zo gaat het maar door, de wonderen buitelen over elkaar heen als vuurvlinders over vochtig grasland.

Een ander groot gebrandschilderd raam toonde Job

op de mestvaalt. Hij werd bezocht door zijn drie vrienden. Die droegen alle drie opmerkelijk fraaie gewaden. Ze leken pas gewassen en gesteven, en vervolgens ook nog deskundig gestreken. Op de mestvaalt van Job, die er zelf nog kerngezond uitzag, scharrelde een aandoenlijk biggetje rond. Onbijbels, want daarover rept de Schrift niet. Waar nog bij komt dat varkensvlees voor joden verboden is.

Ter weerszijden van het reusachtige, schelpvormige klankbord dat boven de preekstoel was aangebracht, prijkten twee helften van het Seifert-orgel op twee vrij ver uit elkaar gelegen gaanderijen, in open opstelling. Een kerkorgel met stereo-effect! Een echte orgelkas ontbrak, de pijpen stonden open en bloot op die twee gaanderijen. En dat terwijl Oosterhof en Bouwman in hun magistrale boek *Orgelbouwkunde* al op de eerste pagina zeggen: 'In de twintiger jaren zijn enige orgels gebouwd zonder kast en alle pijpen van het orgel zijn dan zichtbaar. Het is echter duidelijk gebleken dat het orgelgeluid sterk aan esthetische waarde verliest wanneer het niet omsloten is door een ondiepe houten betimmering bestaande uit twee zijwanden, een achterwand en een kap. In die jaren was men de betekenis van een houten betimmering voor de orgelklank kennelijk vergeten.' Ondanks die wijze woorden ontbrak hier de orgelkas, maar wat leek mij dat plezierig, je kon er zo bij, je hoefde niet te klimmen of te kruipen, behalve misschien bij de pijpen die in de zwelkast stonden. En wat ook reuze plezierig was: je hoorde niets van de scheepswerf, die toch in vol bedrijf moest zijn. Kennelijk bevond je je in die Immanuëlkerk precies midden in de knopen van de pneumatische geluidsgolven.

Achter de speeltafel, die vlak naast de preekstoel was opgesteld, installeerde de organist Lanna op de orgelbank. Vervolgens bracht hij mij naar het hoofdwerk op de orgelgaanderij aan de rechterkant van de preekstoel, en ik wierp mij op de Octaaf 4-voet. Ondertussen was Gracinha de kerkzaal in gelopen en nukkig in een van die banken gaan zitten. Blijkbaar was in deze kerk supervisie noodzakelijk. Nou, mij best, ik was boven bezig en haar dochter zat beneden en drukte gehoorzaam de ene toets na de andere in. Het enige probleem aldaar was dat ik nogal hard vanaf de orgelgaanderij moest roepen: 'Volgende toets graag.' Anders verstond Lanna me niet.

Mocht ik gedacht hebben dat Gracinha mij weer bij haar thuis zou uitnodigen voor een eenvoudig middagmaal van een tosti en een *caldo verde*, dan vergiste ik mij toch deerlijk. Toen de torenklok van de Groote Kerk twaalf uur sloeg, kwam ze uit haar bank, liep naar de speeltafel en sommeerde haar dochter om mee te gaan naar huis. Naar mij werd niet omgekeken. Ik begreep er weinig van. Wat had ik misdreven? Gistermiddag hadden wij toch, nadat ik bij haar die tosti en die soep had genoten, vriendelijk afscheid van elkaar genomen en had ze mij beloofd de volgende dag haar dochter te komen brengen. En dan nu dit! Of had die boze stemming niets met mij te maken, waren haar mixturen om andere redenen uitgetrokken? Zoveel is wel zeker: we spreken vaak over het karakter, maar karakters zijn van ondergeschikt belang, mensen zijn onderhevig aan luimen en grillen, aan stemmingen! Het ene moment is een mens vrolijk en opgewekt, het andere moment heeft hij of zij ergens de pest over in, en is er geen land met hem of haar te bezeilen. Heus, het is de stemming die primair bepaalt hoe je handelt, en net als bij een kerkorgel zijn er allerlei stemmingen mogelijk, van opperste vrolijkheid tot uiterste mistroostigheid. Het is maar net welke registers er uitgetrokken zijn. Zelfs een vrek kan, als hij goedgeluimd is, geld over de balk smijten (ik weet ervan mee te praten). Mijn moeder had mij, als ik de pest in had, zoals eerder al gememoreerd, vaak toegevoegd: 'Heb je de bokkenpruik weer op?' En als ik opgetogen was, zei ze: 'Kijk, hij is in folio.'

Gracinha had, zo bleek toen zij rond een uur of twee weer met haar dochter in de Immanuëlkerk verscheen, haar bokkenpruik afgezet. Terwijl ik op het hoofdwerk de Gemshoorn naliep en haar dochter de toetsen indrukte, drentelde zij in de kerk rond, maakte een paar keer een praatje met de koster, die zich af en toe liet zien, poederde haar neus, nestelde zich in een van de banken en stond daar weer uit op. Ze was duidelijk rusteloos, maar had ook duidelijk niet meer de pest in, want was bij de theepauze de beminnelijkheid zelve. Wat een verademing! Toen ik eind van de middag de Schalmei in het nogal duistere zwelwerk (er lag een looplamp, maar die bleek stuk te zijn) had bijgestemd en afdaalde naar het schip van de kerk en zei dat het wat mij betreft voor vandaag wel genoeg was, vroeg ze: 'Waar jij eten vanavond?'

'Er zal niet veel anders op zitten dan weer een VGA'tje in het Zeemanshuis.'

'VGA' tje? Wat is dat?'

'De afkorting van vlees, groente, aardappelen. De v kan ook vis betekenen. Misschien krijg ik vandaag de v van vis.'

'Lekker eten daar?'

'Wat heet... Het is voedsel, het stilt de honger, meer kun je er niet van maken, het woord "lekker" is niet van toepassing, het woord "vies" overigens ook niet.'

'Jij dan zin misschien bij ons eten? Koken ben ik goed in, heel goed, nietwaar Lanna?'

'*Sim*, mama, *sim*.'

'Lanna verdommen Nederlands spreken.'

'Enig idee waarom?' vroeg ik.

'Weet niet. Begrijp niet. Zij niet wil. Wij onder elkaar altijd Portugees.'

'Lanna, waarom wil jij geen Nederlands spreken?' vroeg ik.

Het meisje keek mij vriendelijk aan, zei: '*Eu não posso falar holandês.*'

'Dat betekent: "Ik kan geen Nederlands spreken",' zei haar moeder, 'maar ze kan best, beter dan ik, ze wil niet.'

'*Eu não posso*,' zei het meisje.

'Dan zit er voor mij niks anders dan op om Portugees te spreken,' zei ik, 'een enkel eenvoudig zinnetje lukt wel. *Que bom que eu posso ir e comer.*'

Gracinha klapte in haar handen, en passant de uitspraak verbeterend, zei: 'Ik Portugees jou leren en jij mij Hollands leren beter spreken.'

Pas op, dacht ik, zo is het ook begonnen met Lore. Zij leerde mij Duits, ik leerde haar Nederlands, we lachten om elkaars domme fouten, corrigeerden elkaars uitspraak, en ondertussen zwalkten we steeds maar rond over de straten van Norden. Niet dat het nu zo bezwaarlijk was geweest dat zij en ik op die manier op elkaar verliefd waren geworden, maar ik wilde mij hoe dan ook niet verslingeren aan deze Braziliaanse schoonheid. Daar kon nu werkelijk niets goeds van komen. Maar ja, als je alleen maar naar haar keek, raakte je de kluts al kwijt. Ze was zo belachelijk aantrekkelijk. Goddank dat ze zo duidelijk bar slechtgeluimd kon zijn en dan reuze ongenaakbaar rondstapte. En ze had stellig nog tal van andere immens onaantrekkelijke eigenschappen. Ze hield vast en zeker van die vreselijke fado's, want daar hielden al die mallotige Portugezen van. En klassieke muziek verfoeide ze ongetwijfeld. En tien tegen één was ze rooms-katholiek – nou, een paapse vriendin, dat was wel het laatste wat ik ambieerde. En ze kwam uit een warm land, dus was stellig een koukleum, dus als je met haar zou samenwonen, verkeerde je altijd in veel te warm gestookte vertrekken. Maar goed, waar maakte ik mij druk over? Nog twee dagen bijstemmen in de Immanuëlkerk, en nog drie of vier in de Groote Kerk, en dan was de klus geklaard en kon ik weer afreizen naar Heiligerlee.

'Ik zal even in het Zeemanshuis gaan zeggen dat ze vanavond niet op me hoeven te rekenen wat eten betreft, en dan kom ik... hoe laat zal ik dan komen?'

'Jij om zeven uur komen,' zei Gracinha.

En dan eten we natuurlijk pas om een uur of acht, dacht ik, ook alweer zoiets akeligs – ik eet namelijk het liefst om half zes, dan heb je daarna nog een heel lange avond voor je waarin je van alles kunt doen. Lang en laat tafelen, ik verfoei het, maar tien tegen één was Gracinha zo iemand die van lang tafelen hield. Nou, des te beter, hoe meer nare eigenschappen, hoe kleiner de kans dat ik verkikkerd zou raken. Godlof, trouwens, dat er nog zulke banale uitdrukkingen bestonden – alleen al het gebruik ervan verkleinde eventuele risico's. Waar nog bij kwam dat ik nu op mijn hoede was. In Norden was ik dat totaal niet geweest, daar had ik niet eens beseft wat zich aan mij voltrok. Ik had toen alleen maar gedacht: wat voel ik mij toch vreemd – komt er soms een griepje aan? Maar eenmaal weer thuis was dat knagen begonnen, had ik aan niets anders meer kunnen denken dan aan die zwerftochten met Lore Hengelbrock in dat oeroude stadje Norden, dat vrijwel ongeschonden door de Tweede Wereldoorlog heen was gekomen.

11 Mooi verveelt, lelijk went

Van mijn Duitse zwager had ik altijd te horen gekregen: *schön ärgert, hässlich gewöhnt*, ofwel in goed Nederlands: mooi verveelt, lelijk went. Een aardig aforisme, maar of het ook waar is? In ieder geval constateerde ik na afloop van dat etentje dat mij dat wonderschone uiterlijk van Gracinha nog in geen jaren zou gaan vervelen. Of verkeek ik mij daarop omdat ik daar nog geen ervaring mee had? Lore was erg aantrekkelijk geweest, maar goddank toch lang niet zo adembenemend als deze Gracinha. Verveeld had Lore me overigens nooit. Maar deze Braziliaanse schoonheid was zo heel anders, die zette je voortdurend op het verkeerde been. Haar uiterlijk leidde je af, je kon niet meer nuchter over haar nadenken. En het was niet alleen het uiterlijk, maar ook de lichte gang, de soepele tred die je hoofd op hol brachten. En haar sierlijke gebaren en dat grappige, vaak nog zo onbeholpen Nederlands. Onbegrijpelijk toch dat iemand die al zoveel jaar in ons land vertoefde, niet één zin zonder fouten kon produceren. Maar ja, wat deed het ertoe? Ze kon zich toch verstaanbaar maken? Of was het opzet? Wist ze intuïtief dat je met ongrammaticale zinnetjes en een ongewone zinsmelodie vertedering genereert? Voor vertedering moet je op je hoede zijn. In feite is die gevaarlijker dan verliefdheid, want verliefdheid gaat onherroepelijk over, maar vertedering blijkt duurzaam. Tegelijkertijd schuilt er in vertedering ook iets van vernedering – niet voor niets is er maar één letter verschil. Ben je vertederd, dan kijk je op iemand neer. Je waant je superieur aan degene die jou vertedert. Vaak geheel ten onrechte overigens.

Ach, dat overdacht ik allemaal toen ik weer wegzonk in dat akelige Zeemanshuisledikant, mijzelf daarbij ook steeds kwalijk nemend dat ik zo gefixeerd was op haar uiterlijk. Alsof het er ook maar één moment iets toe deed hoe een mens eruitzag.

'Stomkop, je hebt veel te veel gedronken,' mompelde ik tegen mijn hoofdkussen. Die Portugese wijn – waar haalde ze die trouwens vandaan? – was zo verdomde lekker geweest. En ja, hoe gaat het als je drinkt? Je neemt je voor om het bij één glas te laten, maar als je dat eerste glas hebt genomen, denk je: ach kom, nog een glas kan echt geen kwaad. Het komt er dus op aan dat eerste glas te laten staan. Doe je dat niet, dan slecht je met het eerste glas een barrière, en heb je die eenmaal geslecht dan volgt al snel een tweede glas, en een derde. En bij het vierde glas ben je de tel vaak al kwijt.

En dan dat eten! Mensenlief, wat een maaltijd. Bepaald geen VGA'tje, en misschien ook daarom zo verrukkelijk omdat ik al drie VGA-soupers in het Zeemanshuis achter de rug had. Mij kan het heus niet zoveel schelen of het eten lekker is, eerlijk gezegd vind ik zelfs dat eten niet al te smakelijk moet zijn, want hoe smakelijker het is, hoe meer je opschept. En hoe dikker je dus wordt. In principe ben ik voor de schraalhanskeuken, maar zo'n Braziliaans diner – jummie.

Vooraf een papaja, in kleine stukjes gesneden met limoensap eroverheen gesprenkeld.

'Is goed tegen *demência*,' had Gracinha gezegd, en ze had eraan toegevoegd: 'Elke dag dat je papaja eet, leef je dag langer.'

'Als dat waar is,' had ik geantwoord, 'ga je als je iedere dag een papaja consumeert nooit dood.'

'Is waar,' had Gracinha gezegd, 'maar papaja niet elke dag verkrijgbaar.'

Tijdens het veroberen van de papaja had Gracinha mij opeens gevraagd: 'Waarom jij, als jij altijd maar orgel in donker stemmen, niet werken met mijnlamp?'

Dat woord was als het ware in de woonkamer blijven hangen. Een mijnlamp. Ik had daar niets op gezegd, dus toen had Gracinha gezegd: 'Mijn vader altijd deze lamp op hoofd.'

'Was jouw vader mijnwerker? In Brazilië? Heb je daar mijnen dan?'

O, o, wat was dat weer een domme opmerking gebleken.

'Wij heel veel mijnen in Brasil, misschien Brasil wel land met meeste mijnen van hele wereld, tin, ijzer, zirkoon, titaan, goud, zilver, bauxiet, steenkool, koper, mangaan, diamant, o, en nog veel meer, veel meer, op school geleerd, helft alweer vergeten', en ze had me aangekeken alsof ze me, samen met die papaja, wou verslinden.

Na de papaja was een stoofpot gevolgd, waar varkensvlees en kip en spek in zat, maar ook krab en reuzengarnaal en kool. Op voorhand toch geen combinatie waar ik ooit aan zou denken als ik een maaltijd zou moeten bereiden, maar 't was uitzonderlijk lekker geweest. Zo lekker zelfs dat ik stom genoeg mijn lege bord, waarop nog wat van die verrukkelijke stoofsaus was achtergebleven, volkomen gedachteloos, net zoals ik dat vroeger thuis gewend was geweest, ophief en die laatste resten stoofsaus ervan aflikte. Zoiets is uiteraard not done in beschaafde kringen.

Stomverbaasd had Gracinha mij, nog verhit door haar woedende uitval over de Braziliaanse mijnen, terwijl ik dwangmatig likte, aangestaard, maar dat was nog niets vergeleken met de reactie van haar dochter. Die had een priemende vinger naar mij uitgestoken, en een paar maal opgetogen en met glinsterende ogen uitgeroepen: '*Mamãe, mamãe, olha, ele está lambendo o preto dela.*'

Mijnerzijds was nog een zwakke poging gevolgd om mijn wandaad te rechtvaardigen.

'*Desculpe, desculpe,*' had ik geroepen, 'vroeger bij ons thuis drong mijn moeder er bij mijn broers en zussen en mij altijd op aan dat wij ons bord aflikten. Dan kreeg je toch nog wat binnen en maakte je de afwas er gemakkelijker op. Het was nu eenmaal armoe troef bij ons thuis. En deze saus was zo allemachtig lekker...'

IJzig stilzwijgen was er op mijn toelichting gevolgd, dus toen had ik, om die akelige stilte uit te wissen, aan mijn lofprijzing van de saus toegevoegd: 'En als wij dan allemaal aldus ons bord hadden gereinigd, pakte mijn vader de bijbel die bij ons op de schoorsteenmantel lag, en las er een hoofdstuk uit voor.'

Waarom had ik dat verteld? Om aan te geven dat wij, al likten wij onze borden af, toch niet van de straat waren? Om de aandacht af te leiden? Om duidelijk te maken dat je vroeger bij ons thuis nu eenmaal de vreemdste dingen kon verwachten – bord aflikken, bijbellezen? Eerst reiniging, dan heiliging?

Na die ongelukkige actie kon ik bij Lanna, die mij – ik begreep daar niets van – toch duidelijk al heel aardig vond, de rest van de avond helemaal geen kwaad meer doen, terwijl ik het bij de moeder daardoor juist (definitief?) verbruid leek te hebben. Dat had ik vooral opgemaakt uit de bruuske manier waarop zij de tafel had afgeruimd. Ze had me na het incident ook nauwelijks meer aangekeken. In de open keuken had volgens mij, al kon ik dat vanaf de plaats waar ik zat niet goed zien, nog een toetje klaargestaan, drie bakjes met een chocolademousse, maar die drie bakjes werden niet meer opgediend.

Tegen Gracinha had ik gezegd dat ik opstapte omdat ik bijtijds naar bed wilde om de volgende dag zo vroeg mogelijk te kunnen opstaan om in de Groote Kerk te gaan stemmen.

'Op de scheepswerf wordt op zaterdag niet gewerkt, dus ik moet mijn kans waarnemen. Misschien dat 't voor Lanna dan nog te vroeg is, maar ik kan beginnen met het stemmen van het rugpositief, dat zit vlak achter de speeltafel, dus ik kan steeds vanuit het rugpositief een loodstaafje op de toets leggen die ik onder handen wil nemen. Dus in de ochtend kan ik het wel alleen af, al is het natuurlijk wel veel makkelijker als Lanna mij helpt.'

Gracinha had in het Portugees iets tegen haar dochter gezegd wat ik niet verstond. De dochter zei iets terug wat ik evenmin verstond. Protesteerde ze tegen haar moeder? Mij leek van wel, maar zeker ben ik er niet van. Hoe het ook zij, Gracinha zei kortaf dat zij Lanna om negen uur bij de kerk zou afleveren.

Ik was daar weggegaan en nog even bij de Groote Kerk langsgelopen. Handig toch dat de koster ernaast woonde. Ik belde bij hem aan, er verscheen een vrouw die er nogal afgetobd uitzag, ik zei waar ik voor kwam en zij zei: 'Ik roep Joris.'

Achterdochtig staarde de koster mij even later aan, van achter zijn jampotglazen.

'Morgen wordt er niet gewerkt op de scheepswerf,' zei ik, 'dus dan wou ik mijn kans waarnemen en heel vroeg beginnen.'

'Hoe vroeg?'

'Zeven uur.'

'Is goed, zet ik de kerk om half zeven open, maar reken je niet rijk. Op zaterdag wordt er bij De Haas als d'r weer een of andere kotter op stel en sprong af moet, vaak nog flink doorgewerkt.'

'Dat zou ellendig zijn.'

'Misschien valt 't mee, maar wie moet je dan zo vroeg helpen? Dat wurm, meisje Edelenbos?'

'Ik begin met het rugpositief, kan ik makkelijk bij, leg ik een loodstaafje op de toets...'

'Ja, maar dan moet je steeds als een baviaan heen en weer klauteren. Da's toch niet handig. Ik help je wel zolang die stakker er nog niet is.'

Voor ik mij weer vervoegde in het Zeemanshuis had ik in een telefooncel op de markt mijn broer gebeld.

'Ik stem momenteel een wondermooi Garrels-orgel,' had ik gezegd, 'en daarbij word ik geholpen door een meisje dat geen woord Nederlands kan of wil spreken, en door de lui hier, als ze aardig willen zijn, getypeerd wordt als verstandelijk gehandicapt en als ze niet aardig willen zijn als debiel. Maar debiel is ze zeker niet, ze kent de namen van de toetsen, ze kan een sint-nicolaasliedje spelen en erbij zingen, ze...'

'Wacht even, ze kan niet spreken, maar wel zingen, da's raar...'

'Ze kan wel spreken, maar als ze haar mond opendoet komt er alleen Portugees uit.'

'Heer in de hemel, m'n broer weer, d'r is geen touw aan vast te knopen. Begin van voor af aan. Je stemt een orgel. Akkoord, dat is duidelijk. En zoals te doen gebruikelijk is er iemand die de toetsen indrukt als jij met je instrumenten in dat orgel bivakkeert als een soortement Jona in de buik van de walvis. En die toetsenindrukker is een meisje... hoe oud?'

'Een jaar of zestien, schat ik.'

'Zo jong? Is dat wel verantwoord? Mag dat van de Arbowet? Nou ja, mijn zaak niet. En dat meisje spreekt geen Nederlands?'

'Haar moeder zegt dat ze het verdomt om Nederlands te spreken.'

'Moeder? Waar komt die moeder nou opeens vandaan?'

'Die moeder heeft in Brazilië verkering gekregen met een kapitein van de zeesleepboot Zwarte Zee toen die in de haven van Belém lag, en is die kapitein gevolgd naar Nederland. Die kapitein is omgekomen bij een ongeluk, en nu woont die moeder hier met haar dochter in een huis aan de Haven. En hoe dat nu zo gekomen is, weet ik niet, maar dat meisje wordt hier opgetrommeld als er gestemd moet worden, dus zodoende...'

'Zo, zo, een weduwe. Is ze leuk?'

'Het is een feeks, die moeder, ik kan er niet goed

mee opschieten, maar dat meisje is geweldig, die vindt het prachtig om mij te helpen, ze is alleen een beetje vreemd, ze doet me soms denken aan Drieke, en daarom bel ik je, want ik hoop dat jij mij...'

'Drieke? Die geit van de buurman? Loopt ze soms achter je aan?'

'Nee, nee, die geit, dat komt nou zomaar opeens bij me op, dat had ik niet moeten zeggen, maar ik weet niet goed wat ik wel moet zeggen, ik tast maar zo'n beetje in 't duister...'

'Staan haar ogen scheef? Kan ze goed bij de toetsen of moet ze zich vooroverbuigen omdat ze korte armpjes heeft.'

'Nee, absoluut niet, ogen heel normaal, mooi zelfs, en lange armen. Kan overal bij.'

'O, dus geen syndroom van Down. Maar wat dan? Ik zou d'r eigenlijk even moeten zien.'

'Hoor eens, ik kan niet met haar naar jou toe komen, en jij hierheen, da's natuurlijk ook onzin, maar ik hoopte dat jij er enig idee van zou kunnen hebben wat er aan de hand is.'

'Hm... Ze is kennelijk muzikaal, althans ze heeft er plezier in geluiden voort te brengen, en weet precies, als je 't goed aangeeft, welke toetsen ze moet indrukken.'

'Ja, dat klopt. Ze ziet er heel gewoon uit, absoluut niet als iemand waar een steekje aan los is. Maar spreken – nee, althans niet in het Nederlands. Af en toe wel een zinnetje in 't Portugees. Ik begrijp dat niet. Ze zal hier toch opgegroeid zijn en zal, al was thuis Portugees de voertaal, op de bewaarschool van de andere kinderen Nederlands geleerd...'

'Bewaarschool? Waar heb je 't nou toch over? In

welke tijd leef jij? Da's een woord uit onze kindertijd, uit 1950. We leven al zowat een halve eeuw later. Man, man, ga toch eens een beetje met je tijd mee. Bewaarschool... En wie zegt nou dat dat meisje hier op de kleuterschool of basisschool heeft gezeten? Misschien had die moeder, die knappe weduwe, al wel een kind voordat ze naar Nederland kwam. Zoek eerst maar eens uit of ze wel een kind van die kapitein is, ik denk zomaar van niet, ik denk dat ze hiernaartoe getransporteerd is toen ze een jaar of vier was, en dat die verhuizing zo traumatisch uitpakte dat ze daarom bij wijze van protest weigert om Nederlands te spreken. Of protest? 't Kan ook zijn dat het een geval is van selectief mutisme: ik heb het zelf nooit bij de hand gehad, maar 't komt soms voor. Ogenschijnlijk heel normale kinderen, maar ze praten niet. En waarom niet? Er zijn wel wat theorieen, maar of die hout snijden? Ik houd het er overigens op, met wat je vertelt over dat plezier in die toetsen, en dat zingen, dat we hier te maken hebben met een vrij ernstige vorm van autisme. Een stemmer helpen is stomvervelend, dat weet jij als geen ander, dus als je nu iemand te pakken hebt die dat niet vervelend vindt, die dat urenlang volhoudt, moet dat wel haast een autist zijn, dat kan bijna niet anders. Nou ja, als dat zo is, is daar verder niet veel aan te doen. Dan zou ik m'n zegeningen maar tellen omdat er zo iemand op je pad is gekomen, en als die Braziliaanse moeder er een beetje mee door kan, trouw je daarmee, en dan heb je, waar je ook maar gaat stemmen, altijd je autistische stiefdochter bij de hand om je te helpen.'

'Schei toch uit, wat loop je weer hard van stapel. Die moeder is een feeks.'

'Dat zeg je nu voor de tweede keer... Ik weet nog goed dat je ergens in Duitsland had gestemd, in Nordom of zoiets, en daar was je ook een feeks tegen het lijf gelopen, het staat me bij dat je 't toen over een helleveeg had, en binnen de kortste keren was je daarmee getrouwd, ja, ja, die broer van mij... Ik wou dat al m'n patienten zo waren... Dan had je aan een half woord genoeg om te weten hoe de vork in de steel zit... Een feeks... helemaal uit Brazilië vandaan... met lang pikzwart haar en grote donkere ogen, en lange, ranke benen, wat ik je brom, en misschien wel een scheutje indiaans bloed, en nog weduwe ook... Wat een buitenkansje, wat een bofkont, die broer van mij.'

'Tot horens,' zei ik, maar hij zei: 'Ho, wacht nog even, ik herinner me nog goed dat je indertijd, toen je daar in dat gat Nordom stemde, een Duitse bijbel hebt gekocht, een Lutherbijbel. Dat vond ik toen zo vermakelijk – dat je als onderdeel van je strategie om een vrouw voor je te winnen een bijbel koopt, want eerder al had je ook een Hongaarse, Franse, Engelse en Italiaanse bijbel opgescharreld, ongetwijfeld in al die gevallen ook vanwege een meisje...'

'Hoe weet jij nou dat ik buitenlandse bijbeltjes spaarde?'

'Die liet je gewoon rondslingeren in huis, je kwam ze overal tegen, maar goed, een bijbel kopen als je een oogje op iemand hebt van over de grens, dat is toch wel zowat het laatste waar ieder normaal mens aan zou denken, dus heb je nou, als ik vragen mag, een Portugese bijbel gekocht?'

'Hoe zou je hier in dit havenstadje nou ooit een Portugese bijbel op de kop kunnen tikken?'

'Het zou hier in Groningen ook vrij lastig zijn, dus dat snap ik. Maar jammer hoor, straks ga ik naar de verjaardag van je andere broer, ja, jij hebt er weer leep voor gezorgd dat je ver uit de buurt bent, zodat je er niet heen hoeft, maar ik ben de klos. Maar goed, 't was toch leuk geweest als ik daar had kunnen vertellen: "Gaby is weer grensoverschrijdend op vrijersvoeten." En als ze dan aan me gevraagd hadden: "Hoe weet je dat?", had ik gefluisterd: "Hij heeft een Braziliaanse bijbel aan zijn rijke verzameling buitenlandse bijbels toegevoegd."'

Ik lag in mijn Zeemanshuisledikant en dacht: hoe kwam ik er nou bij om opeens met Drieke op de proppen te komen? Deed Lanna mij dan soms aan Drieke denken? Weer zag ik voor mij hoe wij op een winteravond onze gruttenbrij met boter en stroop nuttigden toen er hard op het woonkamerraam gebonsd werd. Mijn vader schoot overeind, trok het van meelzakken vervaardigde overgordijn opzij en tuurde naar buiten. Ruim boven het kozijn van het raam ontwaarden we met enige moeite – want we tuurden vanuit de overigens niet zo heel felverlichte woonkamer in de duisternis – een witte bol, die bij nader inzien de prachtige kop van Drieke, de geit van Ai Stront, bleek te zijn. Hoe kwam Drieke daar? Wat deed die geit daar? Waarom bonkte Drieke met haar kop tegen het raam? Mijn vader liep de kamer uit, schoot in de bijkeuken in zijn klompen, en verscheen even later ook bij het raam, de geit, ervoor beducht dat het dier de ruit met een kopstoot zou breken, erbij wegtrekkend. Ze stribbelde heftig tegen, zagen wij, en mijn toen nog niet zo geleerde broer haastte zich eveneens naar buiten en assisteerde mijn vader bij zijn pogingen het dier te bewegen bij het raam weg te gaan. Het mocht niet baten. Drieke verzette zich uit alle macht, en probeer maar eens om zo'n reusachtige, gespierde geit weg te trekken. Dat lukt je niet, zo'n dier is oersterk.

Ik liep ook naar de bijkeuken, trok mijn klompen aan, ging naar buiten, en riep zacht: 'Drieke, kom maar.'

De geit zag mij, staakte haar verzet, mekkerde opgetogen en liep op mij af, mijn vader en mijn broer doodkalm met zich mee trekkend. Ze snuffelde eerst aan mijn handen, duwde toen haar kop tegen mijn buik en drukte zich vervolgens dicht tegen mij aan.

'Moet je dat nou toch zien,' zei mijn broer, 'dat beest heeft een oogje op onze Gaby, hoe is dat nou toch mogelijk, wat ziet ze in 'm.'

'Dat snap ik wel,' zei mijn vader, ''t is nou eenmaal een lekker knulletje, d'r zit, al heeft hij nogal vaak de bokkenpruik op, geen centje kwaad bij, ja, ja, dat heeft Driekemans drommels goed in de gaten, dus d'r zit niks anders op dan dat Gabe dat beest terugbrengt naar Ai Stront, terwijl wij d'r achteraan hobbelen om Ai op z'n hart te drukken dat beest donders goed op te bergen, anders staat ze binnen de kortste keren weer op ons raam te bonken omdat ze naar onze Gabe smacht. Ja, dat heb je soms met beesten, 't zijn wat dat aangaat net mensen, ze kunnen zich ook aan iemand verslingeren, toen ik als knechtje in de buurt van het Grijze Monnikenklooster diende, hadden we daar een schaap dat verkikkerd was op een koe. Steeds wurmde dat schaap zich onder die koe, hij paste d'r precies onder, en dan zag je aan z'n ogen dat dat beest in de zevende hemel was. Die koe liet 't zich aanleunen, maar toen most ie naar 't slachthuis en dat schaap kwijnde weg, en binnen de kortste keren was 't dood.'

12 Sirene

Op zaterdagmorgen om zeven uur kon ik dan eindelijk weer verder met het Garrels-orgel. Eerst moest ik natuurlijk het hoofdwerk afmaken. Met de Trompet 8 daarvan was ik, bijgestaan door de koster, al aardig op streek, toen ik het geluid meende te horen van een deur die behoedzaam werd geopend en weer gesloten. Was er iemand de kerk binnengekomen? Maar het geluid van voetstappen hoorde ik niet. Of toch wel? Sloop er iemand op kousenvoeten over de koude hardstenen vloer? Op zaterdagmorgen rond kwart over acht? Dat was toch weinig waarschijnlijk. Desondanks had ik het gevoel dat er daarbeneden iemand heimelijk rondwaarde. Waartoe? Waarom? Stel dat het een dief was, wat zou hij dan kunnen stelen? De oeroude kanselbijbel? Oeroude kanselbijbels waren zeer in trek bij de penoze, maar zo'n bijbel steel je toch niet in alle vroegte op zaterdagmorgen? Dieven hadden toch andere werktijden?

Zou de koster ook iets gehoord hebben? Graag had ik hem even gevraagd: 'Hoorde jij ook iets?' Als er inderdaad iemand door de kerk zwierf, moest hij het haast wel opgemerkt hebben. En als hem dat verontrustte, had hij wel iets geroepen als: 'Ik ga even kijken wie zich daarbeneden ophoudt.' Mij ging het toch niet aan of er eventueel kerkroof plaats zou vinden? Ooit eerder hadden wij, mijn toetsenindrukker en ik, bij het stemmen van het Schnitger-orgel in de Duitse stad Cappel, van doen gehad met een insluiper, maar die was destijds betrapt door de koster en de kerk uit geranseld met een collectezak die aan een lange stok vastzat. Een geducht wapen, zo'n collectezak, en die wapens hingen, had ik al gezien, ook daar, in die Groote Kerk, aan een wandbord met grote knoppen dat aan de kerkmuur was bevestigd.

Ik stemde door. Toch vond ik het geen prettig idee dat er daarbeneden mogelijk iemand rondwaarde met slechte bedoelingen. Het stoorde mij in mijn concentratie. En dat was knap vervelend, want het luistert zo akelig nauw bij het stemmen. Zoveel orgels had ik al gestemd, ik was al zo ervaren, en toch bleef ik nog altijd onzeker. Kon je maar rein stemmen, dan zou het makkelijker zijn, maar je stemt gelijkzwevend, en dat betekent dat alle tonen binnen het octaaf net een beetje vals zijn. De kwint nauwelijks vals, de terts behoorlijk vals, de septiem erg vals. Alleen het octaaf zelf is niet vals. Nou goed, ik deed mijn werk altijd zo goed mogelijk en ik werd, vooral in Duitsland, hogelijk gewaardeerd als stemmer, dus waarvandaan dan die onzekerheid?

Er sloop iemand door de kerk. Ik was er nu toch vrij zeker van. Uit het hoofdwerk daalde ik af, liep naar de claviatuur, zei tegen de koster: 'Ik heb 't gevoel dat er beneden iemand zo geruisloos mogelijk door de kerk stiefelt.'

'Ja, ik meende ook al iets te horen,' zei de koster. 'Laten we samen even gaan kijken, dan zijn we twee tegen één.'

'Tenzij ze daarbeneden ook met meer zijn,' zei ik.

'Als er, afgaande op wat ik hoorde, al iemand is, is hij alleen,' zei de koster.

We daalden af, betraden de kerkzaal, zagen niemand, hoorden echter wel het geluid van een deur die zo voorzichtig mogelijk geopend en weer gesloten werd.

'Wie zou er nou op zaterdagmorgen in alle vroegte hier rond lopen snuffelen,' zei de koster. 'Daar snap ik geen reet van. Wat valt hier nou te halen?'

'Een eeuwenoude kanselbijbel.'

'Her en der liggen ze in allerlei kerken al met kettingen vast op de kansels,' zei de koster, 'maar daar hebben we hier niet voor gekozen, we hebben hier andere methodes om het geboefte bij de beer te nemen.'

'Hoe dan?' vroeg ik, mij verbazend over de uitdrukking 'bij de beer nemen', want die had ik nog nooit eerder gehoord.

'Mag ik niet zeggen, da's ambtsgeheim. Maar we zijn erop voorbereid, we weten dat de heren dieven hongeren en dorsten naar het Woord des Heren, dus laat ze maar komen. Maar vandaag liever niet. Kijk, we kunnen de deur wel op slot doen, maar dan kan straks die sirene met haar dochter niet naar binnen en keren ze weerom, en moet ik toetsen blijven indrukken. Nou, daar heb ik toch bar weinig trek in. Dus wat gaan we daaraan doen? Zal ik mijn vrouw eens even achter het aanrecht vandaan plukken en haar een flitscursus toets indrukken geven? Of drinken we een bak thee? Het is tenslotte al bijna negen uur. En misschien komt die sirene wel eerder.'

We liepen naar het kantoortje waar ik de koster op woensdag had aangetroffen. Hij deed daar een deur open, riep: 'Thee.' Sloot de deur weer en wees mij een stoel.

'De thee komt d'r an,' zei hij, terwijl hij zelf ging zitten. 'Sigaartje?'

'Nee, dank u,' zei ik, 'ik rook niet.'

'Wat ik nou niet snap,' zei hij, 'is dat Hij' (en hij wees naar boven) 'zelf niet beter op z'n eigen spulletjes let. 't Is voor Hem toch een makkie om van zo'n boef die 't op zo'n oude kanselbijbel heeft voorzien, onderweg naar de kerk de maag om te keren zodat zo'n knul de hemel voor een doedelzak aanziet en over z'n tong poept. Dan ga je echt niet verder. 't Hoeft heus niet meteen zo drastisch, een beetje misselijk is genoeg, wat dat aangaat vind ik dat Hij nogal fors ingrijpt als hij Uzza meteen doodslaat als die arme jongen de Ark van het Verbond probeert tegen te houden.'

'Wie weet hoeveel diefstallen door de Here God zijn verijdeld omdat de boeven onderweg naar de plaats van het misdrijf moesten overgeven.'

'Ja, daar heb je een punt, da's waar, daar heb ik nou nog nooit bij stilgestaan. Maar ja, jij zult wel doorgeleerd hebben, ik wou dat ik ook doorgeleerd had, dan had ik wel wat beters kunnen worden dan koster. Nou moet ik m'n hele leven op de kleine steentjes lopen.'

'Koster lijkt me anders nog niet zo'n slecht baantje.'

'Je verdient toch verrekte weinig. Erg inspannend is het niet, maar 't probleem is: al zit je de hele dag aangenaam op je luie gat, je wil toch graag dat de mensen van je denken dat je je benen uit je lijf hebt gelopen.'

Hij trok driftig aan het sigaartje dat hij had opgestoken. Een enorme rookwolk vulde het vertrek. Hij hoestte een paar keer, vroeg toen: 'En heb je mevrouw De Haas al gezien, van de scheepswerf?'

'Nee, niet dat ik weet.'

'Ze is anders niet te missen,' zei hij.

'Hoezo niet?'

'Het is dat mokkel met die grote oren.'

Daar moest de koster zelf zo hard om lachen dat hij zich weer in zijn sigarenrook verslikte. Hij hoestte hartverscheurend, en terwijl hij hoestte werd ons door de afgetobde vrouw thee aangereikt.

Nadat we een paar slokken genomen hadden, zei hij: 'Wat de bijbel aangaat waar we 't zonet over hadden, ik hoorde via via dat je op 't Hoofd een Portugees bijbeltje hebt aangeschaft om je op te frissen.'

'Allemachtig,' zei ik, 'wordt zoiets hier meteen maar rondverteld?'

'Ja, allicht, want 't is toch best maf – iemand die een Portugees bijbeltje koopt om zich daarmee op te frissen.'

'Nee, om mijn kennis van 't Portugees een beetje mee op te frissen.'

'O, zodoende, Kloppenburg heb je verkeerd begrepen... Niet zo gek natuurlijk, want die heeft ook niet doorgeleerd, die loopt op nog veel kleinere steentjes dan ik. Daar zit nou helemaal niks bij.'

'Hij heeft anders een mooie verzameling bijbels.'

'Het hele huis staat er van onder tot boven mee vol,' zei de koster verontwaardigd.

'Ze stonden zelfs in hoge stapels op de traptreden,' zei ik.

'Geen stoel bij 'm thuis waarop je zitten kan, op elke zitting ligt een stapel bijbels, ja hij is zo gestoord als een stekelvarken, maar ja, d'r zijn d'r zoveel hier waar een steekje aan los is. En dan mag je vaak nog blij zijn dat 't daarbij blijft. Wacht, nou gaat me een licht op. Je wil je kennis van 't Portugees opfrissen omdat je... Wees toch voorzichtig... pas toch op... D'r hebben d'r hier al zoveel keihard hun neus gestoten bij die sirene. En palm je die poepiemooie moeder in, krijg je de onappetijtelijkje dochter erbij, nou, die is arm van geest, die kan nooit op eigen benen staan, daar moet tot aan het graf voor gezorgd worden. Wacht, ik hoor wat, als je 't over de duvel hebt, trap je 'm op z'n staart.'

We liepen de kerk in. Moeder en dochter doken op uit het portaal bij de ingang. Beiden begroetten mij allerhartelijkst, en dat terwijl ik mij een dag eerder bij de avondmaaltijd had vergaloppeerd. Maar dat was blijkbaar alweer vergeven en vergeten.

De moeder zei monter: 'Ik jou helpen vanmorgen, ik toetsen indrukken. Lanna klein poosje met jou meekijken. Kan zij leren. Zij later dan misschien ook orgelstemmer.'

'Mij best,' zei ik, 'zo heb ik het ook geleerd.'

Hoewel het meisje niets zei, af en toe alleen maar knikte, had ik toch het gevoel dat zij wel wat opstak van de aanblik van mijn verrichtingen. Bovendien gaf ik steeds uitleg bij al wat ik deed. Ik leerde haar het verschil tussen labialen en lingualen, tussen open en gesloten pijpen, tussen houten pijpen en metalen pijpen. Ik liet haar zien dat je bij de open pijpen de stemkrul, boven in de pijp, iets afrolt of oprolt al naargelang de pijp hoger of lager moet klinken. En dat je bij gesloten pijpen de hoed voorzichtig omhoog of omlaag moet tikken. En dat je bij de tongwerken de stemkruk die aan de voet van elke pijp staat voorzichtig neertikt als je de toon wil verhogen en voorzichtig omhoog tikt als je de toon wil verlagen. En dat je zo veel mogelijk moet vermijden om met je handen de pijp aan te raken, want een beetje lichaamswarmte heeft al invloed op de toonhoogte van de pijp. Of er ooit een orgelstemmer uit haar zou groeien? Voor zover ik wist had ik geen collega's van het vrouwelijk geslacht. En zeker geen collega's die nooit iets zeiden. Orgelstemster – goed, maar dan zou ze Nederlands moeten spreken met kosters en kerkvoogden. Tenzij ze natuurlijk uitsluitend in Portugal en Brazilië zou gaan stemmen, en in al die andere landen op de aardbol waar Portugees de voertaal was. Ik had er geen duidelijk beeld van welke naties dat waren, maar het stond me bij dat er ook in Afrika landen waren met Portugees als voertaal. Maar ja, waren daar ook kerken met pijporgels?

Gracinha bleek helaas toch te onwetend om goed als stemhulp te fungeren. Telkens moest Lanna even naar haar toe lopen om uit te leggen wat ik precies wilde. Na voltooiing van de Trompet 8 was de beurt aan het bovenwerk. Lanna nam goddank weer plaats op de orgelbank, want met haar samen naar het bovenwerk toe klimmen leek me minder gewenst. Al was het natuurlijk wel meteen de manier geweest om erachter te komen of ze hoogtevrees had. Heb je dat, dan kun je maar beter een andere baan kiezen dan orgelstemmer. Misschien zou je, als onderdeel van de vooropleiding voor orgelstemmer, een tijdje als trapezewerker in een circus stage moeten lopen. Ook bij het Garrels-orgel waren, vooral dus bij dat bovenwerk, weer acrobatische vaardigheden vereist.

Niet alle stemmen van het bovenwerk bleken in tertsopstelling te staan. Dat was enigszins verwarrend, dus het stemmen schoot niet echt op. Plus dat ik telkens zulke rare capriolen moest uithalen om overal bij te kunnen en bij te klimmen dat ik veel tijd verloor. En het was zo akelig donker; telkens dacht ik: een mijnlamp, wat een idee, maar waar haal ik die vandaan? Zo kwam het dat ik, toen het tijd was voor de middagboterham, alleen nog maar de Octaaf 2, de Prestant 4 en de Baarpijp 4 had gedaan. Nee, vandaag zou het bovenwerk niet afkomen, en hier moest ik de mixturen van het bovenwerk maar voor later bewaren.

Overigens was het op die zaterdag, al werd er goddank op scheepswerf De Haas niet gewerkt, bepaald niet doodstil. Steeds maar weer bliezen er scheepshoorns – daar werd je hoorndol van. En wat ook behoorlijk hinderlijk bleek, was het verontwaardigde geschreeuw van de mantelmeeuwen, nu eens veraf, dan weer zo dichtbij dat het wel leek alsof ze in de kerk rondvlogen. Ik kon mij niet herinneren ooit eerder ergens gestemd te hebben waar zoveel mantelmeeuwen alsmaar hun opgefokte gekrijs lieten horen. Zelfs in Norden niet, en dat ligt toch dicht bij de Waddenzee. Ach, Norden, mijn mooie tijd in Norden, met Lore. Was 't waar, had ik haar eenmaal weer thuis, zoals mijn broer beweerde, ooit een helleveeg genoemd? Ik kon het mij niet herinneren. Maar ja, sinds ze dood was, waren mijn herinneringen gezuiverd van al wat misschien minder aangenaam was geweest. Het leek wel alsof er nooit sprake was geweest van enige wanklank.

Toen de torenklok twaalf uur sloeg, riep Gracinha, die al die tijd naast Lanna op de orgelbank was blijven zitten, naar boven: ‘Pauze nu?’

‘Dat is goed,’ riep ik terug.

Even later liepen we over de Hoogstraat.

'Ik tosti voor jou maken. En soepje', waarna ze vervolgens al wandelend een heftig gesprek met haar dochter voerde. O, wat jammer dat ik zo slecht kon verstaan wat ze zeiden. Wat ik ervan opving, was dat Gracinha haar dochter vroeg of die een toekomst als orgelstemmer voor zich zag. Lanna zei, als ik het goed heb begrepen, dat het haar een heel moeilijk vak leek – waar ze natuurlijk volkomen gelijk in heeft. Het is simpelweg sisyfusarbeid, maar ja, ik kan niks anders. En daarbij komt, álle arbeid is sisyfusarbeid, al wat op deze wereld gedaan wordt, wordt op enig moment weer overgedaan.

13 Paaien

Dus toen zat ik opnieuw in haar woonkamer, en werd er andermaal een tosti voor mij klaargemaakt, en walmde voor de tweede keer, omdat ze weer niet oplette, een schroeilucht uit de keuken.

'Pas op,' riep ik, 'de tosti brandt aan.'

Ze wierp me een ronduit vernietigende blik toe, gromde: 'Jij tosti aan mij overlaten, jij niet mee bemoeien.'

'*Desculpe*,' zei ik.

'Jij kunt sorry zeggen. Ik begrijp. Portugees hoeft niet. Jij alleen maar Portugees tegen mij praten om mij te paaien.'

'Hoe kom je daarbij? Wie zegt dat ik jou wil paaien?'

'Elke man wil mij paaien.'

'Ik ben elke man niet.'

'Nee, jij anders dan mannen hier, jij... Jij... dat woord... uit...'

'Ik weet niet wat je bedoelt.'

'Weet jij wel. Jij uit... jij uitgekookt... Jij mij paaien met Portugees. Maar ik ook uitgekookt, ik veel ervaring met mannen, te veel, jij mij slimmer aanpakken dan andere mannen, maar je wil dezelfde, alle mannen willen dezelfde... Jij moet weten, ik niet leuk, niet aardig, niet plezierig in omgang. Jij grote, wijde boog om mij heen, want jij *bom homem*, maar ik... ik... jij Portugees kennen, beetje dan, ik *xântipe* – jij weten wat een *xântipe* is?'

'Ja, dat woord hebben we in het Nederlands ook, een xantippe, een boos wijf, een duivelin, een haaibaai, een kreng, een pestkop, noem maar op.'

'Ben ik allemaal. En nog veel meer. En ik zal nieuwe tosti voor jou maken.'

Ze bereidde een nieuwe tosti, en die tweede kwam probleemloos uit het wafelijzer.

Dus ik zei: 'Al ben je dan een *xântipe*, je kunt lekkere tosti's maken, zij het wel steeds in twee etappes.'

'Etappes? Wat betekent dat?'

O hemel, hoe moest ik dat nou uitleggen? Ik wist het zo gauw niet, dus ik zei: 'Laat maar, is te ingewikkeld.'

'Jammer. Maar zullen wij deal maken? Jij mij beter Nederlands leren, ik jou beetje Portugees leren.'

'Dat heb je al eerder voorgesteld, maar dat geeft niet, het lijkt me een vorstelijk voorstel.'

'Ik al eerder voorgesteld? Kan best, ik slecht geheugen. Daarom ook grote moeite ik met Nederlands. Zo lastige taal. Mijn man mij helpen, maar hij is dood. Ongeluk.'

'Mijn vrouw ook. Omgekomen bij een treinramp.'

'Och, dus wij in diezelfde schipje. Jij ook kinderen?'

'Nee. Lore, mijn vrouw, wilde dolgraag kinderen, maar ze kwamen niet.'

'Hier geen kinderen gekregen, ik had al kind toen ik kapitein leerde kennen.'

'O, dus Lanna is in Brazilië geboren.'

'Ja, ik nog niet getrouwd, opeens in verwachting, nog

heel jong. *Escândalo*, jij begrijpen.'

'Ja, ja, dat woord hebben wij ook, schandaal.'

'Toen leerde ik Nederlandse man kennen, kapitein op sleepboot, ik al een kind, hij geen bezwaar. Dus ik mee naar Nederland.'

'Maar nu hij er niet meer is, zou je terug kunnen naar Brazilië. Heb je dat ooit overwogen?'

'Terug wil ik niet. Brasil prachtig, maar je voelt je daar op straat nooit veilig, hier lang niet zo mooi als daar, hier weer slecht, meestal miezer en druil, hier haast altijd koud en kil, maar hier voel je overal veilig, overal. Ik hier nergens bang voor, daar altijd bang, niet vreselijk bang, maar toch bang. Daar altijd gevaar, hier nergens gevaar. Hier 's avonds op straat in donker – soms wel vervelende jongens, die hard schreeuwen, of man die poosje achter je aan loopt, beetje eng, dat wel, maar niet gevaarlijk. Hier man een mep geven met paraplu – hij krimpt in elkaar. Daar man een mep geven, jij krijgt tien meppen terug. Zoveel geweld in Brasil, zoveel geweld.'

'Als je hier een man met een paraplu een mep geeft, denk ik toch dat je er niet altijd op kunt rekenen dat hij in elkaar krimpt. Sommige mannen hier meppen zeker terug.'

'Niks van. Al zo vaak ik hier man mep met paraplu gegeven. Terugslaan – nooit.'

'Maar zo vaak zal er hier toch geen aanleiding zijn om een man een mep te geven?'

'O, nee? Hoe jij dit weten? Jij saaie, onopvallende, vriendelijke man, maar ik knappe vrouw, of niet soms?'

'Jazeker, je bent een ravissante verschijning.'

'Ravissant? Ik? Woord ken ik niet.'

'Betoverend dan – ken je dat wel?'

'Ja, *encantadora*, o ja, dat ben ik, hier dan, niet in Brasil, daar miljoenen mooie vrouwen, val ik niet op, zijn meesten mooier dan ik. Maar hier spring ik uit, dus stekende mannenogen altijd op mij gericht, waar ik maar loop of zit. En altijd kerels op deze steigers mij nafluiten. En zoveel steigers in Nederland, overal deze steigers.'

'Het is een zwaar lot om zo'n mooie vrouw te zijn.'

Ik was er niet van gecharmeerd om als saai gekwalificeerd te worden, maar ik dacht: ze kent de gevoelswaarde van het woord 'saai' vast niet, anders zou ze dat niet zo plompverloren recht in mijn gezicht gezegd hebben. Toch leek het net alsof dat woord zich met weerhaakjes in mij vastbeet. En dat terwijl ik vaak genoeg over mezelf heb gedacht: je bent toch eigenlijk een saaie, dooie diender. Dus waarom hinderde het mij dat zij mij saai had genoemd? Hoe erachter te komen hoe ze mij in het Portugees zou typeren? Misschien zou ze dan een heel ander, een minder onplezierig woord dan 'saai' gebruiken. Maar ja, ik kon haar er moeilijk naar vragen.

Toen Lanna en ik weer terug waren in de kerk, bleef dat ellendige woord maar door mijn hoofd zoemen. En dat terwijl ik al mijn aandacht moest concentreren op het stemmen van de Fluit 4 van het bovenwerk. Maar wat deed het ertoe dat ze mij saai en onopvallend had genoemd?

Om half zes kwam ze haar dochter ophalen, en ze vroeg: 'Waar jij eten vanavond?'

'In het Zeemanshuis. Waar anders? Je kunt hier nergens terecht voor een fatsoenlijke maaltijd.'

'Jij zin om weer bij ons te eten?'

'O, dat zou geweldig zijn, maar ik ben... Ik heb... gisteren...'

'Ja, jij niks geen *maneiras*, jij schrokken als *porco*. Maar goed toch? Jij dan niks gewend, jij met weinig blij. Maar denk om, jij niet weer bord aflikken als hond, dan jij nooit meer bij ons eten.'

'Nee, zal ik niet doen, ik heb mijn lesje geleerd.'

'Goed, zie ik straks jou, zeven uur.'

Ik probeerde of ik de koster nog kon ronselen voor een uurtje toets indrukken, maar hij vloog mij, toen ik hem had opgespoord, bijna aan nadat ik hem had gevraagd of hij misschien nog tijd had om mij te assisteren.

'Zaterdag, eind van de middag, terwijl het al bijna etenstijd is? Ben je nou helemaal belatafeld?'

'Het is nu doodstil buiten.'

'Ja, maar ik heb wel wat beters te doen. En zo meteen smijt moeder de vrouw het eten op tafel.'

'Morgenochtend dan, voor kerktijd?'

'Op zondag? Als ik mij uit de naad moet lopen om de dienst voor te bereiden? Nee, nee, daar voel ik geen barst voor, maar ik zal Jaap aan zijn taas trekken, die heeft zelf een sleutel, die is hier op zondag vaak al om half zeven om alvast effetjes de te zingen psalmen en gezangen door te nemen.'

'Jaap? Wie is Jaap?'

'Man, schei toch uit, daar hebbie al mee kennisgemaakt, da's nou toch niet erg snugger, Jaap is onze organist, hij heb z'n eigen uitgebreid aan je voorgesteld.'

'Ja, maar z'n voornaam heeft hij toen niet gezegd.'

'Ken wel wezen, maar as ik zeg dat hij hier op zondag

vaak al vroeg is en een eigen sleutel heeft, ken je toch wel op je vingers uittellen wie ik bedoel. Want zoveel hebben d'r geen eigen sleutel, de poetsvrouw nog, en dan hebbie 't wel zowat gehad. Tja, dom geboren, weinig angeleerd, maar ja, niet iedereen ken profester worden, en uilskuikens, daar is ook behoefte an.'

Ik draaide mij om en verliet de kerk. Het begon al donker te worden, de lucht hing laag over het stadje, het weer was 'miezer en druil' om met Gracinha te spreken. Ik liep naar het Zeemanshuis, zei dat ik ook die avond te eten was uitgenodigd, dus geen VGA behoefde. Joop Boetekees zei niets, gaf geen teken dat hij mij gehoord had, bleef maar verwoed met zijn vaatdoek over de toog boenen. Wat een vreemde man toch, maar ja, zo waren er hier zoveel.

Ik liep de Wip af, wandelde langs een grachtje dat Zuidvliet heette. Onwerkelijk hoog stond het water tussen de kademuren. Het hoefde maar zo'n 20 centimeter te stijgen of het zou over de kaden stromen. Zo hoog tussen de kademuren had ik het nog nooit ergens gezien. Waar een straatlantaarn gloeide, leek het water versmolten met de nevelfloers eromheen. Veel straatlantaarns gloeiden er overigens niet. Er was duidelijk op bezuinigd. En het leek wel alsof men de gaslantaarns van vroeger simpelweg had omgebouwd. Ach, zo mooi als het destijds, met die gaslantaarns, geweest moest zijn. Dat was toch de ware werkelijkheid geweest, zulk ootmoedig, weifelend licht, zo behoedzaam uitgestrooid over de vochtig glanzende steentjes van het plaveisel. Enigerlei begroeiing was niet te bespeuren, groenvoorzieningen, daar had men blijkbaar in dit stadje een flinke hekel aan. Of toch – stonden daar, veel verderop, langs het water zowaar een paar bomen, net als langs die laan waarlangs ik het stadje was binnengewandeld? Ik kon het niet goed zien, het was al zo donker. En zo stil – wat zonde dat ik nu niet kon stemmen, nu eindelijk de wereld verlaten lag van gerucht, om met de dichter Bloem te spreken.

Saai had ze mij genoemd, saai en onopvallend. Ze had gelijk, ik was saai, ik had een saai beroep, hield mij bezig met kerkorgels. Er was zo'n programma op de klassiekemuziekzender – daar draaiden bekende mensen hun lievelingsplaten. Vooraf werd hun gezegd: alsjeblieft, geen kerkorgel, dan zappen de mensen meteen naar een andere zender. Als orgels en organisten al niet in trek waren, hoe stond het dan met orgelstemmers? Die kwamen niet op de radio, laat staan op de televisie. Daar werden geen romans of verhalen over geschreven, terwijl de IJslandse schrijver Halldór Laxness tenminste nog een roman had geschreven waar een organist in voorkwam. En niet te vergeten natuurlijk: *20.000 mijlen onder zee* van Jules Verne. Daarin stond een kerkorgel aan boord van een duikboot! Maar nooit repte Verne erover dat het instrument af en toe gestemd moest worden. Nee, als orgelstemmer telde je niet mee, dat was geen beroep met enig aanzien, een beroep derhalve waar ook geen fatsoenlijke opleiding voor bestond.

Ik liep tot waar de bomen stonden, sloeg af in een straat die de Rusthuisstraat heette, kwam uit bij de Noordvliet en liep over de doodstille kade terug naar het marktplein. Ik hoorde, heel in de verte, heel zachtjes, het gerommel van de donder. Onweer! Er flitste een bliksemschicht die de toren van de Groote Kerk spookachtig uitlichtte. Toen was het weer aardedonker. Aan de overzijde van de Vliet liep een man gelijk op met mij. Het was net of die man het op mij gemunt had, mij ieder ogenblik vanaf de overkant van het water onder schot kon nemen. Wat een onzin, dacht ik, wat is er opeens in je gevaren dat je bang bent, dat je dreigingen waarneemt die irreeël zijn? Vloeide dat allemaal voort uit dat ene miserabele woordje van vier letters, kon ik dan zo weinig hebben? En dan,'t had toch erger kunnen zijn, ze had woorden als 'lijzig' of 'sullig' in de mond kunnen nemen, dus waar klaagde ik over? Ik besteeg de Breede Trappen, kwam uit op de dijk, sloeg af en kuierde westwaarts. Van de man die zo-even aan de overzijde van het water had gelopen, geen spoor meer, ik had de hele wereld voor mezelf alleen, liep de dijk uit tot ik weer naar links kon afslaan en kwam toen al spoedig uit in een wonderlijk wijkje met lage huizen.

Overal doodse stilte, vensters waarachter de dikke gordijnen hermetisch gesloten waren. Nergens kon je binnenkijken, terwijl er toch altijd beweerd wordt dat Hollanders hun gordijnen nooit sluiten zodat je huiskamers kunt beloeren. Nu, in dit havenstadje toch mooi niet, en terwijl ik daar liep, hoorde ik de klaaglijke miauw van een poes. Hij of zij miauwde twee tonen, zoals katten altijd doen, een interval omlaag, b-gis (handig toch als je een absoluut gehoor hebt) en ik floot het na, en al fluitend viel mij een thema in. O mijn God, dacht ik, daar heb je 't weer, dat is de gevorderde leeftijd, vroeger zou ik terstond geweten hebben van wie dat prachtige thema is. Ik floot en floot, maar ik wist het niet, en zoals altijd als mij een melodietje of themaatje invalt leek het of er niets belangrijkers op de wereld was dan te weten wat mij was ingevallen. Het thema zoemde steeds rijker, steeds vollediger door mijn hoofd. Van wie, o, van wie was dat nou? Was het een pianostuk? Nee, zeker niet. Een orgelwerk? O nee, beslist niet. Het was een stuk waar ik ongelofelijk veel van hield, dat wist ik meteen al, zo'n werk dat door mij gekoesterd werd. Maar van wie en waaruit?

Ik liep en liep, dacht niet meer aan het woord dat mij geraakt had, dacht alleen maar aan dat prachtige melodietje dat ik niet thuisbrengen kon. Was het uit een symfonie? Nee, ik wist bijna zeker dat het niet uit een symfonie kwam. Het was... het was... Strijkers, alleen strijkers, maar ja, dan nog had je zoveel mogelijkheden, zoveel fraaie serenades voor strijkers waar het uit afkomstig kon zijn, Tsjaikovski, Dvořák, Elgar, Larsson, Suk, Badings, Bruch. Was het uit die onvolprezen serenade van Suk? Nee, het was vast later, het was iets uit de twintigste eeuw, maar wat dan? Wie kon er nu zoiets ongelofelijks gecomponeerd hebben? Bartók? Britten, was het iets van Britten, kwam het uit die sublieme serenade voor tenor, hoorn en strijkers? Nee, dat was anders. O heer in de hemel, waar kwam dat melodietje toch vandaan dat mij door het gemiauw van een poes was aangereikt? Een Rus? Prokofjev? Sjostakovitsj, diens fameuze achtste strijkkwartet? Nee, nee, het was van een groter componist dan Sjostakovitsj, veel groter, maar wie dan, wie dan? Stravinsky? Natuurlijk, Stravinsky, dat was het, en de tranen schoten in mijn ogen, ik had het, Stravinsky was het, maar wat dan? Welk werk? Alleen strijkers, was er een werk van Stravinsky alleen voor strijkers? Nee toch, er kwamen bij hem altijd wel blazers en slagwerk aan te pas, en meestal ook een piano, of wacht, ja toch – natuurlijk: *Apollon musagète*, dat was het, en niet die fantastische coda met die verschuivende ritmes, maar het deel daarvoor, de 'Pas de deux'. Ja, die 'Pas de deux', dat moest toch welhaast het mooiste stukje muziek zijn dat in de twintigste eeuw was gecomponeerd, zoals het *Air* van Bach het mooiste stukje muziek was uit de achttiende eeuw, en het trio van het scherzo uit Schuberts strijkkwartet in G-groot het mooiste stukje muziek uit de negentiende eeuw. Geduldig en traag voortlopend – het was immers geen deel dat snel gespeeld moest worden – kwam ik uit op de Havenkade. Aan de overkant van het water zag ik licht in haar bovenhuis, en ik dacht: ik wou dat ze een platenspeler had en ik daar *Apollon musagète* van Stravinsky even kon opzetten, maar nee, dat zat er stellig niet in, ik zou zo netjes mogelijk moeten eten, en beleefd moeten converseren, en hoe passend zou het zijn als ik nu hier ergens een bos bloemen of een fles wijn zou kunnen bemachtigen om die aan haar te overhandigen. Maar daar was geen denken aan, niets wees erop dat je op dat tijdstip, op zaterdagavond, waar dan ook in het havenstadje een bos bloemen of een fles wijn zou kunnen scoren. Kwam je met pioenrozen of rijnwijn aan, was je dan minder saai? Saai en onopvallend? Ik? So what? Ik was waarachtig de enige niet.

14 Saai

Toen ik dus helaas zonder rijnwijn of pioenrozen binnenliep in haar lange woonkamer, zag ik Lanna nergens. En ook toen de maaltijd werd opgediend, zaten wij zonder Lanna aan tafel.

'Waar is je dochter?' vroeg ik.

'Al naar bed, zij ziek.'

'Eergisteren ben je met haar naar het ziekenhuis geweest, vanwege... vanwege... hoe noemde je dat ook weer?'

'*Marca de nascença*, ik weet niet in Nederlands, bruine ronde vlek op haar rug.'

'Een moedervlek misschien.'

'O, ja, zo heten in Nederlands. Maar niets aan de hand met *marca*... met moedervlek, gelukkig niet, nee, zij nu beetje griep, komt weer goed. Wij nu over haar praten zonder haar bij – jij zo anders met haar omgaan dan andere mensen, zij helemaal blij, zij van jou leren, zij... ach, niet als andere kinderen, meisjes... Zij met mij hier in Holland gekomen toen zij vier was, zij naar school, kwam snikkend thuis, wou niet meer heen, kinderen haar geniep pesten.'

'Het is niet geniep, maar geniepig.'

'Goed, ja, jij mij verbeteren als ik fout zeg. Kan ik

heus tegen, jij nog keer opscheppen.'

'Graag,' zei ik, 'het is weer onwerkelijk lekker. Ik ben helemaal niet aan zulke maaltijden gewend.'

'O, o, jij mij weer paaien, niet doen.'

'Maar ik mag toch wel zeggen dat ik jouw eten verrukkelijk vind.'

'Heel gewoon eten, niks bijzonders.'

'Voor mij toch wel, maar goed, ik zeg er niks meer over, we hadden het over je dochter.'

'Zij hier denken dat zij zwak... zwak... weet jij wat ik bedoel?'

'Zwakbegaafd, denk ik.'

'Ja, dat woord, dat denken zij hier, zwakbegaafd. Denk jij ook?'

'Ze is een voortreffelijke stemhulp. *Muito bem.* Dus als ze al zwakbegaafd is, dan toch niet wat betreft toonladders, en 't indrukken van toetsen.'

'Ja, maar houdt verband met muziek, en daar zij steengoed in, steengoed. Zij kan liedjes spelen op deze rare ding dat mijn man had geërfd van zijn grootvader, en die weer van zijn grootvader. Eén keer horen genoeg, zij speelt.'

'Ik hoop niet dat je het erg vindt, maar ik heb het met mijn broer over je dochter gehad, mijn broer is kinderpsychiater, en die denkt dat ze autistisch is.'

'Autistisch – wat dat zijn?'

'Ja, dat is ook maar een term, en ik weet er ook niet alles van, maar wat kenmerkend is voor mensen met autisme is dat ze heel veel moeite hebben met sociale contacten en vaak op één punt uitblinken en verder soms de indruk maken verstandelijk gehandicapt te zijn. En ze kunnen urenlang steeds maar hetzelfde doen, zonder dat het hun lijkt te vervelen.'

'Denk jij – hij gelijk?'

'Nou ja, 't lijkt er wel op.'

'Dus daarom jij zo heel geduldig met haar omgaan?'

'Nou, nee, ik heb ook niet 't gevoel dat ik nou zo heel geduldig met haar omga, maar ik ben misschien zelf ook een beetje autistisch, ik werk graag in stille, lege kerken, ik ben ook nogal asociaal, en ik kan eigenlijk ook maar één ding goed, orgels stemmen, en dat kan ik hele dagen volhouden, terwijl het toch nogal eentonig werk is. Verder deug ik nergens voor. Op de bewaarschool mepte ik alle andere kinderen de zandbak uit, die zandbak wou ik voor mezelf alleen hebben.'

'Bewaarschool? Nooit gehoord daarvan.'

'Neem me niet kwalijk, zo heette dat vroeger, nu noemen ze 't de kleuterschool, of misschien is dat woord ook alweer verouderd, peuterspeelzaal, of zoiets, is het nu. Maar "bewaarschool" is natuurlijk honderd keer mooier, 't is doodjammer dat zo'n mooi woord is afgeschaft. Hoe heet een kleuterschool in het Portugees?'

'*Jardim de infância.*'

'O, net als in het Duits, *Kindergarten*. Heb jij ooit op een *jardim de infância* gezeten?'

'O nee, mijn vader en moeder niet rijk genoeg.'

'Nou, de mijne waren ook straatarm, maar de bewaarschool kostte destijds ook niks, kennelijk is dat in Brazilië anders.'

'Ja, daar onderwijs lang niet zo goed als hier, maar mijn kind daarvan hier niet geprofiteerd, zij wou niet meer naar school.'

'Maar hier is leerplicht... hoe...'

'Niemand hier die mij ooit gezegd heeft: zij moet

naar school. Zelf haar rekenen en schrijven geleerd, maar Nederlands niet, wou zij niet leren, en toch zij kunnen, geleerd van televisiekijken – beter dan ik, maar zij verdommen Nederlands spreken – misschien met jou – jij zo geduldig met haar, o, jij zo geduldig.'

'Dat komt omdat ik zo saai ben.'

Ze keek me stomverbaasd aan, schoot toen in de lach, en ik realiseerde mij dat dat de eerste keer was dat ik haar hoorde lachen. Het is toch verbluffend hoeveel informatie iemands lach over zijn of haar persoonlijkheid prijsgeeft. Na een lach weet je opeens veel beter met wat voor iemand je te doen hebt, je hebt van die mensen die alleen maar schamper kunnen lachen – nu, zo iemand was Gracinha volstrekt niet. Haar lach was gul, vrolijk, uitbundig.

Nadat ze uitgelachen was, zei ze met pretogen: 'Jij beledigd omdat ik zei: jij saai. O, wat leuk, jij op pik getrapt, vind ik zo'n mooi uitdrukking, zo helemaal mooi, mag je natuurlijk niet zeggen, maar o, o, jij op pik getrapt – jij ook maar gewoon mens, o, valt me zo tegen.'

'Toch bijzonder dat je zo'n uitdrukking kent en haar ook zo onbekommerd durft te gebruiken.'

'Uitdrukking van mijn man geleerd. Zei dat zo vaak. Was op uit mensen op pik trappen.'

'Was erop uit mensen op hun pik te trappen, moet je zeggen. Het woordje "er" schiet er bij jou altijd bij in, dat laat jij altijd weg. En het woordje "te" ook.'

'Woordje "er" zo lastig, weet nooit waar "er" moet.'

'Mijn vrouw had er ook moeite mee, haatte het woordje "er".'

'Jouw vrouw niet Nederlands dan?'

'Nee, die kwam uit Duitsland. Hoe was dat nou voor

jou toen je hier in Nederland kwam? Voelde je je – let op, daar komt "er" weer – voelde je je er al snel thuis?'

'O, helemaal niet, nog steeds niet, maar nu niet meer zo doodongelukkig als in begin. Want maar altijd alleen, man nooit thuis, voer op sleepboot, altijd weg, altijd grote reizen, dok of bok verslepen van hot naar her, en dan weer van her naar hot, van IJsland naar Vuurland, van Japan naar Canada, alsmaar hele wereld over, tien dagen thuis, tien maanden weg, ik alleen met Lanna. Gelukkig hier ook veel andere vrouwen die uit buitenland komen, net als ik verliefd op man hiervandaan en dan meegegaan hierheen, uit *Inglaterra*, uit *América*, uit *Argentina*, uit Panama, overal vandaan – wij elkaar gevonden, vriendinnen geworden, elkaar vaak zien, praten met elkaar, uitgaan met elkaar, oppassen bij elkaar, en mannen nooit thuis, varen allemaal. Nee, als ik had geweten... Maar terug, nee, ook niet, in Brasil zoveel geweld tegen vrouwen, dus zit niks anders op...'

'Daar heb je "er" weer, dus zit ér niks anders op...'

'Leer ik nooit... Dus zit ér niks anders op dan hier blijven, en nu wel vrede mee.'

'En ér nu wel vrede mee.'

'Twee keer ér achter elkaar? Weet jij zeker?'

'Ja, het woordje "er" wordt in het Nederlands te pas en te onpas gebruikt. Maar heb je hier dan alleen buitenlandse vriendinnen?'

'Ja, mensen hier... akelige mensen... willen je altijd foppen... willen je altijd stangen... willen je altijd bij beer nemen.'

'Och, hemel, die uitdrukking heb ik hier voor het eerst gehoord, en jij kunt haar zomaar gebruiken, en zulke mooie woorden als "foppen" en "stangen" ook, woorden die je haast nooit meer hoort.'

'Nou, hier doen ze niks anders, zijn hele dag op uit je foppen en stangen, willen je altijd tussen nemen. Is lust in hun leven.'

'Daar heb je 't weer, zijn ér de hele dag op uit je te foppen, willen je ertussen nemen. Maar als ze er steeds op uit zijn je te foppen, dan fop je toch terug?'

'Kan ik niet, ben te serieus, heb totaal niks gevoel voor humor, ik kan eigenlijk niks, alleen maar eten koken, ik ga er toetje maken.'

'Nee, daar geen "er", maar wel een lidwoord, ik ga hét toetje maken.'

'Ja, weet ik wel, maar niet erg als je weglaat.'

'Nee, maar dan hoor je wel meteen dat je geen Nederlandse bent, zelfs in jouw geval, want je uitspraak van het Nederlands is voorbeeldig, je hebt geen raar accent.'

'Nou, jij wel als je Portugees praat. Maar vertel mij eens, hoe jij orgelstemmer geworden – och, arme vrouw van jou, denk ik opeens, zat natuurlijk ook altijd alleen thuis, jij altijd op stap om orgels stemmen.'

'Té stemmen is het. En ja, ik was wel vaak op stap, maar ik was toch nooit tien maanden achtereen van huis, en ze heeft nooit geklaagd.'

'Nee, zij blij toe, saaie man goddank op stap,' zei ze met een wonderlijke glinstering in haar ogen.

Mij leek het beter daar niets op te zeggen, dus ik deed net of ik dat niet gehoord had, ik zei: 'Ik ben nooit van plan geweest om orgelstemmer te worden, ik wou dolgraag organist worden, ik heb ook wel les gehad, maar ik had te weinig talent. Ik heb op de mulo gezeten... Wacht, jij weet natuurlijk niet wat de mulo is, die letters staan voor "meer uitgebreid lager onderwijs". Na die mulo wist ik niet wat ik wou, maar ik wist wel wat ik niet wou, ik wou niet op een of ander kantoor gaan werken zoals al mijn klasgenoten deden, dus toen heb ik een cursus hout- en metaalbewerking gevolgd, en heb ik gesolliciteerd bij een firma die kerkorgels bouwde. Ik wou zo graag iets met kerkorgels. Daar heb ik veel geleerd, en toen bleek dat ik een goed gehoor had, een absoluut gehoor, en dat ik opgeleverde orgels goed kon intoneren en stemmen – nou ja, zo is het gekomen, en nu doe ik al zo'n dertig jaar niets anders, de laatste vijftien jaar in dienst van de Duitse firma Auerbach & Wüste.'

'Maar is dus geen speciale opleiding voor orgelstemmer?'

'Maar ér is, moet je zeggen, nee, er is geen speciale opleiding voor.'

'Hoe Lanna dan stemmer worden? Zij graag willen. Kun jij haar opleiden?'

'Dan zou ze mij moeten vergezellen op al mijn stemreizen. De kosters en kerkvoogden zullen vreemd opkijken als ik overal aankom met zo'n jong meisje als jouw dochter. Maar 't zou natuurlijk best kunnen, zeker als...'

Ik zweeg. Mij leek het beter als zij de zin zou afmaken, en dat deed ze ook, zei: 'O, maar ik kan dan ook meekomen, jij haar opleiden en ik druk toetsen in, dat kan ik nog net, dat is zo moeilijk niet, hoef je geen gevoel voor humor hebben.'

'Té hebben is het. En nee, moeilijk is het niet, maar je hebt dan wel reis- en verblijfskosten, en die worden voor mij vergoed, maar voor...'

'O, maar dat geeft niks. Ik heb mooi weduwepensioen, kan ik betalen, zijn dan eigenlijk kosten voor haar opleiding.'

Toen ik naar het Zeemanshuis liep, dacht ik: Heer in de hemel, waar begin ik aan? Wat moet dat worden? Op stap met een moeder en haar dochter, terwijl het altijd zo buitengewoon plezierig is geweest om alleen op reis te zijn en alleen in zo'n nog onbekend stadje aan te komen om daar het volgende Schnitger-orgel met een gevarieerd aanbod van toetsenindrukkers te stemmen. En dan op m'n eentje van die miezerige maaltijden in spaarzaam verlichte hotels of pensions te nuttigen en na de maaltijd nog wat rond te dwalen over de verlaten straten van Duitse stadjes. Ach, zo'n vaart zou het allemaal niet lopen.

Aan de overkant van het water liep, net als daarstraks bij die Noordvliet, iemand gelijk op met mij. Het leek net of daar mijn schaduw wandelde, gelijke tred met mij houdend. Onwillekeurig versnelde ik mijn pas, en de schaduw volgde mij ogenblikkelijk. Het had iets unheimlichs, maar tegelijkertijd leek het of daar een soort tweelingbroer liep, een dubbelganger, een alter ego. Bij de Havenkom moest hij wel afslaan, richting Groote Kerk, en was ik hem dus kwijt. Op het water in de Haven glansden overal loom wiegende olievlekken, die zelfs in de duisternis nog verbluffend goed te zien waren.

Die nacht droomde ik dat ik aan de rand van een afgrond stond. Om mij heen dromden kerkgangers die mij aanmaanden om met behulp van touwen af te dalen. Die touwen waren opgehangen aan reusachtige katrollen, maar ik vertrouwde die katrollen niet. Wat als zo'n katrol het begaf, terwijl ik omlaagging? Dus ik weigerde om af te dalen. Mij werd toen de mogelijkheid geboden om af te dalen in een trappenhuis. Maar op de treden daarvan lagen reusachtige stapels bijbels die mij de weg omlaag versperden. Met kloppend hart werd ik wakker. Het duurde een flinke tijd tot ik weer rustig was geworden. Ik lag te wachten op het verwoestende geluid van de stoomfluit, maar dat geluid bleef uit, het was immers zondag. Voordat de dienst van tien uur in de Groote Kerk zou beginnen, had ik nog een paar uur om de vulstemmen van het bovenwerk te lijf te gaan. Het is altijd een heel werk, die vulstemmen, die mixturen. Help, hoe je mixturen met kwastjes en pijpreinigers stemt, dat moest ik haar, Lanna Edelenbos – als ze tenminste geëcht was door haar stiefvader en dus zijn achternaam droeg – allemaal bijbrengen. Met steeds die moeder als een soort waakhond, een cerberus, in de buurt. Nou ja, die opleiding hoefde natuurlijk geen jaren te duren. Als Lanna stemtalent had, zou ze gauw genoeg zelf aan de slag kunnen. Maar waar en hoe? Kerkvoogden en organisten zouden toch vreemd opkijken als daar opeens een stemmer zou verschijnen met lang, pikzwart haar tot halverwege haar rug. Collega's van het vrouwelijk geslacht had ik bij mijn weten niet, zoals ik al vertelde. Maar goed, vrouwelijke dominees waren nog niet lang geleden ook nauwelijks te vinden, en nu wemelde het ervan. Waren er al wel pianostemmers van het vrouwelijk geslacht? En als ze er waren, welke vooropleiding hadden ze dan gehad? Ook mulo? Och, de mulo, die was ook al verleden tijd, net als de bewaarschool, terwijl je daar toch ongelofelijk veel leerde, meer volgens mij dan op de hbs – en ik heb wel enig recht van spreken, want ik had vergelijkingsmateriaal, mijn ene broer zat op de hbs en mijn andere op het gymnasium en ik op de mulo, en het viel mij steeds weer op dat mijn hbs-broer lang niet zoveel huiswerk had als ik en wat de vreemde talen betrof ook lang zo snel niet vooruitkwam. Mijn gymnasiumbroer, ja, dat was een andere zaak, die was mijn hbs-broer en mij in alles de baas, en leerde (en daar was ik stikjaloers op) ook nog Latijn en Grieks, maar ja, mijn oudste broer, de kinderpsychiater, is een briljante, akelig intelligente kerel, daar kan bijna niemand tegenop. Daardoor is hij ook stronteigenwijs en duldt hij geen tegenspraak. En het gevolg daarvan is dat geen vrouw het lang met hem uithoudt.

15 Een velomobiel

Ontbijt was er niet bij, zo vroeg op zondagmorgen in het Zeemanshuis. Dus dan maar zonder naar de kerk. Daar bleek, al was het nog voor zevenen, de organist reeds aanwezig. En dat niet alleen, hij was ook innig tevreden dat ik alle hangers uit het orgel had verwijderd. Het deed mij goed, want een mens wil toch eer hebben van zijn werk. De organist was onmiddellijk bereid toetsen in te drukken, en ik stortte mij op het bovenwerk. Helaas moest ik al om negen uur mijn werkzaamheden staken.

'Zo meteen komen de eerste kerkgangers,' zei de organist, 'en daar zijn erbij die er, vanwege de zondagsheiliging, aanstoot aan zullen nemen dat wij aan het orgel sleutelen. Maar we zijn flink opgeschoten, en om half twaalf kunnen we de draad weer oppakken.'

'Dan hoeft u niet op te draven, want dan helpt Lanna mij. Het is een wonder, dat meisje. Ze wil zelf graag orgelstemmer worden.'

'Of dat ervan komt, betwijfel ik, verstandelijk gehandicapt als ze is.'

'Ze is niet verstandelijk gehandicapt, ze is volgens mij autistisch.'

'Wat het ook is, dat meisje orgelstemmer – ik denk niet dat het erin zit.'

‘Ik zou niet weten waarom niet.’

‘Ooit een vrouwelijke orgelstemmer gezien?’

‘Nee, maar dat zegt niks. Vroeger was een vrouwelijke minister-president volstrekt ondenkbaar, en nu heb je Margaret Thatcher.’

‘Ja, maar dat is geen vrouw, dat is een gruwel.’

‘Ze speelt helaas geen kerkorgel, zoals haar voorganger Edward Heath, maar volgens mij is ze wel geknipt voor haar vak. Het enige probleem met vrouwelijke minister-presidenten is dat zodra ze aan de macht zijn, er vroeg of laat een oorlog uitbreekt. Je had dat met Sirimavo Bandaranaike, met Indira Gandhi en met Golda Meir, dus toen Thatcher premier werd, riep ik meteen: “Nu komt er oorlog”, en iedereen verklaarde me voor gek, want Engeland in oorlog, onmogelijk, en toen brak de Falklandoorlog uit, zoals je weet.’

‘Nou en of, want hier heeft de nasleep van de oorlog een heel beste boterham opgeleverd.’

‘Hoe dat zo?’

‘Nou, van hieruit vertrokken de schepen van Smit Tak voor de berging daar van de oorlogswrakken.’

‘Waar een klein havenstadje al niet groot in kan zijn,’ zei ik ironisch.

‘Hoe klein we ook zijn, hier staat wel zowat het mooiste orgel van Nederland,’ zei de organist, en hij begon aan een improvisatie over psalm 19. Voorzichtig meeneuriënd, en mij erover verbazend dat de organist uitgerekend met de psalm in de weer ging die de mannenbroeders in het Zeemanshuis hadden gezongen, daalde ik de trap van de orgelgaanderij af, en stuitte toen in de kerkzaal op moeder en dochter.

‘Niet stemmen vandaag?’ vroeg Gracinha.

'Jawel, straks om half twaalf, maar niet nu, want zo meteen begint de kerkdienst.'

'Wat wij doen dan tot half twaalf? Buiten zulk prachtig weer. Wij dan eindje gaan fietsen. Jou mooie plekjes hier laten zien?'

'O, dat lijkt me wel wat,' zei ik, 'maar ik heb geen fiets.'

'Jij op fiets van mijn man,' zei Gracinha gedecideerd.

Dus toen zat ik een poosje later op de fiets van haar overleden echtgenoot en reden wij het stadje uit over een smal weggetje langs een Vliet waarvan het water vrijwel geheel bedekt was met waterlelies en plompenbladeren. Langs de oevers groeiden overal zwanenbloemen en verrezen de manshoge pluimen van waterzuring, en her en der staken de spits toelopende bladeren van pijlkruid boven het water uit, afgewisseld met de stekelige vruchtjes van egelskop. Het was vrijwel windstil. De zon scheen door een heel lichte sluiernevel, en het leek alsof de hele wereld toegedekt was met een gouden waas. Moeder en dochter fietsten voor mij uit, en het was net of het volstrekt vanzelfsprekend was dat ik daar op zondagmorgen reed, terwijl ik toch, als men een week eerder tegen mij had gezegd: 'Volgende week zondag zul je onder kerktijd met een beeldschone moeder en haar autistische dochter over een onverhard weggetje fietsen langs een Vliet met hier en daar, behalve de goudgele bloemen van watergentiaan, zelfs nog de veel te laat bloeiende bloemen van waterviolier', stomverbaasd zou zijn geweest. Waterviolier komt in Groningen en Friesland niet voor, en ik herkende het ook alleen maar omdat ik ooit met mijn vader en broers naar de Reeuwijkse plassen was geweest, waar het er vol mee stond.

We sloegen af, een polderweggetje op, en kwamen terecht in een sprookjesachtige droomwereld, met lage huisjes aan de ene zijde van de weg en een opmerkelijk brede Vliet met zo te zien flink drassige oevers aan de andere zijde. Wat wonderlijk toch dat zo pal onder de rook van dat nijvere havenstadje met zijn uiterst zuinige groenvoorzieningen zo'n paradijselijke, in vredige zondagmorgenstilte verzonken landweg naar een totaal andere wereld verwees dan die waar we zo-even nog hadden vertoefd. Maar waar we ook reden, overal was de toren van de Groote Kerk nog goed te zien, en om ons eraan te herinneren dat zelfs dat vredige zondagmorgenparadijs bruut kon worden opgeschrikt door boze indringers, werden wij ingehaald door een velomobiel die vlak langs ons heen raasde. Van de bestuurder van het vehikel was niets anders te zien dan een grote pet en een nog grotere, donkere veiligheidsbril. Het okergele gevaarte was in een oogwenk uit het zicht verdwenen, en wij hadden de weg weer voor ons alleen. We sloegen af naar het dorpje waar dat andere, eerdere Garrels-orgel had gestaan, en dat dorpje, voorafgegaan door twee watermolens vlak langs de weg, kon bogen op maar liefst twee forse kerkgebouwen. Mij had het wel aardig geleken om ergens onderweg in een of andere uitspanning iets te gebruiken, met mijn twee dames als bijzondere bezienswaardigheid, maar niets wees erop dat daar ook maar ergens een terras aangetroffen kon worden, en zo het er al geweest was, dan zou dat daar toch op zondagmorgen gesloten zijn. Zondagsrust, alles ademde daar zaligmakende zondagsrust, niemand was daar op de Vlietweg te zien, het dorp leek wel totaal verlaten, kennelijk hadden de inwoners zich allemaal in een van die twee flinke kerken teruggetrokken. Maar toen wij het dorpje alweer uit waren, verscheen andermaal, nu als tegenligger, die okergele velomobiel weer, en hij denderde onwaarschijnlijk snel langs ons heen en opnieuw kon ik niets anders van de bestuurder ontwaren dan pet en bril. Wat een gek, dacht ik.

We reden weer in de richting van het havenstadje. Eerst was er nog veel groen, links en rechts langs de weg, en majestueuze waterlelies in de hier behoorlijk brede Vliet, maar eenmaal onder een viaduct van een snelweg door was er van lommerrijke betovering geen sprake meer. En om dat nog maar eens flink te benadrukken, werden wij ingehaald door de okergele velomobiel, die andermaal langs ons heen stoof als een geleid projectiel. Mij werd het toch ietwat vreemd te moede. Weer sloeg de paranoia toe. Weer leek het alsof het geen toeval was geweest dat ik aan de ene kant van de Noordvliet had gelopen, terwijl er tegelijkertijd iemand met mij mee opliep aan de andere kant van het water, iets wat zich herhaald had toen ik in de duisternis, op weg naar het Zeemanshuis, langs de Haven was gelopen. En die insluiper op zaterdagmorgen in alle vroegte in de Groote Kerk? Wat een onzin toch, dacht ik, je begint te dementeren, je bent niet goed bij je hoofd. Wat zou het als bij toeval twee keer iemand gelijk met mij opliep aan gene zijde van het water, en idem, wat zou het als een velomobiel drie keer langs ons heen raasde? Daar hoefde nu echt niets anders achter gezocht te worden dan dat een gek kennelijk in zijn velomobiel de zondagsheiliging belachelijk wou maken. Groot gelijk toch? Zondagsrust, akkoord, best veel voor te zeggen, maar deze doodse stilte, deze uitgestorvenheid, waartoe, waarvoor?

Om kwart voor twaalf waren wij terug bij de Havenkom. Gracinha zei: 'Meteen gaan stemmen, of eerst toch maar even wat eten?'

Omdat ik's morgens zonder ontbijt uit het Zeemanshuis was vertrokken, had ik een ongelofelijke trek, dus ik zei: 'O, een moord voor zo'n lekkere tosti en zo'n fantastisch soepje.'

'Ja mama, eerst eten,' zei Lanna, 'ik rammel van de honger.'

Wat nu, dacht ik stomverbaasd, ze spreekt opeens Nederlands, en kan zelfs zo'n uitdrukking als 'ik rammel van de honger' gebruiken. En toen dacht ik erachteraan: zie je nou wel, mannenbroeders, als iemand altijd alleen maar een enkel zinnetje Portugees uitbrengt, val je al om van verbazing als ze opeens een paar woorden Nederlands spreekt, laat staan dus als je ezelin het woord neemt.

De tosti verliet ditmaal zonder mankeren het wafelijzer en daar was ik blij om, want ik zou het niet hebben aangedurfd om haar andermaal op de mogelijkheid van verschroeiing te attenderen. Na de tosti serveerde Gracinha een inktvissoep. Dat was voor mij wel even slikken. Ik kan niet zeggen dat ik een moord doe voor inktvis. Niettemin was de soep voortreffelijk – zo'n soep had zelfs Lore, die toch ook behoorlijk koken kon, nooit voor mij klaargemaakt. Wat eigenaardig dat je, als je bezig bent je hart aan iemand te verliezen, haar steeds vergelijkt met de vrouw aan wie je eerder je hart hebt verloren. Zinvol is dat volstrekt niet. Je moet iemand op zijn of haar eigen merites beoordelen. Maar ja, mensen die een nieuwe hond nemen, vergelijken die ook altijd met zijn voorganger(s). Idem, in geval van een nieuw paard. Tsjonge zeg, kan het banaler? Je denkt aan je omgekomen echtgenote, en aan een eventuele opvolgster, en dan vergelijk je dat denkproces met nadenken over een nieuwe hond of een nieuw paard. En toch school er een niet goed te doorgronden logica in die banaliteit. Net zo goed als er ook ondoorgrondelijke logica in school dat Lanna mij steeds onweerstaanbaar aan Drieke deed denken, Drieke die alsmaar wist uit breken, en dan op een drafje naar ons huis rende en net zo lang mekkerde tot ze mij in het oog kreeg. En dan werd ik uitgelachen door mijn twee broers en twee zussen, en moest ik haar weer terugbrengen naar de boerderij van Ai Stront zonder dat ik haar – omdat ze me blindelings volgde waar ik maar liep – hoefde aan te lijnen. Wat is er toch met mij, had ik destijds vaak gedacht, dat een geit hopeloos verliefd op mij is? En nu leek het erop dat Lanna minstens net zo verliefd was op mij als indertijd Drieke, terwijl ik op mijn beurt bezig was mijn hart te verliezen aan Gracinha.

Toen ik dat alles bedacht had, vroeg ik mij tamelijk onthutst af: maar ben je dan inderdaad bezig je hart aan Gracinha te verliezen? Welnee, dacht ik, hoe kom je erbij? Zeker, ik vind haar erg aantrekkelijk, en dat is dan nog zwak uitgedrukt, en haar kookkunst is onweerstaanbaar, en daar de liefde van de man door de maag gaat, is het niet zo verbazingwekkend dat ik, liefst maar plat gezegd teneinde het ook te relativeren, langzaam verkikkerd raak. Maar geen denken aan dat ik bij haar zou kunnen of zou willen intrekken. Dan moest ik vast en zeker, net als zoveel van mijn vrienden, met een koptelefoon op naar mijn geliefde platen luisteren, of ze zou, als ik mijn platen wel mocht draaien, gegarandeerd door de muziek heen praten, want dat deden vrouwen altijd. Dan moest ik mee naar feestjes of verjaardagen van haar vriendinnen, die, omdat ze zo dom waren geweest een zeeman te volgen naar zijn thuishaven, net als zij in dit havenstadje gestrand waren. En wat zou er verder wel niet allemaal van mij verlangd of geëist worden, zaken waar ik nu nog totaal geen zicht op had, want wat wist ik nou van haar af? En waar berustte die verliefdheid – als dat het al was – nou helemaal op? Een niet onaantrekkelijk voorkomen, een uitbundige lach, verschroeide tosti's en het vermogen om voortreffelijke soep te serveren? Meer niet? Nou dan, waar hebben we het dan over? En realiseer je toch dat ze ongelofelijk humeurig kan zijn, al was er dan, nadat ze zo had moeten lachen om mijn gekrenktheid vanwege het woord 'saai', blijkbaar wel iets veranderd. Het is maar goed, dacht ik, dat ik over een paar dagen afreis uit dit netelige, akelig ruikende havenstadje. Eenmaal weer in een ander dorp of stad, en wat mij betrof liefst in Duitsland, zou ik stellig nooit meer aan haar denken, hooguit nog verlangen naar het gemak van zo'n toetsen indrukkende dochter. Want al kan ik mij geen plezieriger beroep voorstellen dan orgelstemmer, toch is het lastig dat je overal waar je komt moet samenwerken met een bij elkaar geraapt zootje toetsenindrukkers. Wat dat betreft heeft een pianostemmer het veel gemakkelijker, die drukt zelf de toetsen in die hij stemt. Mijn droom is een klein robotje dat je op afstand kunt besturen en dat toetsen indrukt. Waarschijnlijk is die droom vrij makkelijk te verwezenlijken.

Maar zo'n robotje had ik niet toen ik op die zondagmiddag met moeder en dochter andermaal het bovenwerk onder handen nam. Ik schoot aardig op. Maar ja, de tongwerken van het bovenwerk waren nog niet gedaan toen de torenklok vijf uur sloeg. Had ik reeds zo'n robotje bij de hand gehad, dan zou ik doorgegaan zijn, want het was doodstil buiten. Maar moeder en dochter wilden naar huis, dat kon je ze niet kwalijk nemen, en Gracinha nodigde mij weer uit voor het eten, en ik nam de uitnodiging uiteraard aan, want een VGA op zondag in het Zeemanshuis – mij leek het een ramp. Wel ging ik even naar het Zeemanshuis toe, met het voornemen mij daar wat op te frissen en daar een poosje op mijn bed te gaan liggen, want ik was behoorlijk moe. Niet zo vreemd, vroeg opgestaan, geen ontbijt, tot negen uur in de weer met het bovenwerk, een ongewone fietstocht gemaakt, en de hele middag ook weer gestemd.

16 Een brief op zondag

In het Zeemanshuis wachtte mij een eigenaardige verrassing.

De norse uitbater zei zodra ik daar binnenstapte: 'Brief voor u.'

'Een brief voor mij? Op zondag?'

'Vanmiddag in de brievenbus gedaan. Hier, vangen.'

En hij gooide een smoezelige bruine envelop in mijn richting. Omdat ik daar niet op verdacht was, kwam de bruine envelop op de grond terecht en moest ik mij bukken om hem op te rapen. De uitbater stootte een kort, voor zijn doen tamelijk vrolijk lachje uit, iets tussen hinniken en keffen in.

Met mijn stemijzer ritste ik op mijn kamertje de envelop open. Er zat een half A4'tje in, netjes opgevouwen. Kan geen lange brief zijn, dacht ik, komt misschien van de gereformeerden. Over de voortzetting van het stemmen in de Immanuëlkerk. Maar nee, het was iets totaal anders. Want toen ik het briefje had opengevouwen, las ik:

Geachte heer,

In nauw verband met uw eigen welzijn, waar u, naar

ik aanneem, wel enige waarde aan zult toekennen, adviseer ik u ten stelligste geheel af te zien van verdere contacten met een u inmiddels welbekende weduwe waar u, zo kort nog hier ter stede, reeds al te familiair mee om pleegt te gaan. Indien u mijn welgemeende raad in de wind slaat, acht ik mij gerechtigd de nodige stappen te ondernemen om u te beletten met voornoemde weduwe nog verdere omgang te hebben.

Een ondertekening ontbrak. Het briefje was getypt op een oude schrijfmachine. De letter e was nauwelijks zichtbaar. Ook veel andere letters waren vrij vaag, en het lint van de schrijfmachine had hier en daar een zwart veegje op het papier aangebracht. Voorzichtig legde ik het briefje op het nachtkastje naast het bed, zo stomverbaasd over de inhoud ervan dat ik het meteen ook weer oppakte en nogmaals las. Wat was dit? Wat stelde dit voor? Was dit een dreigbrief? Of meer een soort waarschuwing? Akkoord, in dit buitenissige havenstadje kon je alles verwachten, zelfs een wijd slop met eertijds een smalspoor, maar ook zo'n briefje? In zulke archaïsche bewoordingen? Had Gracinha een stille aanbidder die het niet velen kon dat ik met tosti's en stoofpotten verwend werd? Maar van die tosti's en stoofpotten had die stille aanbidder stellig geen weet, het enige wat hij opgemerkt kon hebben was dat ik een paar keer bij Gracinha in huis had vertoefd en met haar en haar dochter in twee kerken orgels had gestemd. Mijn eerste impuls was om terstond mijn stemspullen bijeen te graaien en naar het station te rennen en met de eerste de beste trein te vertrekken. Maar ja, het was zondagavond, ik zou wellicht nog tot Utrecht kunnen komen, maar niet veel verder; de Geuzenstraat in Heiligerlee was op dit tijdstip onbereikbaar. Mijn tweede impuls was om met het briefje naar de politie te stappen. Ook dat leek echter op zondagavond geen haalbare kaart. En trouwens, met wie moest je dan de inhoud van het schrijven bespreken? Met die agent Kippenek? Die zou misschien om het briefje lachen, zou misschien zeggen: 'Ach, meneer, u weet toch waar u bent, hier ter stede, om de woorden uit het briefje aan te halen, hier ter stede sturen de inwoners elkaar onophoudelijk zulke mallotige briefjes. Maak u toch niet druk, dit stelt niks voor, de daad wordt zo zelden bij het woord gevoegd.'

En toen dacht ik aan die velomobiel. En die twee keer dat aan gene zijde van het water iemand met mij was opgelopen. En aan de insluiper op zaterdagmorgen. Niet ten onrechte was ik dus gealarmeerd geweest. Niks geen paranoia dan wel dementie. Dat was in ieder geval een opluchting, zo gek was ik dus nog niet. En die overkantflaneur, die insluiper, was stellig de schrijver van dit briefje. En de bestuurder van de velomobiel eveneens. Nu, de berijder van zo'n velomobiel zou, als mij echt iets aangedaan werd, makkelijk opgespoord kunnen worden, want hier ter stede zouden niet veel mensen een velomobiel bezitten. Zou het iemand zijn die ik hier ter stede reeds had ontmoet? Godallemachtig, het proza van dat briefje bleek besmettelijk, hier ter stede, hier ter stede 'reeds'. Wie gebruikte nu nog het woord 'reeds'? De schrijver J. van Oudshoorn destijds, maar verder toch niemand meer?

Ik ging op het bed liggen, zonk weg, probeerde mij te herinneren met wie ik 'hier ter stede reeds' kennis had gemaakt. Op maandagavond was ik aangekomen. Bij het

Wijde Slop had ik aan een knul de weg gevraagd. Dat kon geen stille aanbidder van Gracinha zijn. Het leeftijdsverschil was te groot. De tweede persoon met wie ik kennis had gemaakt, was de uitbater van het etablissement waarin ik nu op bed lag, beheerder Joop Boetekees. Was hij het? Zou hij dat briefje getypt hebben? Ik kon het me nauwelijks voorstellen. Maar daarna had ik zo om en nabij dertig mannenbroeders ontmoet. Daar kon uiteraard die stille aanbidder bij zijn. Dan had je vervolgens de organist van de Groote Kerk, die was het in ieder geval niet, organisten begeren geen vrouwen maar vorstelijke instrumenten met liefst drie klavieren, en een vrij pedaal, plus als het even kan ook nog een zwelkast. Sommige organisten planten zich desondanks toch nog voort, maar dat doen homoseksuelen ook. Dan de koster van de Groote Kerk. Die zou het kunnen zijn, dat was zo'n hufter. Vervolgens dominee Berenschot. Die had mooie verhalen over Gracinha verteld, die had zo raar naar mij gekeken toen de Portugese bijbel ter sprake kwam, ja, die kwam zeker in aanmerking, al leek het me weinig waarschijnlijk dat hij zo'n briefje zou hebben geschreven. Een dominee moet immers op zijn tellen passen, en daarbij: een predikant op zondag in een velomobiel, dat was vrijwel ondenkbaar. De dominee was op donderdag vergezeld geweest door drie mensen. Een van die drie? Ja, dat was zeker mogelijk. En dan had je ook nog de koster van de Immanuëlkerk. Dat was een vriendelijke man geweest, saai en onopvallend, om met Gracinha te spreken, maar met hem had zij wel, toen ik daar stemde, diverse keren een kort gesprek gevoerd. Ten slotte had je ook nog die gek in de Joubertstraat die bijbels spaarde, en wacht, die andere gek met dat mandje op zijn hoofd, die IJzerhard Paalvast, met zijn gezeur over de eeuwige bruiloft.

Maar waarom ging ik ervan uit dat het een stille aanbidder was? Misschien had hij een keer, of meerdere keren, geprobeerd om een afspraak met Gracinha te maken. Misschien kon zij, als ik haar dat briefje liet zien, meteen zeggen: 'Dat is door die en die geschreven.' Maar was het wel verstandig om haar dat briefje te laten zien? Ik tastte in het duister, ik had nog nooit zoiets bij de hand gehad, dus ik wist niet wat ik doen moest. Of laten moest. Vooralsnog maar even wachten voor ik dat briefje aan Gracinha zou laten zien. Eerst kon ik er uiterst voorzichtig naar vissen of zij aanbidders had in dit havenstadje. Nu ja, dat kon bijna niet anders, wie haar zag, begeerde haar, dat stond als een paal boven water. 'Stond als een paal,' mompelde ik, liggend op mijn miserabele matras, en verbaasde mij erover dat mijn brein zo'n toepasselijke metafoor had aangedragen. O, o, dacht ik, Gracinha, Gracinha, en mij schoot dat stomme liedje van Rocco Granata te binnen, 'Marina, Marina', ik had het zelfs een keer op kerkorgel gehoord, vertolkt door niemand minder dan Feike Asma. Een van de akeligste dingen die je kunnen overkomen is dat een tune, een liedje, zich vasthaakt in je bewustzijn en er haast niet uit te krijgen is. Zoiets kan je zelfs beroven van je slaap. Het hoeft geen slecht of plat liedje te zijn, het kan ook een thema uit een symfonie zijn, of een ander klassiek werk. Hoor je *Les Barricades Mysterieuses* van Couperin, dan haakt het hoofdthema daarvan zich ook vast in je brein en is het er haast niet meer uit te verwijderen. Maar dat thema heeft wel de grote verdienste dat je daarmee minder fraaie, maar beklijvende wijsjes kunt verdrijven. Dus ik neuriede hardnekkig de openingsmaten van dat onvolprezen meesterwerkje van Couperin en verdreef daarmee Rocco Granata.

En toen moest ik dus een besluit nemen of ik de bedreiging zo serieus nam dat ik ervan afzag om bij Gracinha te gaan eten. Maar als ik daarvan afzag, moest ik haar laten weten dat ik niet kwam, dus naar haar huis lopen. Want haar opbellen, dat zou wellicht kunnen, als ik tenminste daar in het Zeemanshuis een telefoongids kon raadplegen en daar van de telefoon gebruik zou mogen maken. Maar wat moest ik dan zeggen? 'Ik kom niet, want ik word bedreigd'? Nou ja zeg, dat was toch volstrekt ondenkbaar. Plus dat het wel erg laf zou zijn. Niets moest ik mij aantrekken van dat briefje, maar toen ik omhoogliep op de Wip, en de dijk overstak, en op de Havenkade weer omlaagliep, was ik toch op mijn hoede, en keek ik toch schichtig om mij heen. Niemand te zien natuurlijk, niemand ook aan de overzijde van de Haven die gelijk met mij opliep.

Na de maaltijd – een superieure soep, een vorstelijke stoofpot – vroeg ik: 'Voel je je wel thuis in dit wonderlijke havenstadje?'

'Nogal. Veel lieve vriendinnen hier.'

'En vrienden?'

'Nee, geen vrienden.'

'Maar je bent *encantadora*, zoals je zelf hebt gezegd. Dus de mannen...'

'O, ja, zij achter mij aan lopen, zij mij uit willen nemen, en zij mij soms zelfs brieven schrijven, maar dat niet zo vaak, nee, zij mij maar altijd aanspreken op straat, gek word ik van...'

'Je moet zeggen: gek word ik érvan.'

‘Goed, gek word ik érvan, dank je wel.’

‘Maar er zal allicht toch ook wel eens een aardige brief bij zijn.’

‘Ik nergens in opgaan...’

‘Op ingaan, bedoel je.’

‘Ja, bedoel ik, ik nergens meer in op ingaan, ik wil niet nieuwe man, zo’n man wil Lanna uit weg hebben, tegen mij zeggen: “Je moet haar in gesticht doen.”’

‘O, dus dat heb je al wel bij de hand gehad?’

‘Een paar boel keer al. Best aardige mannen hoor, en niet saai ook...’

Ze moest er zelf om lachen, en ik lachte vrolijk mee. Waarom ook niet? Ze had gelijk, ik was saai en zou altijd saai blijven, daar hielp geen moedertjelief aan, en dat was goed, want ook ik wilde nergens meer op ingaan. Ooit had ik mij, een paar jaar na de dood van Lore, in een vlaag van verstandsverbijstering, ingeschreven bij een bemiddelingsbureau voor relaties, en had ik een lange vragenlijst moeten invullen en allerlei tests moeten doen, een boom tekenen, vlekken duiden, zinnen afmaken, figuren bijkleuren, en nog allerhande andere zottigheid meer, en daar was toen uit gekomen dat ik, zo stond het in het schrijven dat ik erover mocht ontvangen, ‘zorgwekkend asociaal’ was, het prototype van een einzelgänger. Vrijwel niets mee te beginnen op het vlak van relatiebemiddeling. De enig mogelijke kandidate die ze mij konden aanbieden – 61 procent overeenstemming – was een vijftigjarige tekenlerares in Zaanstad die van musicals hield. En dan te bedenken dat ik een door merg en been gaande afschuw van het verschijnsel musical heb en al op de bewaarschool niet wou tekenen.

'Je zei dat je enkele brieven hebt gehad. Heb je die ook bewaard?'

'Waarom ik deze brieven bewaren? Nee, meteen weggooien.'

Dat was jammer. Als ze de brieven bewaard zou hebben, had je, in geval van nood, de mogelijkheid om te kijken of een van die brieven ook was getypt met een machine waarvan de e totaal was afgesleten en die zwarte veegjes op het papier achterliet.

'Ik ga maar weer eens naar het Zeemanshuis,' zei ik, 'morgenochtend kan ik helaas niet in de Groote Kerk stemmen omdat ze dan daarnaast de scheepswerf weer opstarten, dus ik stem in de Immanuëlkerk.'

'Wij zullen zijn, om negen uur, Lanna en ik.'

'Je moet zeggen: wij zullen ér zijn,' zei ik.

Van het bovenhuis van Gracinha naar het Zeemanshuis was maar een kleine wandeling, maar hoe klein ook, toch goed voor een niet eerder zo heftig ervaren gevoel van beklemming. Nooit eerder had iemand mij bedreigd; wat Mozes ooit had gezegd, kon ik hem nu nazeggen: 'Ik ben gansch bevreesd en bevende.' Tsjonge, wat een lafaard bleek ik te zijn, dat viel me toch behoorlijk tegen van mezelf. Niet alleen saai en onopvallend, maar ook een schijtlaars. Zelfs toen ik in dat Zeemanshuiskamertje in bed lag, was ik nog allesbehalve op mijn gemak. Dolgraag had ik dat briefje vernietigd, verscheurd, verbrand, versnipperd. Maar dat kon niet, daarmee moest ik, als mij iets zou overkomen, naar de politie, tenzij dat niet meer kon omdat de overkantflaneur mij omgebracht had. Maar zo'n vaart zou het vermoedelijk niet lopen, en zelfs als het wel zo'n vaart liep, was dat briefje uiteraard een des te belangrijker bewijsstuk.

Bij wijze van contrast droomde ik, toen ik eindelijk in de nanacht in slaap viel, dat ik Drieke na een van haar uitbraken terugbracht naar de boerderij van Ai Stront. Het was in de voorzomer. Het was *rûzich wer*, zoals de Friezen zeggen. De korenvelden golfden alsof zij beroerd werden door engelenhanden. Kieviten buitelden door de lucht, grutto's riepen in koor hun eigen naam, veldleeuweriken stegen op en bejubelden het zonlicht, een zwerm putters streek alvast op de distels neer, ofschoon ze toch moesten weten dat er nog niets te halen viel, boerenzwaluwen scheerden vliegensvlug vlak boven de grond, twee buizerds wiekten op de thermiek, en de wegbermen, getooid met manshoog fluitenkruid, geurden zo verrukkelijk. Ach, mensenlief, het leek wel of ik in de zevende hemel liep.

Ik ontwaakte en lag vredig na te soezen, mij afvragend of ik wel gedroomd had of dat ik mij simpelweg een tochtje herinnerde. Maar toen, bij wijze van bars contrapunt, schoot door mij heen: godsamme, de een of andere idioot heeft mij een dreigbriefje gestuurd. Mij, nota bene, Gabriel Pottjewijd, nota bene, die nog nooit in zijn leven een vlieg kwaad heeft gedaan.

17 Een mijnlamp

Na het karige Zeemanshuisontbijt had ik op maandagmorgen, voor ik mij naar de Immanuëlkerk zou begeven, nog tijd genoeg om bij die legendarische winkel van Smitje de Smit langs te lopen. Logica school er niet in dat ik, om te informeren naar een mijnlamp, mij daar nu pas heen begaf, want die had ik in de Immanuëlkerk bij dat orgel in open opstelling niet direct nodig. Bovendien was het de vraag of ze mij in die winkel aan zo'n mijnlamp zouden kunnen helpen. Hoe eigenaardig trouwens dat het al die jaren dat ik al stemde nooit bij me was opgekomen om zo'n lantaarn aan te schaffen die je, zoals dat in mijnen gebruikelijk was, op je voorhoofd monteerde. Zo'n lamp, dat was natuurlijk een puike oplossing in de strijd tegen de donkerheid, de duisternis en de stormwind uit Hebreeën 12. Nou vooruit, van stormwind is wel sprake als je de laagste tonen aanslaat van de Bazuin 32, maar daar helpt zo'n mijnlamp toch ook niet tegen. Maar met zo'n lamp op je kop stemde je vast veel makkelijker. Geen gedonder meer met looplampen. Of, als die er zoals te doen gebruikelijk, niet waren, maar zo'n beetje op de tast stemmen. Niettemin had ik nooit van collega's gehoord dat zij zo'n lamp gebruikten, terwijl het zo voor de hand lag.

Goed, op weg dus naar Smitje de Smit voor een mijnlamp. Niet alleen echter, of misschien zelfs niet in de eerste plaats daarvoor, maar ook voor iets waarmee ik in geval van nood die rotzak kon afschrikken die mij met dat akelige briefje de stuipen op het lijf had gejaagd, namelijk een alarmpistool. Zo'n ding kon je daar kopen, had de organist van de Groote Kerk mij gezegd.

Via de Wip, de Hoogstraat, de Schansbrug en de Ankerstraat liep ik naar de hoek van Ankerstraat en Kerkstraat, waar de winkel van Smitje de Smit was gevestigd. Het was nog vroeg, de torenklok had nog niet eens acht uur geslagen, maar ik wist bijna zeker dat die winkel al open zou zijn. Zulke ijzerwarenwinkels gingen altijd krankzinnig vroeg open, wist ik uit ervaring. Ik hoopte erop dat ik de eerste en vooralsnog ook enige klant zou zijn. Dan kon ik zonder opzien te baren behalve naar een mijnlamp ook achteloos vragen naar een alarmpistool.

Toen ik de winkeldeur opende, kondigde een luidruchtig rinkelend belletje dat een knarsende wolfskwint voortbracht (B-fis) mijn komst al nadrukkelijk aan, zodat ik, eenmaal daarbinnen, begluurd werd door minstens een dozijn kerels die daar in de half donkere ruimte al aanwezig bleken te zijn, het ene ogenblik nog druk en geanimeerd met elkaar converserend, en het volgende ogenblik allemaal stilgevallen, en stuk voor stuk naar mij glurend alsof ik het beest uit de afgrond was uit Openbaring 11. Mij sloeg de schrik om het hart, bij al die uiterst wantrouwig starende ogen, die xenofobe blikken die op mij geworpen werden alsof men mij 't liefst meteen weer uit de winkel wilde verwijderen. Wat ging daar om? Wat voerden zij daar in hun schild?

Was ik binnengevallen op een moment dat er, daar in dat havenstadje, over smokkelwaar werd gesproken, of over andere zaken die het daglicht niet velen konden? Want waarom anders zo'n muur van wantrouwen? Zo'n ijzig stilzwijgen?

'Joh,' fluisterde een van die tamelijk haveloze, opgeschoten snaken, 'joh, da's die Pottjewijd, die orgelflikflooier, niks an de hand, 't is die Pottjewijd.'

En fluisterend gaven ze het aan elkaar door: 'Niets aan de hand, het is Pottjewijd', en ze weken voor mij uit, vormden haast een soort erehaag, naar de toonbank toe.

'Ga maar voor, heer Pottjewijd, wij wachten wel, wij hebben alle tijd, gaat u maar eerst.'

'Heer Pottjewijd,' zei een winkelbediende achter de toonbank, 'wat mag ik voor u op dit vroege tijdstip betekenen? Wat is er van uw dienst?'

Achter mijn rug werden de gesprekken weliswaar fluisterend, maar ook uitermate geanimeerd hervat. Niets verstond ik ervan. Het leek wel of al die kerels een vreemde taal spraken. En ondertussen werd ik beloerd door de winkelbediende van wie de stem mij bekend was voorgekomen. Dat raspende geluid, dat wist ik zeker, had ik eerder gehoord. In deze havenstad, dat wist ik ook zeker; maar waar en wanneer? Omdat ik blijkbaar niet snel genoeg reageerde op zijn vraag, beet hij me kortaf toe: 'U wenst?' Het klonk eerder als een bevel dan als een vraag.

O, die hoge stem, ik had hem beslist al eerder gehoord, en de man aan gene zijde van de toonbank keek mij aan alsof hij mij al jaren kende, en zijn gezicht kwam mij ook bekend voor, maar toch wist ik niet wie ik voor mij had. En ofschoon ik ervan overtuigd was dat ik die man al eerder had ontmoet, wist ik ook zeker dat ik zijn smoezelige stoppelveldkapsel nog nooit gezien had. Ook het wonderlijke knijpbrilletje, laag op de neus, was nieuw voor mij. Had hij dan wellicht, toen ik hem eerder had getroffen, een hoed of pet of muts opgehad, en zijn bril afgezet? Uiteraard droeg hij zijn bosmuisbruine stofjas alleen in de winkel, dus dat die nieuw voor mij was, sprak vanzelf. Had ik hem, kapsel, bril en stofjas ten spijt, maar meteen herkend! Dan was ik, toch al uit het veld geslagen door al die starende ogen, wellicht wat minder van slag geweest. Nu kon ik alleen maar stamelen, mompelen: 'Rare vraag misschien, maar verkoopt u ook mijnlampen?'

Achter mij verstomden de gesprekken. Blijkbaar wilde men weten waar ik voor was gekomen. De man met het lage knijpbrilletje keek mij over de glaasjes ervan aan alsof ik naar pornografische lectuur had gevraagd.

'Zo'n lamp,' zei ik haast smekend, 'zo'n lamp die mijnwerkers op hun voorhoofd dragen... Ja, niet dat hier mijnen zijn, maar toch... ik dacht... '

'O, een hoofdlamp bedoelt u, heer Pottjewijd, had dat dan terstond gezegd, natuurlijk kunt u hier terecht voor hoofdlampen, dat spreekt toch vanzelf... U kunt toch zelf wel op uw vingers uittellen dat veel van onze afnemers op vrachtschepen werken met donkere, duistere, koude, vochtige, tochtige, grimmige ruimen, ijsgrotten bijna, donkerder, veel donkerder nog dan mijnen, holle spelonken... huiveringwekkende spelonken... diep, diep onder de waterspiegel.'

Achter mij fluisterden de haveloze kerels in hun pilobroeken: 'Spelonken, spelonken', en het leek opeens alsof ze dat niet meer fluisterden, maar zongen, en alsof ze naar mij opdrongen en mij tegen de toonbank aan drukten, alsof ze een kornuitenkoor, nee, schavuitenkoor vormden in een opera van Verdi, en uit volle borst, met hun duimen achter hun bretels gehaakt, in vernietigend es-klein over ijsgrotten galmden. Het was slechts een zinsbegoocheling, het duurde amper een seconde, en toch leek het één moment alsof ik door onstuimig zingende zeehavenzangers omringd werd, en dat was onthutsend omdat het zo onbegrijpelijk was, zo raadselachtig.

'Natuurlijk... op vrachtschepen... in ruimen draag je uiteraard zo'n hoofdlamp. Dom dat ik daar niet eerder aan dacht,' mompelde ik half binnensmonds.

'Er is hier keus uit zo'n twintig modellen, ik haal even wat tevoorschijn.'

En de man in de bruine stofjas verdween naar achteren, en weer leek het alsof die ellendige lui achter mijn rug naar mij opdrongen, nu niet zingend, maar dreigend neuriënd. Een zoemkoor als in de opera *Madame Butterfly* van Puccini.

De bruine stofjas keerde terug, een stapel dozen torsend, die met een daverende klap op de toonbank werden neergesmeten.

'Alsjeblieft, hoofdlampen te kust en te keur. Ze werken op batterijen. Die zult erbij moeten aanschaffen. Ik raad u aan om oplaadbare batterijen te nemen. Zijn flink wat duurder, maar kunt u steeds opnieuw opladen, elke keer dat u weer zo'n kerkorgel een stevige beurt geeft. Ze gaan niet eeuwig mee, maar wel lang.'

Dankzij het tamelijk absurde gebruik van het woord 'eeuwig' besefte ik opeens wie ik voor mij had. Droeg je zo'n voornaam, dan werkte je uiteraard in een ijzerwinkel. Een even bizar als immens gevoel van opluchting was mijn deel, al bleef het degoutant dat die zwijgzame zeehavenzangers achter mijn rug een en al oor leken.

'Mag ik u een lamp adviseren?' vroeg IJzerhard Paalvast.

'Graag.'

'Hier, de Lupine Piko Smartcore. Toppertje, heer Pottjewijd, neusje van de zalm. Wereldwijd het meest gedragen, tot in de kolenmijnen van Tasmanië aan toe. Wel wat duurder dan de meeste andere lampen. Maar vedergewicht. En een lichtopbrengst om van te smullen. Wat deert u dan nog duisternis?' En hij zette zich in postuur, en ik dacht: o mijn God, hij gaat weer declameren, hoe houd ik hem tegen, maar zijn stem daverde al door de winkel:

'O, wat een feest, heer Pottjewijd,
Stemt nu des nachts zonder lawijt,
Geholpen door de kleine meid,
Die alvast pijpen voorbereidt.'

Applaus, vergezeld van schallend gelach was zijn beloning.

Om nog meer ellende te voorkomen greep ik de Lupine Piko Smartcore, en riep: 'Die neem ik.'

'Kijk aan, talmen, treuzelen, teuten, dat staat niet in uw brevier. U bent een man naar mijn hart, heer Pottjewijd. Maar nu de vraag: komt dit wel voor rekening van de kerk? U zult uw Pikootje vast ook in andere kerken gaan gebruiken.'

'Ik betaal de lamp zelf,' zei ik.

'Ik zie het al, heer Pottjewijd, wij begrijpen elkaar.'

Pas toen ik met mijn Lupine Piko Smartcore goddank buiten liep, de Ankerstraat uit richting Schansbrug, langzaam bijkomend van het bezoek aan de winkel van Smitje de Smit, en er alsmaar aan terugdenkend dat het, met al die luistervinken in de winkel, vanzelfsprekend totaal ondenkbaar was geweest om naar een alarmpistool te vragen, viel mij in: zou hij dan toch de schrijver van dat briefje zijn, deze IJzerhard Paalvast? Nee, geen enkele reden om speciaal hem te verdenken, en toch leek het opeens tamelijk waarschijnlijk. Maar waarom dan? Omdat het zo'n rare gozer was, zo'n griezel die steeds maar met groot welgevallen mijn nogal ongebruikelijke en vaak bespotte achternaam door de winkelruimte had laten schallen? Maar ja, als ik hem verdacht, kon ik elke creep die ik tegenkwam wel verdenken. En zoveel was inmiddels wel duidelijk geworden: dit havenstadje grossierde in griezels.

18 Moord in de zwelkast

Een mooi instrument, dat Seifert-orgel van de Immanuëlkerk, en je hebt, dankzij de open opstelling, als stemmer verrukkelijk veel ruimte om je werk te doen. Behalve in de zwelkwast. Daar kun je je kont niet keren en kwam die Lupine Piko Smartcore – het bleek overigens een hele opgave om hem met de bijgevoegde riempjes op mijn hoofd te bevestigen – al meteen goed van pas. Overigens is de opstelling van de pedaalregisters ten opzichte van hoofdwerk daar, mijns inziens, weinig ideaal. Het pedaal staat namelijk direct achter de Bourdon 16. En daardoor pakt eigenlijk alles van het pedaal te luid uit ten opzichte van het hoofdwerk, dat tegen de muur staat. Maar wie ben ik om kritiek te leveren op zo'n fraai modern Duits instrument? En ik maak me sterk dat geen enkele kerkganger aldaar zich stoort aan de opstelling van de pedaalregisters ten opzichte van het hoofdwerk. Niettemin legde ik Lanna precies uit wat ik ervan vond, daarbij wel bedenkend dat zij er waarschijnlijk niets van snapte. Maar dat geeft niet. Er zijn in je jeugd zoveel zaken waarover je onderhouden wordt waar je niets van begrijpt. En toch blijkt dan later dat er iets is blijven hangen, waar je soms zelfs profijt van hebt.

Terwijl ik stemde, en Lanna onderrichtte over mijn werkzaamheden, en Gracinha zonder morren toetsen indrukte, spookte maar steeds dat briefje door mijn hoofd. Mij was inmiddels al duidelijk geworden dat, aangezien elke man die ik in het stadje tegenkwam mijn belager kon zijn, ik derhalve ook voor elke kerel van een jaar of veertig of ouder op mijn hoede moest wezen. En dat was bepaald onplezierig. Want zulke kerels trof je om de haverklap aan, die waren alomtegenwoordig, zeker op maandagmorgen zo rond een uur of half negen. Onderweg naar de Immanuëlkerk kwam ik minstens vijftien van zulke heerschappen tegen.

Goddank kwam ik in de kerk enigszins tot rust. Daar bevonden zich, op de koster na, geen kerels. Mij leek het bovendien tamelijk onwaarschijnlijk dat mijn belager in de kerk zou toeslaan. Geweldpleging in de kerk, daar hoorde je zelden over. En over moord in een kerk al helemaal niet. Wel zou zo'n moord een mooie titel voor een ouderwetse thriller kunnen leveren – *Moord op de kansel* bijvoorbeeld, of *Moord in de zwelkast*, of *Moord bij het doopvont*.

Halverwege de morgen dronken we koffie in de consistorie. Een goede gelegenheid om de koster wat beter te bestuderen. Een totaal ander mens dan de koster van de Groote Kerk. Vriendelijk, voorkomend, en ook wat kleurloos. Mij leek het uiterst onwaarschijnlijk dat hij de briefschrijver kon zijn, hoewel hij duidelijk onder de indruk was van Gracinha. Maar ja, wie was dat nou niet? Zo'n vrouw, daar in dat havenstadje met een torenhoog percentage sloven die nog mouwschorten droegen en plastic kapjes als het regende, was natuurlijk een opzienbarend verschijnsel. En voeg daarbij dan nog de verhalen die over haar verteld werden. Door kapitein Edelenbos opgevist uit de monding van de Amazone. Poedelnaakt midden in de Vliet met een speer om vis te vangen! Op doordeweekse dagen kon je, als je in de buurt van de Zure Vissteeg over de Havenkade liep, zomaar een vrouw tegenkomen die leek op Martha Argerich. Toen ze nog maar pas in de stad was, hebben ze, om haar te ontzetten, vast politie te paard opgetrommeld als ze ergens verscheen, dacht ik, daar in die ruime, lichte consistorie van de Immanuëlkerk.

Na de koffiepauze begon ik aan het pedaal. Maar liefst twaalf sprekende stemmen, waaronder een mixtuur. Lanna had al ervaring opgedaan als toetsenindrukker, dus voor haar zou het pedaal geen probleem zijn geweest, maar haar moeder had er grote moeite mee om met haar hooggehakte schoenen de juiste pedaaltoetsen een voor een in te drukken. Je zou toch zeggen dat een mens zoiets na enige uitleg wel onder de knie krijgt (deze uitdrukking dient hier letterljk genomen te worden, want al wat op het pedaal geschiedt, speelt zich onder de knie af!), maar niks hoor, dit ging duidelijk boven de macht van Gracinha. Dus installeerde ik Lanna als pedaaltoetsenindrukker, en haar moeder ging in een van de banken zitten.

Om kwart over twaalf stelde ze weer voor dat ik mee zou gaan naar haar huis op de Haven voor een tosti en een soepje.

'Jij beetje bedrukt vandaag. Wat is aan hand?'

'O, niks,' zei ik, 'nogal slecht geslapen vannacht.'

'Weet jij zeker? Jij altijd luchthart, maar nu niet.'

'Dat komt omdat ik mij bezwaard voel,' zei ik. 'Jij verwent me met allerlei heerlijkheden, en ik doe niks terug. Zo langzamerhand is het mijn beurt om Lanna en jou uit te nodigen. Maar waar kunnen we naartoe? Nergens kun je hier tussen de middag iets krijgen, behalve in lunchroom Strijbos op de markt, en die gelegenheid ziet er wel erg onderkomen uit.'

'Waarom buitenshuis eten,' zei Gracinha, 'voor helft van kosten maak je zelf twee keer zo lekker klaar.'

'Dus je eet nooit buiten de deur?' vroeg ik.

'Waar hier heen moeten? Nergens niks niemendal hier.'

'Maar als je in een grote stad zou wonen, zou je dan wel af en toe buitenshuis gaan eten?'

'Nee, niks van, zelf koken. Doe ik zo graag, enige waar ik goed in ben, en eten buitenshuis peperduur, nee, niks van.'

'Niks érvan, moet je zeggen. Je gebruikt die uitdrukking tamelijk vaak, dus als je er nou eens mee begint om daar het woordje "er" te gebruiken.'

'Goed, ik voortaan zeggen: niks ervan.'

'We zullen erop toezien,' zei ik.

'Maar jij dan ook af en toe zinnetje Portugees proberen.'

'*Eu gosto de você*,' zei ik.

'O, niet doen, jij mij weer paaien, niet doen, komt narigheid van.'

'Ja, klopt, ik kreeg een brief...' flapte ik er stom genoeg uit.

'Jij kreeg brief? Van wie? Waarover?'

'Over jou.'

'Brief over mij? Weet jij zeker?'

'Ja, helaas wel, ik had het je eigenlijk niet willen vertellen, maar het kwam eruit voor ik er erg in had, waarschijnlijk omdat het me nogal dwarszit. Dolgraag zou ik weten wie mij die brief geschreven heeft, en als ik je die brief laat lezen, weet jij misschien van wie hij komt.'

'Heb jij brief bij je?'

'Nee, die heb ik in het Zeemanshuis tussen mijn spullen verstopt, want ik wil niet dat ze hem daar lezen.'

'Op weg naar huis wij daar dan langs om brief te halen?'

'Da's goed,' zei ik.

Het Zeemanshuis lag op de route naar haar huis op de Haven. Het was een kleine moeite om het schrijven te pakken, en we liepen, nadat ik dat gedaan had, snel naar haar bovenhuis, mij er danig van bewust dat ik, naast Lanna en Gracinha voortschrijdend, de welgemeende raad uit de brief, ogenschijnlijk onbekommerd, in de wind sloeg. Op de kade was evenwel niemand te zien, noch ook aan de overkant van het water. Maar niet ondenkbaar was dat ik bespied werd vanuit een van de panden aan de overkant. Pas toch op, dacht ik, houd je in de hand, paranoia kan zomaar toeslaan.

In haar woonkamer gaf ik haar het briefje, zij las het, zei: 'O, daarom jij geen luchthart vandaag. Jij groot geschrokken. Niet nodig. Komt van iemand die jou wil stangen, dat hier hun liefste bezigheid. Gek wil jou ook stangen, echt waar, niks van aantrekken. Dom gedoe hier, altijd mannen hier bezig andere mannen te sarren en bij beer nemen, vooral als iemand komt van buiten.'

'Dus jij denkt niet dat het een van jou stille aanbidders is?'

'Hier ik geen stille aanbidders, hier flik... hoe dat ook weer heten, hier flikflooiende aanbidders, fluitende aanbidders, maar geen briefschrijvende aanbidders.

Mannen hier schrijven geen brieven, kunnen zij helemaal niet, zij kunnen allemaal lassen, maar met pen, zij niks presteren.'

'Weet je 't zeker? Je zei onlangs dat je ook brieven had gekregen. Toch niet ooit een brief gekregen die er net zo uitzag als dit epistel? Alle e's erg vaag, en van die zwarte veegjes zoals op dit velletje?'

'Kan mij niet herinneren. En ja, ik wel brieven gekregen, soms, maar echt niet veel.'

'Nou, jammer.'

'Jij niet zo druk maken, niks aan hand, jij niet bang zijn, hier niet in Brasil. Domme lul. Op uit jou treiteren.'

Hoe bestaat het dat ze al die woorden kent, stangen, sarren, treiteren, dacht ik. Hoe was haar eigenaardige, archaïsche woordenschat ontstaan? Jokkebrok? Foppen? Flikflooien? En dan ook zomaar opeens het woord 'lul' – waar had ze dat vandaan? Van haar kapitein?

'Jouw man, wat voor iemand was dat?' vroeg ik.

'O, vraag niet, ik liever niet aan hem denken. Dan ik *triste*.'

'*Desculpe*,' zei ik, mij meteen realiserend dat ik ook niet graag aan Lore herinnerd wilde worden.

Merkwaardig genoeg ging ze, haar opmerking ten spijt, toch door op het onderwerp. Ze zei: 'Hij groot. Groter dan jij, klein beetje iets groter. Een *urso*. Jij weten wat *urso* is? Ik weet niet in Nederlands. Lanna, jij weten wat *urso* is?'

'Een beer,' zei Lanna.

'Hij gauw op pik getrapt, jammer, maar ook *generoso*, en altijd *piadas*, hele dag door, jij weten wat *piadas* zijn?'

'Zal wel iets met het Hollandse woord "pias" te maken hebben.'

'Weet ik niet. Lanna, jij weten?'

'*Não, mamãe.*'

'Maar liever niet praten over hem, jij ook liever niet praten over jouw vrouw? Ook nog *triste*?'

'Ja,' zei ik, 'en dat zal ook wel nooit overgaan.'

'Wij dan in zelfde schipje.'

'Dat heb je al eerder gezegd, ja inderdaad, wij zitten in hetzelfde schuitje.'

'O, is niet schipje, maar schuitje.'

Ik knikte. Het had iets merkwaardigs om ook bij haar blijkbaar nog altijd onverwerkt verdriet gekarakteriseerd te horen worden als het vertoeven in hetzelfde schuitje. Dat schuitje, met in mijn geval nog zoveel rouwbeklag aan boord, voer maar voort in onbekende wateren. Steeds stuitte je, vaak volkomen onverwacht, op iets, een voorval, een gebaar, een woord, een stemgeluid, een oogopslag, en vooral een geur die je als bij toverslag aan je omgekomen echtgenote herinnerde, en dan leek het net alsof je een keiharde dreun op je kop kreeg. Ooit zou dat misschien minder worden, of zelfs overgaan, maar daar voelde je je al bij voorbaat schuldig over, dus het was ook goed dat je wonden steeds weer opengereten werden. En daardoor weet ik één ding zeker: het is niet waar dat de tijd alle wonden heelt, al was het alleen maar omdat er wonden zijn die je niet geheeld wilt zien.

Dus daar zaten wij, aan haar tafel in haar woonkamer, met dikke soep voor ons, zozeer vertoevend in hetzelfde schuitje dat er een drukkende stilte viel. Het wordt dan steeds moeilijker een woord uit te brengen. Omdat de stilte zo beklemmend was, leek het alsof de geluiden van buiten veel nadrukkelijker in de huiskamer doordrongen. Vooral het verongelijkte geroep van de mantelmeeuwen was oorverdovend, en klonk overal boven uit, zelfs boven het rinkelen van ankerkettingen, de doffe roep van scheepshoorns, het geraas van grindoverslag.

Ik moet iets zeggen, dacht ik, dus ik vroeg: 'Heb je broers en zussen?'

'Ik was enige kind.'

'En je vader en moeder, leven die nog?'

'Allebei dood. Bijna niemand meer over van mijn familie in Brasil. Alleen paar neven en nichten. Tantes, allemaal vroeg dood, net als mijn moeder. *Avó* ook vroeg dood. Maar hier veel familie... zwagers, schoonzussen, zoveel, tel kwijt. Lanna, hoeveel tantes en ooms heb je?'

'Acht tantes, mama, en zeven ooms.'

'Van de drie zussen van mijn man is één niet getrouwd. De vijf broers van mijn man allemaal getrouwd. Dus bij elkaar vijftien verjaardagen. Elke maand minstens een, vaak zelfs twee, soms nog meer. Want ook nog boel kinderen die jarig zijn. *Terrível.* Altijd maar verjaardagen. Hier in Holland niets belangrijker dan verjaardag. Moet altijd gevierd. Zijn op pik getrapt als je niet komt. Als vergaat de wereld, in Holland mensen gewoon keihard verjaardag doorvieren. En creperen op sterfbed, dan jarig, toch feest. Straks in hemel verjaardag, verjaardag, verjaardag. Gaat hier iemand dood, goddank verjaardag minder. Maar in hemel dan verjaardag bij, en daar gaat niemand dood, dus steeds meer verjaardagen. Ja, gaat gewoon verder daar, veel vaker nog dan hier, boerenjongens op sap, kruidenbitters, advocaatjes in zuinig glaasjes op grote stelen, lange vingers, borrelnootjes, suikerspinstokjes, bitterkoekjes, rokertjes, *terrível, terrível.* Net kleine kinderen, mensen hier, hele jaar door verjaardagen. Jij ook zo dol op verjaardag?'

'Ik vier mijn verjaardag nooit,' zei ik.

'Ja, jij dat zeggen om mij te paaien, o, jij zo uitgekookt, maar jij liegt, jij Hollander, dus jij viert verjaardag.'

'Niks hoor, nooit gedaan, ik wil niet eens weten wanneer ik jarig ben.'

'Jij van mij ook niet horen wanneer ik jarig. Want ik nooit jarig, nooit, moeder wist niet precies wanneer ik geboren... Zij zwanger van mij... nog niet getrouwd... Ik stiekem geboren.'

'Maar hoe doe je dat dan met al die schoonfamilie? Dat zijn Hollanders, die willen natuurlijk je verjaardag komen vieren.'

'Ja, zij trappelen van verlangen mijn verjaardag vieren. Zij vissen wanneer ik jarig toen ik hier kwam, maar ik nooit zeggen wanneer ik jarig, nooit. Zeg tegen hen: "weet zelf niet." Ten slotte zij zich bij neergelegd.'

'Erbij neergelegd, moet je zeggen, maar dat is mooi, dat is een enorme prestatie.'

'Ja, maar zij zich niet bij... niet erbij neergelegd dat ik niet kom op hun verjaardag. Zij maar altijd weer boos op mij... niets zo belangrijk als verjaardag, helemaal niets.'

'Zeker, dat is waar, maar omdat niets zo belangrijk is als een verjaardag, kun je daar dankbaar gebruik van maken. Als iemand iets van je wil, je op een middag of avond wil strikken voor de een of andere gekkigheid, hoef je alleen maar te zeggen: "Sorry, dat gaat niet, dan heb ik een verjaardag." En dan ben je terstond geëxcuseerd. Maar kom, vanmiddag hebben we geen verjaardag, we gaan weer stemmen, misschien krijg ik vandaag het hele hoofdwerk en het zwelwerk af.'

We liepen naar de Immanuëlkerk. Begin van de middag was het stil op straat. Ik kwam niemand tegen die ik ervoor aanzag dat hij mij naar het leven stond. Eenmaal in de kerk schoot ik goed op, en aan het einde van de middag kwam de organist even kijken naar onze vorderingen.

'Het hoofdwerk en zwelwerk kunnen weer gebruikt worden, plus de helft van de pedaalregisters,' zei ik.

'Even wat spelen,' zei hij, en hij ging zitten, en hij toverde, zomaar, zonder bladmuziek voor zijn neus (en dat is bijzonder, want organisten spelen, in tegenstelling tot pianisten, zelden uit het hoofd), het eerste deel van de eerste triosonate van Bach uit het orgel. Als dat stuk goed gespeeld wordt, en het werd verbluffend goed gespeeld, lijkt het wel of die drie om elkaar heen buitelende stemmetjes als glazenmakers en waterjuffers achter elkaar aan jagen boven een snelstromende beek in de zomerzon. Lanna begon mee te huppelen op de maat van de muziek. *O, música linda*, zei ze, mama, *escutar, música linda*, en haar moeder knikte, en de laagstaande zon verlichtte zo oogverblindend fel het bovenste gedeelte van het gebrandschilderde raam met de hemelvaart van Elia dat je de profeet niet meer zag. Die was inmiddels al in de hemel aangekomen.

En ik dacht aan Oosterhof en Bouwman, die zo onvervaard een open opstelling hadden verketterd. Nu, hier was duidelijk sprake van een orgel zonder kas, maar wat klonk het vorstelijk.

19 Papieren zakken

Reeds, om dat mooie woord nu maar te gebruiken, was er sprake van routine. Om kwart voor negen begaf ik mij naar de Immanuëlkerk, en stipt om negen uur verschenen moeder en dochter, en kon het bijstemmen een aanvang nemen. Met Lanna als toetsenindrukker stortte ik mij op de pedaalregisters die nog niet gedaan waren. Om kwart voor elf dronken wij met de koster een kop koffie in de consistorie, om kwart over twaalf liepen wij naar het bovenhuis op de Havenkade, waar andermaal een stevige soep het middagmaal completeerde, en om kwart voor twee waren we weer in de kerk terug. De koster zei dat hij zich excuseerde, hij zou die middag afwezig zijn.

'Maar ik laat de zijdeur open, zodat jullie eruit kunnen als 't werk gedaan is. Ik neem aan dat het vanmiddag wel klaar zal komen.'

'Onvoorziene omstandigheden voorbehouden,' zei ik, 'zal dat misschien wel lukken, al moet ik nog wel het hele positief doen.'

'De organist zal eind van de middag nog wel even komen kijken, en dominee Berenschot wou ook nog bij wijze van afscheid een glaasje aanbieden op het Noordvlietterras.'

Ik zag er niet naar uit, maar had er ook geen bezwaar tegen. Omdat je op de gaanderij, waar het positief staat opgesteld, fantastisch goed uit de voeten kunt, stemde ik probleemloos en snel voort, nu weer met Lanna als toeschouwer en haar moeder als toetsenindrukker. Erg ontstemd was het positief niet, dus ik had er niet zo heel veel werk aan.

Rond een uur of vier hoorde ik dat iemand uiterst behoedzaam een deur opende onder de gaanderij waarop het hoofdwerk en de zwelkast van het orgel stonden. Vanaf de plaats waar ik de Kromhoorn stemde, kon ik niet zien wie daar zo steels de kerk in sloop. Maar ik was terstond op mijn hoede; ik voelde dat ik verstrakte. Niettemin bleef ik manhaftig doorstemmen, af en toe naar beneden roepend: 'Volgende toets graag.' Degene die binnen was gekomen, bleef kennelijk in de geopende deur staan, want ik hoorde niets meer. Toen echter klonk, dwars door de alsmaar voortdurende, nogal zeurderige toon van de Es heen die ik onder handen had, een daverende knal door de kerk. Heel even was er van de Es niets meer te horen, noch ook van de krijsende mantelmeeuwen op het dak van de kerk. Schrok ik? Ik weet het niet. Ik weet wel dat ik in elkaar kromp, en dat ik één moment de neiging had om mij vast te grijpen aan Lanna, die aandachtig mijn verrichtingen bij het stemmen van het tongwerk had gevolgd. Dat kwam omdat zij zo rustig bleef, en kalm zei: '*Um estrondo.*'

Dat woord was ik bij mijn Linguaphone-cursus Portugees nooit tegengekomen, maar ik nam aan dat het 'knal' betekende. Het Portugees voor 'een schot' kende ik wel, dat is *um tiro*. Niet dat het er ook maar iets toe deed wat het woord *estrondo* betekende, want dat er sprake moest zijn geweest van een *tiro*, dus een schot, stond voor mij vast. Hoe zou je anders zo'n daverende knal kunnen veroorzaken? Na de knal werd het doodstil in de kerk, want Gracinha had, waarschijnlijk geschrokken van het geluid, haar vinger van de Es af gehaald. Buiten krijsten de mantelmeeuwen, en ik hoorde de onvermijdelijke roep van een scheepshoorn. Houdt dat dan nooit op, dacht ik, dat stomme getoeter van die scheepshoorns? En dat gerinkel van ankerkettingen? En die overslag van grind?

Wat nu te doen? Beneden gaan kijken wie die knal had veroorzaakt? Maar stel dat zich daar, zo vlak naast de preekstoelopgang, iemand ophield met een pistool, die mij zodra ik was afgedaald en in zijn gezichtsveld verscheen, zou neerschieten? Laf was het misschien, nee, laf was het zeker, maar ik bleef toch liever boven. De deur naar de orgelgaanderij, waar ik bezig was, had ik zelf aan de binnenzijde op slot gedaan, simpelweg omdat ik al vaak heb meegemaakt dat er, als je stemt, opeens pottenkijkers in de kerk opduiken die je afleiden en hinderen en vaak allerlei stichtelijke onzin over God & Zoon uitkramen. Als degene die daarbeneden was naar boven zou komen om mij neer te schieten, zou hij in ieder geval voor een gesloten deur komen te staan. Hij kon natuurlijk ook naar de speeltafel lopen, waar Gracinha zat, maar waarom zou mijn belager haar iets willen aandoen? Hij wilde mij uit de weg hebben omdat hij niet kon velen dat ik met de weduwe omging. Zij liep, zo leek mij, geen risico. Dus ik vroeg haar na een poosje of zij de volgende toets wilde indrukken. Dat deed zij, en een mooie E van, nog altijd, de Kromhoorn klonk door de kerk. Ik ging weer aan de gang met mijn stemijzer. Mij leek die E een fractie te hoog, dus de tong moest een beetje langer worden om hem lager te krijgen. Voorzichtig tikte ik tegen de hoek van de stemkruk. Daar ging de E, hij zakte iets te veel, dus ik moest de stemkruk weer een paar millimeter naar omlaag tikken. O, o, het luistert allemaal zo nauw, met name bij tongwerken, en die zijn ook zo weer ontstemd, dus je werkt eigenlijk voor niks. Een goede organist stemt, zeker als hij een concert geeft, altijd eerst zelf de tongwerken bij voor hij begint te spelen.

Net toen ik, na E en F gestemd te hebben, aan de Fis toe was, klonk er voor de tweede keer zo'n daverende knal door de kerk. Ik bevroor. Ook Lanna was nu geschrokken. Ik maakte mij zorgen over Gracinha. Hoe zou die deze verbazingwekkende knallen ondergaan? Roerloos stond ik een poosje te luisteren, maar behalve het wegsterven van het geluid van de knal was er niets anders te horen dan het zachte geruis van de windvoorzieningsmotor. Na zo'n twee minuten stilte volgde evenwel een derde knal. Mij niet verroerend stond ik daar maar, scherp luisterend naar wat zich daarbeneden afspeelde. Lange tijd was er, op de windvoorzieningsmotor na, totaal niets te horen, en ik bereidde mij mentaal al voor op een vierde knal. Maar die bleef uit; in plaats daarvan hoorde ik hoe de deur naar de kerkzaal gesloten werd. Vervolgens klonk, als een zwak, wegstervend gerommel, het geluid van zich verwijderende voetstappen.

Ik haastte mij naar beneden, opende deur naar de afgeschutte ruimte waarin de speeltafel stond. Gracinha zat ogenschijnlijk heel rustig op haar bank.

'Alles goed met je?' vroeg ik.

‘Beetje schrikken. Maar niet erg.’

‘Niet erg, maar het was een schot, *um tiro*, het waren drie schoten.’

‘Schoten? Niks van, sorry, niks érvan.’

‘Volgens mij waren het schoten.’

‘Ik denk: man daar bij deur, hij blaast papieren zak op, en geeft dan keiharde klap op.’

‘Weet je ’t zeker? Heb je iets gezien?’

‘Kan van hier niet zien, man achter preekstoel, maar ik denk: papieren zak. Jij ooit papieren zak opgeblazen en die kapot laten knallen? Geeft daverende knal. Was hier dat geluid.’

‘Ik geloof er niks van.’

‘Jij bang. Was ook bedoeling van knal. Jou *intimidar*... weet niet in Nederlands.’

‘Dat is hetzelfde woord als bij ons, intimideren. Denk je echt dat die man mij wou intimideren?’

‘Weet wel zeker. En goed gelukt ook. Jij helemaal bleek. Jij weer bij beer genomen, man wil jou stangen, heus, papieren zak genoeg, want jij spierwit van schrik, jij hazenhart, ach, jij *tão fofo*.’

Wat zou *tão fofo* nou betekenen, vroeg ik mij af. Niet veel goeds waarschijnlijk, maar mij leek dat onredelijk. Zelfs als die drie knallen geen schoten waren maar drie kapotgeslagen papieren zakken, dan nog bleef recht overeind staan dat mijn belager erop uit was mij uit het gezichtsveld van de weduwe te verwijderen. Maar waarom? Was hij bang dat het aan zou raken tussen haar en mij, of dacht hij misschien zelfs dat dat al het geval was? Was het een rivaal die niet duldde dat ik vriendschappelijk met haar omging? Maar nog slechts een paar dagen en ik zou, mijn twee klussen geklaard, voorgoed uit dit havenstadje verdwijnen. Zeker, ik had met Gracinha afgesproken dat ik mettertijd haar dochter zou opleiden tot orgelstemmer, maar het was uitgesloten dat dit heerschap daarvan wist. Waar nog bij kwam dat het te bezien viel of die opleiding ooit haar beslag zou krijgen. Het moet welhaast een gek zijn, dacht ik, deze knalproducent. Een normaal mens zou dit toch nooit doen? Mij viel evenwel in dat ik een keer op de buis drie deskundigen aan het woord had gehoord over seksuele jaloezie. 'Het is de sterkste emotie die de mens kent,' had een van de psychiaters gezegd, en een advocate met verbijsterende oogmake-up had het beaamd. Voor jaloezie was evenwel in dit geval volstrekt geen reden. Kon ik hem dat maar recht in zijn gezicht zeggen, dacht ik, maar geen flauw idee wie het is. Zou het soms die idiote bijbelverzamelaar zijn? Dat was met afstand wel de grootste gek die ik in het stadje had leren kennen. Nou ja, op die man na, bij het ezelindebat, die had gedroomd van een dier dat mooier was dan hij. Maar die bijbelschlemiel – nee, die kon het niet zijn. Wie dan wel? IJzerhard Paalvast misschien? Maar dat was al zo'n oud, uitgedroogd kereltje.

Ik vermande mij. Ik stemde verder, nam de Zwegel en de Sifflet onder handen.

Om kwart voor vijf was ik klaar. In drie dagen tijd het hele Seifert-orgel nagelopen. Waarop terstond de vraag rees: hoe nu verder? Morgen naar de Groote Kerk was, vanwege scheepswerf De Haas, uitgesloten. Terug naar Heiligerlee en dan in het weekend weer hierheen om het orgel van de Groote Kerk af te maken? Of met behulp van de organist van de Groote Kerk proberen wat toetsenindrukkers te ronselen die mij 's nachts zouden kunnen helpen? Dan kon ik overdag in het Zeemanshuis slapen en was ik in pakweg twee nachten klaar. Dus dan kon ik donderdag naar huis. Een aantrekkelijke optie, ware het niet dat Lanna en haar moeder dan terzijde geschoven werden. Maar misschien vonden ze dat niet zo erg. Of misschien zouden ze, als ik het hun voorlegde, zeggen: 'Nou, dan offeren wij ook twee keer onze nachtrust op.' Ja, maar dat was toch geen goed idee.'s Nachts met een moeder en haar dochter stemmen in een lege kerk, wie zou dat vertrouwen? Mijn belager zou vast en zeker buiten zinnen zijn, en wat dan?

Het werd er allemaal niet eenvoudiger op toen ik van de organist van de Immanuëlkerk, die om vijf uur – Lanna en haar moeder waren inmiddels al naar huis – kwam kijken hoe de zaak ervoor stond, te horen kreeg dat er het komende weekend, zoals reeds een jaar of wat in dat havenstadje het geval was, een groot spektakel zou losbarsten: de Furieade.

'Da's altijd in het eerste weekend van oktober.'

'Wat is dat voor feest?' vroeg ik.

'Wat ik ervan af weet is dat in 1916 de stoomsleepboot Furie te water werd gelaten. Die ging naar Zweden en kwam in 1976 terug naar Nederland. Hij kwam als decor in de tv-serie *Hollands Glorie* terecht. Daarna werd hij hier in de Haven afgemeerd. De Furie werd gerestaureerd en in 1980 stelde een van de acteurs in het eerste weekend van oktober de Furie weer in actieve dienst. Daaromheen werd een klein feestje georganiseerd, en dat werd de Furieade genoemd. En sindsdien wordt elk eerste weekend van oktober de Furieade gehouden. Dan is er rondom de Haven zo allemachtig veel lawaai hier, zoveel "Sound and Fury" zoals Shakespeare, stond laatst in *De Schakel*, gezegd schijnt te hebben, en zoveel volk op de been dat er aan stemmen echt niet gedacht hoeft te worden.'

'Ik had zo gehoopt dat ik in dit weekend het orgel van de Groote Kerk verder zou kunnen afwerken.'

'Zet dat maar uit je hoofd.'

'Wat moet ik dan? Hier blijven en 's nachts stemmen? Maar waar haal ik dan toetsenindrukkers vandaan?'

'Overleg met mijn collega van de Groote Kerk. Die weet vast raad. En zit je erg in nood, dan wil ik wel een paar uurtjes nachtrust opofferen. Bijvoorbeeld vanaf vijf uur's morgens. Een paar keer vroeg opstaan vind ik niet zo erg.'

'Dat is bijzonder nobel. Ik houd het in gedachten.'

20 Geloofsafval

Naast dominee Berenschot daalde ik de Breede Trappen af. Ik zei: 'Ik hoorde zonet dat er dit weekend hier een groot feest is.'

'Jazeker, de Furieade. Da's een enorm spektakel en het wordt ieder jaar groter. Het duurt ook elk volgend jaar een dag langer, over drie eeuwen duurt de Furieade het ganse jaar door.'

'Van stemmen zal dus niks komen. De hele dag door getoeter van scheepshoorns, denk ik.'

'Nou en of, magnifieke havenconcerten geven die hoorns, eigenlijk moet u hier blijven en u onderdompelen in het feestgewoel.'

'Ik zou liever rustig doorstemmen.'

'Kom, kom, dat meent u niet, u bent al kind aan huis, heb ik vernomen, bij de speerweduwe, dus u kunt zich bij dat feest aangenaam vertreden en verpozen met moeder en dochter.'

Kind aan huis? Was ik daar al kind aan huis? En was dat al zo algemeen bekend dat zelfs deze dominee ervan wist? Dan was het maar goed dat Gracinha mij daarstraks niet had uitgenodigd om te komen eten. Wie wou zo'n hazenhart nu ook aan tafel hebben? Zo'n lafbek? Nee, dat woord had ze niet gebruikt, maar allicht betekende *tão fofo* zoiets als 'schijtlijster'. Want ik had uiteraard al na de eerste knal naar beneden moeten rennen om te kijken wie daarvoor verantwoordelijk was. Absurd toch om zelfs maar één moment te veronderstellen dat er waarschuwingsschoten waren gelost.

Maar wat unheimlich dat er in het stadje kennelijk al duchtig over Gracinha en mij geroddeld werd. Hoe anders te verklaren dat die Berenschot, zoals hij zei, had vernomen dat ik daar kind aan huis was. Had men hier dan niets beters te doen dan elkaar nauwlettend in de gaten houden?

Het leek of Berenschot mijn gedachten raadde, want hij zei: 'Ja, kijk, die speerweduwe is nu eenmaal een reuze opvallende verschijning, en het spreekt hier enorm tot de verbeelding dat ze door kapitein Edelenbos uit de monding van de Amazone is opgevist toen ze belaagd werd door een hamerhaai... nee, nee, zwarte kaaiman, en poedelnaakt met een speer achter de Weverskade op visvangst was, dus al wat zij doet wordt op een goudschaaltje gewogen. Het is niet aan mij om u te waarschuwen of aan te manen het een beetje voorzichtig aan te doen, maar houd er dus wel rekening mee dat u hier dankzij mevrouw Edelenbos flink over de tong gaat.'

Voor ik iets kon terugzeggen, zei hij: 'Maar ander onderwerp. Ik werk aan een proefschrift over geloofsafval. Daarvoor neem ik korte interviews af van mensen die de gereformeerde kerk – daartoe beperk ik me namelijk – al verlaten hebben, of aan het verlaten zijn, of nog op de drempel van de kerk vertoeven, of nog net met één been in de kerk staan. De vorige keer dat wij elkaar spraken kreeg ik de indruk dat u ook zo'n kerkverlater bent, dus zou ik u zo meteen, in ruil voor een groot glas bier, op het Noordvlietterras een paar vragen mogen stellen?'

'Mij best,' zei ik, 'al kun je mij moeilijk een kerkverlater noemen. Ik breng al heel mijn werkzame leven in kerken door.'

'Maar kerkt u ook nog?'

'Nauwelijks. Ik zit al genoeg in kerken.'

'Als er geen gelovigen meer waren, had u niets meer te doen. U leeft van het geloof.'

'Zo zie ik dat niet. Ik stem orgels, dat is mijn vak, en als er geen gelovigen meer waren zouden er nog steeds kerken zijn met instrumenten daarin die men graag in goede staat wil houden.'

'Wis en waarachtig, maar desondanks... Als de kerken leeglopen en als gevolg daarvan afgebroken worden, iets wat steeds meer zijn beslag krijgt, wordt uw werkterrein toch danig ingekrompen.'

'Daar merk ik nog weinig van, maar u hebt gelijk: ik stem orgels maar heb mij losgemaakt van de boodschap die psalmzingend met orgelbegeleiding wordt beleden. Dat deert me niet, ik heb geen afkeer van die boodschap, kan er alleen niet meer in geloven.'

We waren inmiddels aangekomen bij het Noordvlietterras en gingen aan een tafeltje zitten.

'Hoe heeft in uw geval de geloofsafval zijn beslag gekregen?' vroeg Berenschot.

'Bij een kerkorgel begint 't verval met hangers. Nou, zo is het bij mij ook gegaan, het begon met een hanger, we zongen het *Stabat Mater* van Pergolesi en ik dacht opeens: wat raar, moeder Maria aan de voet van het kruis. Hoe wist zij dat haar zoon gekruisigd zou worden? Als ze nog in Nazareth woonde, had ze, als ze had gehoord – maar van wie? – dat haar zoon gekruisigd zou worden, nooit op tijd op Golgotha kunnen zijn. Als ze inmiddels in Jeruzalem woonde – wie had haar dan daar gewaarschuwd? Een van de discipelen? Maar wat er gebeurde, verraad, gevangenneming, verhoor, geseling, voor Pilatus, voor Herodus, speelde zich in zo'n korte tijd af, en het was pas zo laat bekend dat Jezus aan het kruis zou worden gespijkerd dat het haast ondenkbaar is dat een discipel of wie dan ook Maria tijdig op de hoogte heeft gesteld van wat er te gebeuren stond. Raar eigenlijk dat het daar bij mij mee begonnen is, maar het bleef maar door mijn hoofd zeuren, net als zo'n hanger bij een kerkorgel. En al snel kwam er een tweede hanger bij. Jezus bidt in Gethsemane en de discipelen liggen een eindje verderop te slapen. Wie heeft dan gezien en gehoord dat Jezus bad en wat hij aan God vroeg? In het evangelie naar Johannes bidt Jezus zelfs een verbazend lang gebed, het Hogepriesterlijk Gebed. Wie heeft dat gehoord en opgetekend? De discipelen niet, die sliepen.'

'Daar zou een heleboel op te zeggen zijn,' zei dominee Berenschot, 'maar mij gaat het er niet om u op andere gedachten te brengen. Ik wil alleen maar weten hoe bij u de geloofsafval zijn beslag kreeg.'

'Nou ja, er kwamen steeds meer hangers bij. Jezus wordt in een rein lijnwaad bijgezet in een graf. Naakt is hij dus van het kruis af gekomen. Hij staat weer op en verschijnt aan een paar vrouwen en aan zijn discipelen. Het is ondenkbaar dat hij naakt aan hen is verschenen. Maar waar kwamen zijn kleren dan opeens vandaan?'

'Daar heb ik nou nog nooit bij stilgestaan,' zei dominee Berenschot, 'maar ik vind het wel verhelderend dat u de geloofsval vergelijkt met hangers in een kerkorgel.

Ach ja, u ziet natuurlijk beroepshalve het hele leven via de omweg van het kerkorgel. Dat is mij de vorige keer reeds opgevallen. Mooie metafoor, geloofsafval is als het verval van een kerkorgel. Verval dus, aftakeling – verlies dus, geen winst.'

'Nee, geen winst, want geloof biedt troost, is een steun in de rug, is een licht op je pad en een lamp voor je voet, zoals de Bijbel zegt, en wat is er nu mooier dan bijvoorbeeld de aria "Die Seele ruht in Jesu Händen" uit cantate 127 van Bach, of het derde vers van psalm 3:

Ik lag en sliep gerust,
Van 's Heren trouw bewust,
Tot ik verfrist ontwaakte,
Want God was aan mijn zij,
Hij ondersteunde mij.
In 't leed dat mij genaakte

maar dat geloof wordt een kwelling als er steeds meer van die hangers komen.'

'Noem nog eens wat van die hangers.'

'O, als er eenmaal een paar aan je knagen, doemen er steeds meer op. Jezus zegt aan het kruis tegen een van de moordenaars naast hem: "Heden zult gij met Mij in het paradijs zijn." Maar volgens de Apostolische Geloofsbelijdenis daalt Jezus na zijn dood af in de hel, en staat vervolgens weer op. Dus waar Hij ook heen gaat – in ieder geval niet naar het paradijs, dus "heden met Mij in het paradijs", waar slaat dat op? En Mattheüs 27, de verzen 52 en 53 – over de heiligen die ontslapen waren en weer levend worden, dat is toch totaal onzinnig. En dan al die wonderen, evenzovele hangers, wandelen op water, spijziging van duizenden mensen met vijf broden en twee vissen, water in wijn veranderd, het dochtertje van Jaïrus, de jongeling van Naïn, en Lazarus uit de dood opgewekt. Daar heeft Kuitert zoiets prachtigs over gezegd: "Dat zal de Here God een mens toch niet aandoen, dat hij twee keer moet sterven."'

'Ach, ach, die Kuitert, die wil ik er maar liever niet bij halen, da's een ontzaglijk aardige man, maar hij is de weg kwijtgeraakt toen z'n dochter onverwacht stierf.'

'Mij best, dan laten we die eruit. Maar goed, hangers in overvloed, er staan zo verpletterend veel uiterst onwaarschijnlijke verhalen in de bijbel: de pratende ezelin van Bileam, de sprekende slang in het paradijs, de hemelvaart van Elia, de drijvende bijl van Elisa, de achteruitlopende klok bij koning Hizkia, de muur van water in de Schelfzee, Jona drie dagen in de buik van een grote vis, het kruikje van de weduwe van Sarfat, raven die Elia z'n ontbijt aanreiken – het gaat maar door, je hebt het ene wonder nog niet gehad, of het andere komt er alweer aan. Het is totaal onmogelijk om dat allemaal te geloven, nee, ik moet het anders zeggen: om ook maar van één wonder te geloven dat het echt gebeurd is, en daarom is bij mij de windvoorziening van het orgel uiteindelijk weggevallen en speelde het dus niet meer. Op een dag werd ik wakker en verdwenen was het geloof. Niets van over.'

'En wat voelde u toen?'

'Een geweldige, een kolossale opluchting. Het leek net alsof ik ernstig ziek was geweest, doodziek, en opeens gezond was geworden.'

'Maar zonet zei u nog dat geloof een licht op je pad...'

'Ja, maar dat geldt alleen als je ook echt gelooft. Zodra je begint te dubben en te twijfelen, en er de hele dag door van al die malle, onzinnige, totaal absurde bijbelverhalen door je hoofd spoken, word je daar bijkans gestoord van.'

'Maar u had toch kunnen bedenken dat je die verhalen niet letterlijk moet nemen, dat het metaforen zijn in dienst van de verkondiging.'

'Zoiets hoorden wij toch nooit in onze jeugd? Wee je gebeente als wij eraan durfden te twijfelen dat Jona drie dagen, rustig doorademend in een optrekje zonder zuurstof, en omspoeld door zure, stinkende maagsappen, in de buik van een vis had gebivakkeerd. Jezus zelf had 't er nog over gehad en er ook niet aan getwijfeld, dus hoe durfde jíj eraan te twijfelen. Nee, ik vind dat niet letterlijk nemen van al die bijbelverhalen een goedkope en gemakkelijke en gemakzuchtige oplossing voor iets wat ooit een levensgroot probeem voor me was: je hebt de Bijbel, het zogenaamde Woord van God, en die staat van Genesis tot Openbaring vol met de krankzinnigste verhalen. En als je zegt: je moet ze niet letterlijk nemen, en er dus in feite sprookjes van maakt, moet je onder ogen zien dat God de mens met doldwaze sprookjes het heil verkondigt.'

'Zoals ik zei: ik zal niet proberen u op andere gedachten te brengen, maar weet wel dat er altijd een weg terug is.'

'Die is er niet,' zei ik fel, 'in de brief aan de Hebreeën staat heel duidelijk dat wie afgevallen is, voorgoed afgesneden blijft van de genade.'

'Waar staat dat precies? Dat kan ik mij zo niet herinneren.'

'Dat staat in Hebreeën 6 vers 4 en 5. Dat ben ik laatst

nog tegengekomen in mijn mooie Portugese bijbel.'

'Ik geloof er niks van, maar wacht, ik heb m'n zakbijbeltje bij me.'

En zoals een cowboy zijn revolver bliksemsnel uit zijn holster trekt, zo toverde dominee Berenschot razendsnel zijn bijbeltje tevoorschijn uit een zak van zijn colbert. Hij bladerde erin, en las toen hardop voor: 'Want het is onmogelijk degenen, die eens verlicht zijn geweest, van de hemelse gave genoten hebben en deel gekregen hebben aan de Heilige Geest, en het goede woord Gods en de krachten der toekomende eeuw gesmaakt hebben, en daarna afgevallen zijn, weder opnieuw tot bekering te brengen.'

'Ziet u nou wel? Eenmaal afgevallen – altijd afgevallen. Een weg terug is er niet.'

'Da's ook maar één tekst. Heus, er is wel een weg terug, ook voor u. Wat zeg ik, zéker voor u, want u leest dan toch maar in uw Portugese bijbel.'

'Inderdaad, en gisteren nog het allergruwelijkste verhaal dat in de bijbel te vinden is. 1 Samuël 15. Daarin roept God koning Saul op het volk van Amelek te verdelgen, en hij mag, om het maar te citeren zoals het in de Statenvertaling staat, niets verschonen, hij moet doden van de man af tot de vrouw toe, van de kinderen tot de zuigelingen, van de ossen tot de schapen, van de kamelen tot de ezels. Let wel: wat daar staat is een regelrechte oproep tot genocide, en 't is niet de enige keer in het Woord dat God oproept tot genocide. Zoiets verschrikkelijks vind je niet in de Koran, of enig ander heilig boek, nee, dat vind je alleen in de Bijbel, een snoeihard bevel om genocide te plegen, en als Saul dan, toch net wat minder meedogenloos dan God zelf, een en ander spaart, krijgt hij van de Allerhoogste nog op zijn donder ook. De Bijbel is acht keer zo dik als de Koran en tachtig keer zo erg.'

Ik nam een grote teug van mijn bier. Ik was verhit geraakt, had mij toch weer boos gemaakt. Maar ja, het is ook niet niks, zo'n regelrechte oproep tot genocide. Met daarbij nog als extraatje dat koning Saul ook al het kleinvee moest doden. Daar waren vast ook heel leuke geiten bij geweest. 'Wat een God,' zei ik, 'die God van het Oude Testament, wat een uitermate bloeddorstig, volstrekt verwerpelijk Opperwezen.'

'Nou, nou nou,' zei dominee Berenschot, 'u maakt zich nog boos ook. Het orgel zwijgt niet, de windvoorziening is niet afgesneden, nee, het orgel speelt met man en macht op volle kracht, alle registers staan wijd open, we krijgen het volle werk te horen. Maar laat ik u dit zeggen: ik til daar ook zwaar aan, heel zwaar, die oproep tot genocide, maar het moet toch in zijn context gezien en gelezen worden.'

'Dat zal dan wel, en ik heb ook eens een bevindelijke dominee horen zeggen dat die genocide in dit geval gerechtvaardigd was, want dat volk van Amelek was door en door slecht, en bracht zelfs kinderoffers. Alsof het brengen van kinderoffers het doden van zuigelingen rechtvaardigt.'

'Nogmaals, wat ik u zeg, ik til daar ook heel zwaar aan.'

Laat die dominee maar tillen, dacht ik, dus ik zei verder niets meer, en de dominee betaalde mijn bier en we stonden op, en de dominee gaf me een hand en zei: 'Dank dat ik u mocht interviewen. Weer een knappe bladzijde erbij in mijn proefschrift, geloofsafval met hangers in het kerkorgel als metafoor, kan het mooier? Meestal krijg je van afvalligen alleen maar te horen dat ze "er niets meer aan doen", zonder duidelijke uitleg hoe dat zo gekomen is, en vaak, heel vaak, zijn het als ze al iets meer over hun afval te melden hebben, triviale redenen: ze mochten op zondag niet fietsen of geen ijslolly kopen of niet naar het strand. En ik heb ook iemand geïnterviewd van wie de vader werd weggestuurd bij het Heilig Avondmaal omdat hij dronken was. Meteen heeft de hele familie nooit meer een voet in de kerk gezet. En iemand anders vertelde dat zijn vader een keer een nieuw pak had gekocht en daarmee trots naar de kerk schreed en toen te vallen kwam. Een groot gat in de broek bij de knie. Man boos op God omdat die hem op weg naar de kerk had laten vallen, en toen wou hij nooit meer iets met God te maken hebben.'

'Daar kan ik me wel iets bij voorstellen. Zondag 10 van de Heidelbergse catechismus zegt dat niets bijgeval geschiedt, maar dat alles ons van zijn vaderlijke hand toekomt. Dus ook zo'n gat in je nieuwe broek als je op weg bent naar de kerk. Waarom doet God dat?'

'God doet dat natuurlijk niet, dat weet u net zo goed als ik, maar weet je wat die zoon tegen me zei toen hij me dit verhaal vertelde? Hij zei: "Ik wou dat m'n vader jaren eerder gevallen was."'

Ik kon het niet helpen, daar moest ik om lachen, maar dat viel helaas verkeerd bij de dominee.

'Ja, u lacht erom, maar zo'n gat in je broek is toch geen reden om met God te breken?'

'Nee, misschien niet, maar zo'n tekst over genocide mijns inziens wel. En laat ik u dit nog erbij zeggen: ook als iemand mij ervan kon overtuigen dat God bestaat, en zelfs een Zoon heeft, zou ik toch met Hem, vooral vanwege die oproep tot genocide, niets te maken willen hebben, helemaal niets.'

'Nou, nou, daar zegt u wat. Neem toch in ogenschouw wat het Nieuwe Testament over God zegt.'

'Zeker, daarin geen oproep tot genocide, maar wel die bezopen brieven van de apostel Paulus. Daar staat dan weer tegenover dat de brief aan de Hebreeën ronduit prachtig is. Net als de bijbelboeken Jesaja en Prediker in het Oude Testament.'

'Kijk aan, u bent toch nog niet helemaal van God los. Er is nog een sprankje hoop. Nog één laatste vraag tot slot – die stel ik aan iedereen: wat zijn de drie mooiste boeken die u ooit gelezen hebt.'

'*Jugenderinnerungen eines alten Mannes* van Wilhelm von Kügelgen, *Ut mine Stromtid* van Fritz Reuter en *Meine Kinderjahre* van Theodor Fontane,' zei ik.

'U bent toch wel erg Duits georiënteerd. Stoort het u dan niet wat tussen '40 en '45 is voorgevallen?'

'Tussen '33 en '45 zult u bedoelen, want Hitler kwam al in 1933 aan de macht.'

'Mij best, tussen '33 en '45.'

'Natuurlijk stoort me dat, want kom je in Duitsland, dan sta je er versteld van hoe beschaafd men daar is, hoe voorkomend, en hoe hartelijk en aardig en innemend de meeste mensen zijn, zeker de mensen met wie ik als orgelstemmer te maken heb. Vergelijk dat eens met de lompheid van de mensen hier in Holland, en in dit Wijde Slop-stadje al helemaal. Dus het is een ongelofelijk groot raadsel dat het zo heeft kunnen mislopen, die twaalf jaren. Want als je goed nadenkt over wat er is voorgevallen, kun je alleen maar concluderen dat deze verpletterende verdorvenheid voor altijd een onuitwisbare schandvlek zal blijven voor de hele mensheid.'

'Veel mensen zeggen: na Auschwitz kun je niet meer in God geloven, maar dat zegt u blijkbaar niet.'

'Nee, want wat er gebeurd is, valt God niet aan te rekenen, maar de nazi's.'

21 In de Haven

Tamelijk mistroostig, en tegelijkertijd verhit door het interview, liep ik na mijn onderhoud met dominee Berenschot naar het Zeemanshuis. Voor mij die avond geen Braziliaanse maaltijd, maar een simpel VGA'tje. Verbruid had ik het, voorgoed verbruid, lafbek die ik was. Nou ja, zo'n angsthaas was ik toch ook weer niet, dominee Berenschot had ik niet naar de mond gepraat, ik had hem onomwonden verteld hoe en waarom ik ongelovig was geworden. Maar kon zo'n tamelijk humorloze biecht evenwel als verdienstelijk gelden? Het moest toch mogelijk zijn daar iets meer van te maken, een vrolijke, vermakelijke geschiedenis, vol zelfspot. Plus dat dat hele bijbelverhaal over die genocide ook weer zo bizar was dat je geen seconde kon geloven dat het echt gebeurd kon zijn. Koning Saul had immers, behalve veel vee, koning Agag gespaard en meegebracht. En toen had de stokoude profeet Samuel die koning te Gilgal 'voor de ogen des Heren' met een zwaard in stukken gehouwen. Probeer dat maar eens, een mens in stukken houwen met een zwaard. Dat is totaal onmogelijk. Zelfs de beul die Oldenbarnevelt het hoofd afsloeg, had dat niet voor elkaar gekregen.

Jammer ook dat ik onvermeld had gelaten dat die

afvalligheid allerlei eigenaardige bijverschijnselen had opgeleverd: bijvoorbeeld dat je juist des te meer was gaan houden van de Bijbel (want je kon als je ongelovig was geworden in de Bijbel lezen zonder angst dat je iets tegenkwam wat een hanger zou veroorzaken, net zoals je wanneer je kaal bent geworden, niet meer bang hoeft te zijn dat je je haar verliest), en daar ook steeds maar weer in studeerde, liefst in een vreemde taal. Voorts dat je in tranen raakte van sommige psalmen en gezangen, maar gek genoeg vooral van de liederen van Johannes de Heer. En ik neuriede, daar op het marktplein van de havenstad, een van mijn favoriete liederen:

Kom tot uw Heiland, toef langer niet,
Kom nu tot hem die redding u biedt,
Die ook voor u de hemel verliet,
Hoor naar zijn roepstem, kom.

De liederen van Johannes de Heer hebben haast altijd een refrein, zo ook dit lied, en dat refrein luidt:

Heerlijk, heerlijk klinkt de vreugdetoon
van de zaal'gen juichend bij Gods zoon,
als zij vergaad'ren rondom de troon,
daar waar de englen staan.

In die liederen was haast altijd sprake van Gods troon, en van de hemel, en van engelen, en mocht de gelovige altijd vlak bij Jezus vertoeven, bijvoorbeeld in het schitterende lied: 'Als hier op aarde mijn werk is gedaan, en ik kom veilig aan 's hemels kust aan, o, dan zal daarin mijn vreugde bestaan, dat ik heel dicht bij mijn Heiland mag staan.' Dat is natuurlijk verrukkelijk, zo close bij Jezus, maar als miljoenen gelovigen na hun dood stuk voor stuk dicht bij Jezus mogen staan, rijst toch de vraag hoe een en ander dan geregeld zal worden om duwen en trekken te voorkomen. Dranghekken?

Maar mooi zijn ze, die liederen van Johannes de Heer. Prachtig vind ik ook:

Als op 's levenszee de stormwind om u loeit,
Als ge tevergeefs uw bange hart vermoeit.
Tel uw zegeningen, tel ze één voor één,
En ge zegt verwonderd: Hij liet nooit alleen.

In het refrein wordt 'Tel uw zegeningen' eindeloos herhaald, met als slotconclusie dat je Gods liefde door alles heen ziet. Merkwaardig is dat dat lied ook buiten de kring der gelovigen bekendheid geniet, althans de uitdrukking 'Tel uw zegeningen', want die hoor je vaak genoeg uit de mond van mensen die nog nooit zo'n lied van Johannes de Heer gezongen hebben.

Dat ik die liederen, maar pas nadat ik ongelovig was geworden, nooit zonder brok in de keel kan aanhoren, komt uiteraard doordat wij op zondagavond altijd een flink aantal nummers uit de dikke bundel van De Heer zongen, met mijn vader aan het harmonium. Omdat we met ons zevenen waren, en allemaal over een flink stemgeluid beschikten, klonk het best goed, als ik zo onbescheiden mag zijn. En mijn broer, de slimme kinderpsychiater, nu een modelatheïst, zong samen met mijn inmiddels eveneens afvallige oudste zus, altijd tweede stem – wat het nog mooier maakte. Over kerkorgels wordt in die liederen helaas nooit gerept; het enige instrument dat blijkbaar in de hemel, althans volgens deze liederen, bespeeld wordt, is de harp. En zo'n harp blijkt altijd van goud te zijn, zoals in lied 800: 'Gouden harpen hoor ik ruisen'. Nou ja, harpen moeten ook gestemd worden, dus emplooi zal er voor mij mettertijd stellig zijn. Overigens is dat lied over die harpen gecomponeerd door niemand minder dan Dmytro Bortnjansky, een van de grootste Oekraïense componisten. Dus het zijn in die bundel met bijna duizend liederen heus niet allemaal liederen van de straat, er zitten heel fatsoenlijke nummers tussen van voortreffelijke componisten. Maar 't mooist zijn toch die liederen met refreinen van obscure Engelse componisten, zoals: 'Grijp toch de kansen door God u gegeven', met het prachtige refrein: 'Niets is hier blijvend, alles hoe schoon ook zal eenmaal vergaan, maar wat gedaan werd uit liefde tot Jezus dat houdt zijn waarde en zal blijven bestaan.' Goddank, dus de cantates van Bach zullen nooit vergaan!

Na mijn korte wandeling over het marktplein en omhoog over de Wip kwam ik niet in de hemel, maar in het Zeemanshuis aan. Daar ruisten geen gouden harpen, maar wierp de norse uitbater door zijn open montuur heen een blik op mij alsof hij mij wou doden, en zei: 'Zonet telefoon voor u. Of ik de boodschap wou doorgeven.'

Welke boodschap, vroeg ik mij af, maar daarover gaf de uitbater geen uitsluitsel. En wie kon mij daar, in dat Zeemanshuis, gebeld hebben? Niemand van buiten de stad wist dat ik daar logeerde. Dus had iemand uit dat havenstadje mij willen bereiken. Maar wie en waarom? De uitbater had zich omgewend, stond met zijn rug naar mij toe. Even wachten tot hij zich weer omkeert, dacht ik, want ik had er weinig zin in tegen een rug te spreken.

Maar toen de uitbater zich naar mij omkeerde en mij daar nog zag staan, beet hij me toe: ‘Waar wacht u op?’

‘Op die boodschap.’

‘Welke boodschap?’

‘Die u aan mij moet doorgeven.’

‘Nou breekt m’n klomp. Ben ik dan nog niet duidelijk genoeg geweest? D’r was daarnet telefoon voor u van dat mens en ze vroeg of ik de boodschap wou doorgeven. Da’s toch duidelijk, of niet soms?’

‘Voor mij niet, want ik weet nu nog steeds niet welke boodschap dan aan mij doorgegeven moest worden.’

‘Godallemachtig, kluns, de boodschap dat ze voor u gebéld heeft. Is ’t nou helder?’

‘Er was dus geen boodschap, de boodschap is dat zij voor mij gebeld heeft, als ik ’t goed begrijp.’

‘Is dat nog niet genoeg soms? Wou je meer horen?’

Hij wendde zich weer om en ik wou al naar mijn kamertje lopen, maar hij wierp zijn hoofd opzij en snauwde: ‘Komt goed uit dat u vanavond hier niet eet, want Sjaan is er niet, die heeft een verjaardag.’ Blijkbaar schoot hem daarna nog iets te binnen, hij zei: ‘We motten het er ook nog over hebben hoe een en ander verrekend zal gaan worden. Ik had hier Krijn Lagrauw en die zei me dat je tegen hem had gezegd dat je vier dagen nodig zou hebben om dat orgel te stemmen, dus de hervormde kerk betaalt vier nachten plus wat je hier verteerd hebt, maar je bent hier onderhand al zowat drie keer zo lang.’

‘Geen drie keer zo lang, ik heb hier nu zes nachten geslapen, dus nog niet eens twee keer zo lang. Maar ja, dat komt omdat ik in de Groote Kerk m'n werk niet kon doen, vanwege geluidsoverlast van die scheepswerf.'

'Dat ken me geen bal schelen, daar heb ik niks mee te maken, daar weet ik niks van, 't gaat er maar om wie die andere nachten betaalt.'

'In principe de gereformeerde kerk, maar dat moet ik nog met ze bespreken, en als die in gebreke blijft, betaal ik alle andere nachten zelf wel, maakt u zich geen zorgen.'

'En je blijft nog wel even, veronderstel ik.'

'Ja, want ik ben nog niet klaar met de Groote Kerk.'

'O, is dat de reden,' zei hij honend, 'nou, mooie boel, maar ik houd het erop dat je hier vanwege die trekpleister nog wel even zal blijven, nou ja, gaat me niks an ook, als d'r maar gedokt wordt.'

Wat nu, dacht ik, eenmaal op mijn kamertje. Geen VGA vanavond alhier. Waar dan heen voor een maaltijd? Of zou Gracinha mij misschien gebeld hebben om te zeggen: 'Daarstraks ben ik vergeten je te vragen hier te komen eten'? Want waarom zou ze anders gebeld hebben? Toch kon ik dat amper geloven. Vanwege mijn optreden hedenmiddag was ik afgeschreven. Nee, juist vanwege het feit dat ik níét was opgetreden. Zou hij soms mijn belager zijn, die norse uitbater van dit merkwaardige Zeemanshuis, waarin nog geen lichtmatroos of koksmaatje logeerde? Zoals hij naar mij gekeken had, toen ik zonet was binnengekomen. Maar moeilijk te rijmen viel zijn aanduiding van Gracinha als 'dat mens' en 'die trekpleister', met de veronderstelling dat hij een stille aanbidder van haar was die mij uit de weg wou hebben. Of waren die termen expres gekozen ter camouflage van zijn belangstelling voor Gracinha? Zoveel leek mij wel zeker: deze man zou, als hij hem straffeloos kon plegen, voor een moord niet terugdeinzen.

Had ze mij gebeld om mij alsnog uit te nodigen? Dat was de vraag. Hoe erachter te komen of ze mij daarom gebeld had? Terugbellen? Maar dan moest ik die uitbater vragen of ik de telefoon mocht gebruiken. Dat voor geen goud. Dan even naar de telefooncel op het marktplein? Ja, maar ik wist haar nummer niet. Hoe daarachter te komen? Eerst inlichtingen bellen vanuit die cel? O, wat ingewikkeld allemaal, ik kon toch gewoon naar haar huis toe lopen en aanbellen en haar vragen waarom ze gebeld had? Ja, dat kon, dat kon heel goed, en 't zou onder normale omstandigheden makkelijk te doen zijn geweest, maar ik was helaas toch, hoe je het ook wendde of keerde, al zo ver heen dat ik bang was dat ze zou zeggen: 'Hoe kom je erbij dat ik je gebeld heb om te vragen of je kwam eten? Ik heb je gebeld om te zeggen dat er over ons geroddeld wordt en dat moet afgelopen zijn. Wat denk je wel? Wat verbeeld je je wel? Dacht je nou heus dat ik ooit met zo'n schlemiel, zo'n lafbek, zo'n uit de Groningse zeeklei getrokken boerenpummel in zee zou gaan, *tão fofo*, als je dat maar weet.'

Was ik vijftien of was ik vijftig? Op je vijftiende kun je misschien bang zijn voor afwijzing, maar toch niet meer op je vijftigste? Van enigerlei verbintenis tussen haar en mij kon immers geen sprake zijn. Zo ze al in mij geïnteresseerd was, dan toch alleen vanwege haar autistische dochter. Ja, die was dol op mij, daar was geen twijfel over mogelijk, en dat was de reden dat ik daar kind aan huis was, zoals ze 'hier ter stede' reeds roddelden.

Reeds? Verdomd, dat woord had ik die dag uit iemands mond gehoord. Maar wie ook weer? De koster van de Immanuëlkerk? Vast niet, die gebruikte zo'n woord niet. O, natuurlijk, de dominee, die had het in de mond genomen. Zou hij dan toch... Welnee, zo'n ambtsdrager, uitgesloten. Maar toch – het woord 'reeds' had hij gebruikt. Net als de schrijver van die brief. Zo'n woord dat niemand nog gebruikte.

Ik verliet mijn kamertje weer, doorkruiste de gelagkamer, trad naar buiten, liep de Wip op. Langzaam, alsof ik naar een schavot liep, richtten mijn schreden zich in de richting van haar bovenhuis. Het begon al aardig donker te worden. In de verte zag ik al licht in haar woonkamer branden. Omdat ik 'm toch kneep, hoe gek dat misschien ook klinkt, liep ik niet langs de huizen in rechte richting naar haar bovenwoning toe, maar bleef ik tamelijk angstvallig vlak langs de Haven zwalken. En juist die angstvalligheid werd mij noodlottig, want plotseling greep iemand mij van achteren beet, en eer ik mij had kunnen omwenden om te zien wie mijn belager was, had hij mij al met een forse duw – meer was ook niet nodig, want ik liep stom genoeg vlak langs het water – van de walkant verwijderd. Ik viel, en het leek net alsof die val, net als in dat bed in het Zeemanshuis, urenlang duurde. Ik viel niet naar het smerige havenwater toe, nee, dat water met zijn glanzende, spiegelende olievlekken kwam op mij af, en eer ik erin verdween had ik toch nog gelegenheid om mijn nek te verdraaien zodat ik iets kon opvangen van degene die mij geduwd had. Wat ik zag, was een zwarte bivakmuts, meer niet, alleen maar een zwarte bivakmuts, en daaronder misschien nog meer zwart, een zwart jack, een zwarte broek, maar daar ben ik niet geheel zeker van. Het was zwaarbewolkt, dus ook al aardig donker, en doodstil. De mantelmeeuwen krijsten niet, de ankerkettingen rinkelden niet, geen scheepshoorn loeide. Uit het zicht van iedereen viel ik, net als Icarus op dat befaamde schilderij van Bruegel de Oude, in de Haven, en ik verbeeldde mij dat de olievlekken mijn plons dempten. Godallemachtig, iemand had mij plompverloren in de Haven geduwd, op een doodgewone dinsdagavond. Schrok ik ervan? Nee, dat kan ik niet zeggen. Was ik bang? Nee, dat ook niet. Veel kan ik niet, maar behalve orgels stemmen kan ik ook aardig zwemmen en schaatsen, ja, dat kan ik, dus ik maakte mij vooralsnog geen zorgen. Het ging er maar om er weer uit te komen, en dat nu, liet zich aanzien, zou bepaald een groot probleem zijn, want de afstand van de waterspiegel tot de kaderand was minstens anderhalve meter. Maar er lagen overal rijnaken, met, vastgemaakt aan een touw, kleine bootjes erachter. In ieder geval kon ik altijd in zo'n bootje klimmen. Eenmaal daarin, moest ik dan maar verder zien hoe ik mij kon redden.

Het kwam niet in mij op om om hulp te roepen. Zomin als het in mij opkwam om kwaad te worden. Al was het bepaald onplezierig om te zwemmen met kleren aan waarin het water steeds dieper doordrong, niettemin overheerste een eigenaardig gevoel van tevredenheid. Vanmiddag was ik dus niet zo'n lafbek geweest, want deze belager mocht dan mogelijkerwijs papieren zakken hebben opgeblazen – en daar kon je eigenlijk alleen maar om lachen – hij was wel degelijk in staat je echt iets aan te doen, er was beslist reden om voor hem op je hoede te zijn. Gracinha zou mijn val in de Haven nu niet meer kunnen afdoen als intimidatie, als stangen, als bij de beer nemen. Nee, dit was echt, dit was reëel, ik kon zwemmend al bijna niet meer vooruitkomen omdat die natte kleren mij enorm belemmerden bij mijn arm- en beenbewegingen. Plus dat ze mij omlaagtrokken. Schoolslag lukte amper nog, het kwam erop aan het hoofd boven water te houden. Wat was dat water trouwens koud, en het leek wel alsof het steeds kouder werd.

22 Toeschouwers

Hoewel het niet bij mij opkwam om luid zoiets als 'Help! Help!' te roepen – ik zou me daarvoor ook gegeneerd hebben – werd mijn aanwezigheid in het water toch opgemerkt.

'D'r is er eentje in de plomp gevallen,' hoorde ik iemand zeggen.

Even later al stonden er drie opgeschoten jongens pal op de rand van de Havenkade geïnteresseerd naar mij te kijken.

'Hé, man, dit is 't zwembad niet,' riep een van hen, 'dat was vroeger op 't Hoofd en is nou in de Sluispolder.'

'Ben je bezig an 't diplomazwemmen, deel twee, zwemmen met kleren an?' vroeg de tweede jongen.

En de derde riep: 'Hé, man, da's nou een meevaller, je badmuts had je al op.'

Het duurde even voor ik begreep waar dat op sloeg. Regelmatig wordt mij op straat door zulk soort jongens in het voorbijgaan achteloos gevraagd: 'Hé, man hebbie vergeten je badmuts af te zetten?', wat uiteraard een curieuze verwijzing is naar mijn spaarzaam behaarde schedel, maar de omkering van dat thema was nieuw voor mij.

Er verscheen nog iemand op de kaderand, een al wat

oudere man, die de jongens toebeet: 'Hou alsjeblieft je grote waffel, d'r ligt een ouwe vent in de Haven die makkelijk zat kan verdrinken. We motten hem eruit zien te krijgen.'

'Hij ken toch zwemmen,' zei een van de jongens, 'als hij naar de Stadhuiskade toe zwemt, en da's echt zo ver niet, ken die daar bij het Delflandhuis omhoogklauteren, want daar is een ijzeren trappetje. En als hij liever bij de Schansbrug d'r uit wil klimmen, ken die ook daarheen zwemmen, want daar is ook een ijzeren trappetje, maar ja, dan mot hij wel met al zijn kleren aan de hele Havenkom overzwemmen, en da's misschien een pietsje te veel gevraagd, want hij is nou al aardig moe, als je 't mij vraagt.'

'Als we nou eerst eens een boei naar hem toe gooien,' zei de man.

'Waar wou je die vandaan halen? D'r is hier niks nergens een boei, nee, dat gaat niet.'

'Er moet toch wel ergens een reddingsboei zijn? Bij de sluis misschien.'

'Daar een boei?' zei een van de jongens. 'Hoe kommie d'r bij?'

'Nou, dan moeten we proberen of we ergens een touw kunnen vinden,' zei de man.

'Doe nou niet zo achterlijk, d'r is hier nergens een touw, hé kijk, daar hebbie Kippenek.'

De agent in kwestie stapte van zijn fiets af en zette die vlak langs de waterkant op zijn standaard. Hij deed nog een stap naar voren en zei toen met een zorgelijke uitdrukking op zijn gezicht tegen mij: 'Meneer Pottjewijd, u mag daar niet zwemmen.'

Het kwam niet bij me op iets terug te zeggen, en als

ik dat wel zou hebben gedaan zou mijn antwoord toch niet te horen zijn geweest, want overstemd zijn door het daverende gelach van de drie jongens.

'Jan,' zei de man tegen agent Kippenek, 'ben je nou totaal van lotje getikt? Die vent daar ligt echt niet voor z'n plezier in de Haven, die is d'r per ongeluk in gekukeld, die heb dringend hulp nodig, maar d'r is hier geen boei of niks, dus wat motten we doen?'

'O, hou jij 't erop dat 't een drenkeling is? Nou, dan is 't een klusje voor de brandweer.'

'Eer de brandweer hier verschijnt, is die vent al verzopen.'

'Hij mot naar het ijzeren trapje toe zwemmen bij de Stadhuiskade,' zei een van de jongens, 'daar ken die makkelijk zat omhoogklimmen.'

'Ja, maar haalt hij dat wel?' vroeg de man.

Ik wou vragen: 'Waar is dat trapje?', maar ik kreeg een golf water in mijn mond, of was het geen water, maar olie?

Hoe dan ook, ik kon geen woord uitbrengen, maar goddank begreep een van de jongens dat ik niet wist waar zich dat trapje bevond. Hij zei: 'Ik ren d'r effetjes heen, en dan zwaai ik wel.'

Hij rende over de Haven naar een trap langs een sluis, vloog over die trap omlaag, en rende – want er brandden daar geen straatlantaarns – over de in vrijwel totale duisternis gehulde oever naar een punt ergens halverwege die kade waar blijkbaar zo'n trapje was aangebracht. Althans dat veronderstel ik, want de jongen was nauwelijks te zien, mede omdat ik steeds van dat ongelofelijk smerige oliehoudende water in mijn gezicht en dus ook in mijn ogen kreeg.

Gelukkig kwam de knaap op het idee om luid te roepen: 'Hierheen, mister, hierheen.'

Dus ik zwom daarheen, denkend: dat haal ik nooit. Die afstand is te groot, ik ben nu al doodop, en ik besterf het van de kou, en die ellendige schoenen zijn idioot zwaar, die trekken me omlaag. Terwijl ik zo flink mogelijk doorzwom, schudde ik de schoenen van mijn voeten, denkend: wat moet ik nou in hemelsnaam beginnen als ik hieruit kom, dan heb ik geen schoenen meer. Hoe moet dat dan? Maar die gedachte werd verdrongen door die andere gedachte: ik haal het nooit. Want al kan ik dan goed zwemmen, ik had toch nog nooit met kleren aan gezwommen, en ook nooit in zulk verbijsterend smerig water. Water? Het leek wel of ik in dikke, drabbige stookolie zwom.

En toen was er blijkbaar toch iemand, daar op de wal, niet die oudere man, niet een van de drie jongens, niet agent Kippenek, maar een andere passant, in geslaagd een reddingsboei tevoorschijn te toveren, en die werd mij zo vakkundig toegeworpen dat ik hem zodra hij het water raakte, grijpen kon. Die reddingsboei zat kennelijk vast aan een lang touw, want toen ik de boei goed vasthad, voelde ik dat eraan getrokken werd. Ik kon niet zien wie er trok, want degene die trok stond ook op die in vrijwel totale duisternis gehulde kade. Of misschien waren er wel meerdere handen die trokken, want het leek opeens wel alsof ik door het water, door de olie heen vloog, althans vergeleken met mijn eerdere zwemsnelheid.

Ten slotte kwam ik bij een verticaal trapje met dunne, roestige spijlen terecht, en du moment dat ik die spijlen aanvatte en omhoogklom, werden er van alle kanten helpende handen naar mij uitgestoken.

Even later stond ik dan ook druipend op die stikdonkere kade, in eerste instantie alleen maar dankbaar omdat ik eruit was, omdat ik het gehaald had, omdat ik niet verdonken was, maar vrij snel daarna toch ook weer tamelijk wanhopig. Wat nu? In deze gore, smerige, met olie doordrenkte broek en overhemd en jack naar het Zeemanshuis? Als ik een en ander daar al uit kon trekken, had ik toch, behalve wat extra ondergoed, niets anders, niets wat droog was, om aan te trekken. Mij leek trouwens dat ik van de uitbater van het Zeemanshuis, als ik dat zou betreden, meteen te horen zou krijgen: 'Kijk wat je doet, je druipt, je maakt er hier een gore troep van, donder op – kom maar terug als je helemaal droog bent.'

Te midden van allerlei luidruchtig en goedlachs volk – waar waren al die mensen toch opeens vandaan gekomen? – strompelde ik op mijn kousenvoeten naar de brede trap langs de sluis. Eenmaal op de Havenkade bleef ik daar staan, niet goed wetend wat te doen of waarheen te gaan. Het meest ellendige was nog dat ik geen schoenen meer aanhad. Toen doemde uit de duisternis, terwijl ik probeerde om de olie van mijn oogleden af te vegen, tot mijn grote verbazing Gracinha op.

'Wat is aan hand met jou?' vroeg ze.

'Iemand heeft me in de Haven geduwd,' zei ik, en de tranen schoten in mijn ogen.

Gracinha negeerde mijn tranen, zei tamelijk luchtig: 'Ik keek uit raam. Zag boel mensen. Dacht: is iets aan hand, ik ga kijken even.'

'Iemand heeft me in de Haven geduwd,' zei ik nogmaals, mijn tranen wegslikkend, en mijzelf ervoor schamend dat ik opeens zo van streek bleek te zijn.

'Jij heel nat en geuren en vreselijk vies,' zei Gracinha. 'Kom mee, jij kleren uitdoen, onder straal, schone kleren aan.'

'Ik heb geen andere kleren,' zei ik.

'Ik voor zorgen,' zei Gracinha, en ze draaide zich om en liep in de richting van haar huis, niet omkijkend om te zien of ik volgde. Veel keus had ik niet, dus ik volgde haar, en een flink aantal omstanders volgden ook.

Bij haar bovenhuis aangekomen zei ze, toen ik aarzelde om het portaaltje achter haar voordeur te betreden: 'Jij wachten buiten. Ik eerst oude kranten neerleggen. Dikke laag. Dan jij naar binnen. Alles uitdoen, jij stinken, o, o, jij stinken verschrikkelijk. En alles uit is, jij naar boven en *em linha reta* naar de badkamer. En dan onder de straal. Een hele poos.'

Ze liep de trap op, keerde terug met een dik pak kranten, vlijde die kranten op het vloertje van het portaaltje neer, zei: 'Jij nu naar binnen.'

Ik stapte naar binnen, Gracinha sloot snel haar voordeur, zei: 'Bah, *olhos curiosos*, laat ze ophoepelen.'

Ophoepelen, dacht ik, hoe is het nou toch mogelijk dat ze zo'n woord tot haar beschikking heeft. Van wie heeft ze haar Nederlands geleerd? Ze kan geen werkwoord normaal vervoegen, maar zo'n woord kan ze correct gebruiken.

Ik kleedde me uit. Het was plezierig om mijn smerige windjack uit te doen, iets minder plezierig om mijn overhemd los te knopen en af te stropen, en enigszins gênant om mijn besmeurde broek uit te trekken. Ik trok mijn hemd over mijn hoofd en stond toen in mijn onderbroek met mijn sokken nog aan, en ik aarzelde uiteraard.

'Jij alles uit,' zei Gracinha dwingend en gedecideerd. 'Alles.'

Ik trok mijn sokken uit. Er zaten een paar kleine gaten bij de grote tenen, en daar schaamde ik mij voor, maar ja, je hebt niet altijd lust en tijd om je sokken te stoppen.

'Ik heus wel eerder man bloot gezien,' zei Gracinha, 'maar jij jou schamen, geeft niet, kunt best jouw onderbroek aanhouden, uitdoen onder de straal.'

Achter haar aan besteeg ik de trap, ofschoon een man op een trap voor hoort te gaan. Achter haar aan liep ik naar haar badkamer, en werd daar onder de douche gedirigeerd. Ze draaide aan een doucheknop en al snel spoelde het lauwwarme water over mij heen, terwijl Gracinha de douchegordijnen sloot, waarna ik mijn onderboek uitdeed. Eerlijk gezegd ben ik nou niet bepaald verzot op douchen, maar die lauwwarme straal over mijn ongelofelijk smerige lijf was pure genade. En terwijl dat water uit de douchekop over mij heen spoelde, hoorde ik dat Gracinha weer terugkeerde in de badkamer.

'Leg kleren voor jou op stoel hier,' zei ze, 'ondergoed, sokken, paar broeken, kun jij kijken welke beste passen, overhemd, schoenen.'

Waar haalt ze die kleren zo snel vandaan, vroeg ik mij af, en die vraag hield me een poosje bezig terwijl ik alsmaar dat fluwelen water des levens over mij heen voelde stromen, maar pas toen ik er ten slotte toe overging om het water af te sluiten en mij af te drogen met een handdoek die Gracinha boven op de kleren had gelegd, viel mij een mogelijke oplossing voor dat raadsel in. Zou ze de kleren van haar man niet hebben weggedaan, dacht ik, en toen dacht ik: ik heb de kleren van Lore ook nooit weggedaan, die hangen nog in haar klerenkast en liggen nog in de laden van haar mooie Duitse commode.

Er zat toch, al bekroop mij een gevoel van schaamte, erg weinig anders op dan al datgene aan te trekken wat Gracinha voor mij neergelegd had. Het ondergoed paste goed, het overhemd eveneens, maar de eerste broek die ik probeerde was iets te wijd. De tweede paste gelukkig beter, en was bovendien voorzien van een riem, die ik flink kon aantrekken; de sokken leverden geen problemen op, maar de schoenen waren duidelijk een maat te groot. Maar ja, te groot is minder erg dan te klein, dus al met al was het een uitkomst dat ik mij in de kleren kon steken van haar overleden echtgenoot – als het tenminste zijn kleren waren, maar dat lag erg voor de hand. Ik vroeg mij af hoe ik het zou ervaren als een vrouw die ik nog maar een week kende in de kleren van Lore zou verschijnen, en ik kon mij daarbij eigenlijk niets anders voorstellen dan een gevoel van ontzetting, maar blijkbaar gold dat niet voor Gracinha. Die zei toen ik haar woonkamer binnenstapte: 'Jij piekfijn uitzien.'

'*Oh lindo, papai*,' zei Lanna.

Erg op mijn gemak voelde ik mij niet, maar het was waar, en dat had ik al in de badkamerspiegel gezien: ik zag er inderdaad piekfijn uit. Kleren maken de man, de vrouw ook overigens, en daar valt weinig op af te dingen. Het leek wel alsof ik een ander mens was geworden. Geen saaie, onopvallende orgelstemmer meer, maar een vastgoedmagnaat of een bevlogen scheepswerfdirecteur.

'Ik jou nog opgebeld in Zeemanshuis om jou zeggen, ik vergeten vanmiddag jou vragen: kom eten. Zij nog gezegd daar?'

‘Ze zeiden alleen maar dat je gebeld had.’

‘En jij toen hierheen?’

‘Ja, ik was op weg naar je toe om te vragen waarom je gebeld had. Maar toen werd ik onderweg onverhoeds in de Haven geduwd.’

‘Jij niet zien, wie jou duwde?’

‘Een vent met een zwarte bivakmuts op. Ik kon niks van zijn gezicht zien.’

‘Toch klein beetje erger dan ik dacht. Ik denken steeds: zij jou stangen, zij jou pesten, maar dit... dit geen pesten meer. Gelukkig, goed afgelopen, en glaasje Quinta da Lixa voor jou om bij te komen, en wij dan eten. Alleen eten wel beetje koud nu.’

23 Beklemming

Eten een beetje koud nu? Dat bleek mee te vallen. Ze had weer zo'n verbluffende schotel gemaakt, en die was in haar oven goed op temperatuur gebleven. Maar al was die schotel voortreffelijk, en het glaasje Quinta da Lixa erbij een kleine traktatie, toch voelde ik mij tamelijk opgelaten in die iets te ruim zittende kleren en schoenen.

'Morgen jij aangifte doen bij politie,' zei ze, 'dit geen stangen meer, dit *ataque direto*.'

'Ja, dit is wel wat anders dan papieren zakken of hinderen met een velomobiel. Maar aangifte doen, hier in dit stadje, bij agent Kippenek?'

'Heus wel meer *polícia* hier dan alleen Kippenek, jij beslist aangifte doen, zij uitzoeken wie jou in Haven geduwd heeft.'

'Ik heb er weinig vertrouwen in dat ze dat zal lukken.'

'Jij briefje laten zien.'

'Alsof ze dan meteen weten wie hierachter zit. Nee, zo snel mogelijk moet ik de rest van dat orgel in de Groote Kerk stemmen. Liefst voor die Furieade vrijdag losbarst. Dan kan ik ervandoor.'

'En ik dan? Jij weg, misschien ik dan in Haven terechtkomen...'

'Welnee, deze man heeft het, omdat hij jou aanbidt,

op mij voorzien. Jou zal hij niets aandoen.'

'Maar hoe met Lanna als jij weg bent? Ik zo reuze blij met jou. Zij helemaal opgeleefd, zij ander mens, zoveel mannen al achter mij aan, maar niet één bij die zich over haar buigt, en jij niet achter mij aan, nou ja, niet, klein beetje misschien wel, maar jij veel aandacht voor haar, heel veel. En jij zo blij met haar omdat zij jou zo goed helpen kan. En zij voelt dat, zij weet dat, en zij dus ook blij. Blij? Nee, meer, *muito encantado*, *muito feliz*. Jij niet weten hoe het is: leven met kind zo gesloten, zo... ik weet Nederlandse woord niet... Wij zeggen: *inacessível*... jij weten ik bedoelen?'

'Ontoeschietelijk, misschien, of ontoegankelijk. Waar is ze trouwens? Al naar bed?'

'Ja, zij wou naar bed, zij zeggen: morgen misschien heel, heel vroeg stemmen, voor wild geraas begint. Zoveel zij voor overhebben, maar dan, orgel klaar, *mais tarde* jij weg, en dan?'

'We hadden toch al min of meer afgesproken dat we met z'n drieën op stap zouden gaan?'

'Ach, *miragem*, *sonho lindo*.'

'Wat *miragem* betekent, weet ik niet, maar *sonho lindo*? Is dat niet "mooie droom"? Je hebt gelijk, tussen droom en daad staan wetten in de weg en praktische bezwaren, maar mij lijkt het toch niet zo'n gek plan.'

'Ach, zij in kerken denken: rare boel, stemmer met vrouw en kind, maar niet zijn vrouw en zijn kind.'

'Tja,' zei ik, 'dan zit er niks anders op dan met je te trouwen en Lanna te echten.'

'Trouwen? Ik? Dan mijn weduwepensioen kwijt, ik denk. En wij trouwen? Zoals jij naar mij kijken ik weten: jij vinden mij sexy – wij dat woord in Portugees ook hebben, maar ik jou niet sexy vinden, jij vreselijk aardig, echt *muito meigo*, maar... Nee, sexy, dat niet. Jij ook niet best doen om sexy te zijn, maar jij ook niet kunnen, ik denk. Jij wel lekker ruiken, dat goed, maar ja... Jij nu op pik getrapt omdat ik jou zeggen: jij voor mij niet sexy?'

'O, nee hoor, dat begrijp ik best. Niet sexy is minder erg dan wel saai.'

'O, maar saai juist goed. Mijn moeder altijd mij zeggen: jij saaie man trouwen. Leuke man maar poosje leuk, dan hij achter andere vrouwen aan. Mijn vader, heel leuke man en heel sexy, maar o, heeft mijn moeder zoveel verdriet gedaan.'

'En jouw man? Leuke man?'

'O, heel leuke man, en verdomd sexy, maar ja, altijd weg, en in andere havens misschien... Ik daar liever niet over denken, maar ik altijd maar hier thuis, met Lanna... O, zo zwaar, zo moeilijk. Niets voor haar leuk, behalve liedjes, muziek. Zij nog les ook, ging goed, maar dan toch klad in omdat zij verdommen Nederlands spreken. Kom jij, zon gaat op. Maar straks jij weg, zon weer onder. En hoe met haar als ik dood ben? Wie dan voor haar zorgen, haar opvangen? Zij in tehuis? Kan toch niet, jij voor haar zorgen als ik dood ben?'

'Ik loop heel wat meer kans om dood te gaan dan jij. En dat alleen maar omdat ik af en toe bij jou eet en met je dochter in twee kerken twee instrumenten stem.'

'Ja, jij lijden om mij, ik niet tegen kunnen, jij naar *polícia*, zij opsporen die man.'

'Eerst maar eens naar het Zeemanshuis, met een omweg via de koster van de Groote Kerk. Hoe laat denk je dat wij morgenochtend kunnen gaan stemmen?'

'Vijf uur misschien?'

'Zo vroeg? Denk je dat dat lukt? En als dat lukt, kunnen wij dan de kerk in? Misschien heeft de koster een sleutel van een zijdeurtje die ik even mag lenen. Dat ga ik hem nu vragen. Lukt dat en heb ik een sleutel, dan kom ik niet meer terug, lukt dat niet, dan kom ik nog even terug om te zeggen hoe laat wij dan wel terechtkunnen.'

Dus toen liep ik, overigens met lood in mijn te ruime schoenen, naar de Groote Kerk, er alsmaar voor beducht dat ik plotseling vanuit een of andere hinderlaag besprongen zou worden, dan wel beschoten, of anderszins gemolesteerd. Hoe eigenaardig om zo bevreesd over straat te zwalken, want gek genoeg stonden mijn zintuigen op scherp. Geuren rook ik die ik eerder nog nooit geroken had, geluiden hoorde ik die mij vreemd voorkwamen, ik zag een loodgrijze wolkenlucht met oplichtende randen, en zelfs het zachte windje dat over de Haven en de Hoogstraat en de Schansbrug woei voelde anders aan op mijn wangen. Niemand kruiste echter mijn pad.

In de kosterswoning brandde geen licht. Zou hij al naar bed zijn? Ik belde aan. Na vrij lange tijd ging de deur op een kier open en verscheen een stukje koster, getooid met ouderwetse slaapmuts.

'Hoe later op de avond, hoe schoner volk,' zei hij schamper.

'Ik wou morgenochtend vroeg gaan stemmen, nog voor ze op de scheepswerf beginnen.'

'Hoe vroeg?'

'Vijf uur.'

'Man, ben je nou helemaal belatafeld? Dan ben ik nog niet uit de startblokken.'

'Dat begrijp ik, en daarom wou ik vragen of ik een sleutel van een zijdeur kan krijgen.'

'O, zodoende, nou, dat ken wel, maar heb je dan al hulptroepen bij de hand?'

'Jazeker.'

'Hoe hebbie 'm dat toch gelapt? De halve stad loopt hier, likkerig om de bek, al jaren achter d'r aan, en jij bent hier amper een week en d'r al zowat mee getrouwd, terwijl je toch ook niks meer bent dan een profeet die roggebrood eet, dan een ventje met een velletje over z'n neus en rouwrandjes aan z'n nagels. Maar hier, pak an, de sleutel. Zoek zelf maar uit op welke deur die past of laat dat door je aanstaande doen.'

En hij smeet de deur dicht.

Om mij heen spiedend als een struikrover schreed ik behoedzaam naar het Zeemanshuis. En daar lag ik vervolgens een hele nacht wakker, denkend aan een rijmpje dat ik ooit eens las:

Ontwaak uit uw zoete slaap,
En uit uw zalige dromen,
De slaap waar God u mee zegent,
Heeft Hij aan een ander ontnomen.

Waarom toch ben ik degene aan wie God maar steeds de slaap ontneemt? Kan het vorderen van nachtrust niet wat gespreider zijn beslag krijgen? Goed, ik was dan wel niet sexy, maar heel aardig, *muito meigo* zelfs, wat dat *meigo* dan ook te beteken kon hebben, dus waarom mij dan telkens weer de slaap afhandig gemaakt? Wil je gaan fietsen, dan stap je op een rijwiel, en je fietst. Wil je zwemmen, dan spring je in het water en je zwemt. Wil je schaatsen, dan bind je hoge noren onder en je stapt op het ijs en rijdt. Maar wil je dolgraag slapen, dan kun je wel in een bed gaan liggen, maar er is geen enkele garantie dat je dan ook werkelijk slaapt. Lees je handboeken over slaap, dan lijkt het zo eenvoudig. Tal van tips krijg je om onder zeil te gaan. En vergrijp je vooral niet aan slaappillen. Maar o, o, wat is het, althans voor mij, m'n hele leven lang al een heksentoer om in te slapen en door te slapen. En naarmate ik ouder word, wordt het ook steeds moeilijker. '*O, sleep, why dost thou leave me*,' zingt Semele in het gelijknamige oratorium van Händel. Zou de componist die die woorden zo onnavolgbaar mooi op muziek zette, zelf ook aan slapeloosheid geleden hebben? Of zou hij altijd gemaft hebben als een marmot? Ach, die Händel, in datzelfde oratorium ook de aria 'Wherever you walk'. Zo griezelig eenvoudig, en toch zo allemachtig ontroerend.

In de nanacht kwamen, zoals altijd als ik niet vermag in te slapen, de visioenen. Hoewel je wakker bent, verschijnen er droombeelden die je brein, zonder enige tussenkomst van jouw eigen vrije wil, naar eigen believen produceert. Vaak visioenen die je met afgrijzen aanschouwt. Zo ook ditmaal. Daar ging ik weer, steeds weer, de Haven in, maar nu zonder uitzicht op redding. Want bij het trapje van de duistere kade stonden ze mij al op te wachten met haken en ankers en kettingen. Grijnzend, met verwrongen koppen ijsbeerden daar hufters die het op mij voorzien hadden, die wantrouwige snertkerels uit de winkel van Smitje de Smit. In mijn bed ging ik rechtop zitten om de spookgestalten te verdrijven. Dat lukte nauwelijks, en als ik ging liggen, kwamen ze terstond weer tevoorschijn. Eenmaal ben ik geopereerd – blindedarm – en verdoofd met morfine. Toen ik bijkwam werd ik geteisterd door visioenen die gruwelijker waren dan al wat ik ooit eerder had gezien. Goed, dat hoorde bij de nasleep van de operatie. Maar die morfinevisioenen hebben in mijn brein in zoverre hun sporen nagelaten dat ik sindsdien in slapeloze nachten door heftiger visioenen word gekweld dan vóór de operatie. En daar moet voortaan, dacht ik berustend, nog de traumatische ervaring van een ongewenste zwemtocht in de Haven bij opgeteld worden.

Om half vijf verrees ik. Dat bleek een opluchting. Goddank, geen visioenen meer. Op naar de kerk, maar helaas zonder ontbijt. Toen ik op straat liep, bleek ik, anders dan de avond ervoor, niet bevreesd te zijn. Op dit tijdstip had ik, zo leek mij, van mijn belager niets te duchten. Niemand kwam ik tegen. Ik liep om de kerk heen en probeerde de sleutel op verschillende deuren. Geen enkele deur kon ik met die sleutel openen. Die ellendige koster, dacht ik, zal mij toch geen sleutel gegeven hebben die nergens op past? Of was ook dat weer een staaltje van 'bij de beer nemen', de favoriete tijdsbesteding van de inwoners van deze verneukstad? Mij voorbereidend op mijn missie naar deze uithoek van Nederland had ik een en ander over de stad gelezen, onder andere het verhaal over de vlaggenparade voorjaar 1941. Elke avond hielden de Duitse marineschepen in de Haven stipt om acht uur een vlaggenparade. Na een fluitsignaal sprongen de Duitse matrozen stram in de houding en werden de vlaggen van de schepen gestreken. Jongens namen die Duitsers dat voorjaar bij de beer. Vijf voor acht blies er een bij de Haven op een fluitje. Onmiddellijk sprongen de matrozen in de houding en werden de vlaggen gestreken. Daarna kwamen de Duitsers erachter dat ze gefopt waren. Tamelijk verbijsterend was hun reactie. Dertien jongens werden opgepakt en afgevoerd naar Duitsland, van wie er in 1942 zeven terugkeerden. De stad kreeg een boete opgelegd van 100.000 gulden en de burgemeester werd afgezet en vervangen door een regeringscommissaris. En er werd een spertijd ingevoerd; tussen acht uur 's avonds en vier uur 's morgens mocht niemand tot nader order de straat meer op.

Nogmaals rondde ik in de duisternis de kerk, de sleutel nu wat nauwkeuriger proberend op alle deuren. En warempel, nu lukte het om een deurtje te openen, en bij die geopende deur bleef ik wachten op moeder en dochter. Even na vijven kwamen ze over de Kerkstraat aanlopen, de moeder nog met dikke ogen van de slaap, en zonder enige make-up (maar dat was alleen maar een voordeel, zo zonder mascara en lippenstift zag ze er naar mijn smaak nog veel vorstelijker uit dan met die hulpmiddelen), de dochter met glinsterende ogen en af en toe een vrolijk huppeltje in haar gang.

'Jij natuurlijk nog niks gegeten in Zeemanshuis, ik voor jou twee boterhammen meegebracht.'

'Jij denkt ook aan alles,' zei ik, 'wat goed van je, een paar boterhammen, jammer dat ik niet sexy ben, want wat zou ik graag met jou trouwen.'

'Jij toch op pik getrapt, hoor ik, had niet moeten zeggen. Jij baard laten staan, dan al beetje sexy. Maar jij met baard wel sexy, ik toch niet met jou trouwen, want dan weduwepensioen kwijt.'

'Trouwen hoeft niet per se, we kunnen ook gaan samenwonen.'

'Dan ik toch ook weduwepensioen kwijt, denk ik. Nee, jij ergens anders wonen, maar vlakbij, *uma possibilidade*, maar jij dan weg waar je nu woont, jij dan hier wonen.'

'In dit stadje? Tussen al deze lompe botteriken die er de hele tijd op uit zijn je te foppen?'

'Is overal wat. Jij van hier makkelijk hele land door om overal stemmen.'

'Om overal té stemmen, moet je zeggen.'

'Goed, ik zal best doen Hollands beter leren, o... o... o... té leren. Maar jij Portugees leren, jij heel goed Portugees leren, als jij heel goed Portugees leren, jij vanzelf ook al meer sexy.'

Het werd allemaal, zowel door haar als door mij, gekscherend gebracht, op zo'n luchtige, half schertsende toon, want allebei wetend dat het over en weer, althans dat veronderstelde ik, misschien niet zo serieus bedoeld was, maar toch bleef dat gesprekje mij door het hoofd spoken toen ik, uiteraard bijgestaan door Lanna, met mijn kwastjes en pijpreinigers aan de mixturen van het bovenwerk begon.

24 Aangifte

Later op die dag begaf ik mij, daartoe nogmaals aangespoord door Gracinha, met frisse tegenzin naar het politiebureau. Dat bevond zich in een tamelijk troosteloze nieuwbouwwijk, dus het was nog een pittige wandeling daarheen, want van bussen had men in dit havenstadje kennelijk nog nooit gehoord. Blijkbaar had men mijn komst reeds – ha, dat mooie woord weer! – verwacht, want ik werd terstond doorverwezen naar rechercheur Mooiweer. Die vulde, nog met een ouderwetse typemachine, een aangifteformulier in dat hij eerst met zo'n donker doorslagvelletje en een tweede A4'tje erachter in de machine had gedraaid.

Toen dat geschied was, zei hij: 'Zozo, in de Haven geduwd. U bent de eerste niet. En u zult de laatste niet wezen. U bent hier, begrijp ik, om kerkorgels te reanimeren. Je zou toch zeggen dat in principe niemand daar zodanig aanstoot aan kan nemen dat 't een aanleiding is om iemand in de Haven te duwen. Maar wat ik ook heb horen rondzingen, is dat u zich daarbij laat assisteren door de weduwe Edelenbos en haar dochter. Nou, die weduwe, tsjongejonge, dat weet wat hier. Die is door kapitein Edelenbos in de monding van de Amazone op het nippertje gered uit de bek van een walvishaai, en hier door Kippenek aangetroffen in de Vliet bij de Weverskade toen ze in haar blootje met een floret aan 't vissen was. Da's een vrouwtje waar al 't manvolk van pakweg boven de veertig hijgerig van wordt, dus op een bevolking van negenduizend zijn dat toch gauw duizend man, en er hoeft d'r maar bij eentje daarvan een draadje los te laten in de bovenkamer en dan heb je big trubbel.'

'Ik kreeg een netjes getypte dreigbrief,' zei ik.

'Hebt u die bij zich?'

'Ja, maar ik wil hem graag houden,' zei ik, en ik overhandigde het briefje aan de rechercheur.

Hij las het briefje niet, zei alleen maar: 'Een bewijsstuk. Zitten waarschijnlijk vingerafdrukken op. Zou toch mooi zijn als u dat hier achter wil laten. Ik maak even een fotokopie en die neemt u dan weer mee.'

'Liever neem ik 't origineel weer mee,' zei ik.

'Nee, nee, da's een bewijsstuk, dat nieten we even aan het aangifteformulier vast.'

Dat deed hij, en weg was hij. Ik hoorde weer een boot blazen, en allerhande andere geluiden. Nooit heb ik ergens orgels gestemd waar het lawaaiiger was dan daar, zelfs in Hamburg niet.

De rechercheur kwam terug. Ik vertelde over de velomobiel op zondag. Hij zei: 'Hier in de stad is d'r geen sterveling die zo'n overdekte ligfiets bezit, dat weet ik pertinent zeker. En 't is natuurlijk helemaal niet gezegd dat degene die in dat vehikel zat de man is die we zoeken. Waarschijnlijk gewoon iemand van elders die u per ongeluk drie keer bent tegengekomen.'

'Dat kan,' zei ik.

'Enig idee, enig vermoeden wie 't geweest kan zijn, de man die duwde? Iets van hem gezien?'

'Ik heb er geen flauw idee wie 't op mij gemunt heeft. Toen ik in de Haven tuimelde, keek ik om, en zag alleen maar dat 't een lange vent was. En hij had een bivakmuts op.'

'Een lange vent? Zou ik toch voorzichtig mee zijn. Je valt in de Haven, kijkt om, kijkt dus omhoog, naar de walkant. Al wat dan op de wal staat, lijkt dan groter dan 't is. En een bivakmuts op? Weet u dat zeker? Daar val je enorm mee op, want zo'n snertding draagt normaal gesproken niemand, dus zet je die op, dan weet naderhand nog allerlei volk dat ze een rare snuiter met een bivakmuts hebben zien rondkuieren.'

'Toch had hij volgens mij een bivakmuts op.'

'Ik ben zo vrij om dat te betwijfelen. Je valt, schrikt je de pleuris, kijkt om, en dan zie je een vent met een doodgewone zwarte muts op. Tien tegen één dat je achteraf denkt dat 't een bivakmuts was. Want tel je muts en doodsschrik bij elkaar op, dan kom je uit op een bivakmuts.'

Mij leek dat een tamelijk bizarre rekensom, maar ik taalde er niet naar om rechercheur Mooiweer tegen te spreken. Hij had mij de velomobiel uit het hoofd proberen te praten, en de bivakmuts vervolgens ook. Nog even en hij zou zeggen dat het briefje ook heel goed door iemand anders kon zijn geschreven dan door degene die geduwd had.

'Om kort te gaan,' zei rechercheur Mooiweer, 'd'r zijn hier zo'n duizend gegadigden die geduwd kunnen hebben. Haal daar de schobbejak maar eens uit. Plus dat er de vorige keer toen iemand in de Haven terechtkwam, sprake was van een donkergetinte geitenbreier uit de Stationsstraat. Hij kwam uit de groentewinkel van Kap, die ze omgebouwd hebben tot moskeetje, daar op de hoek van de Piet Heinstraat en de Fenacoliuslaan, en was er zo mee in zijn sas dat hij Allah had kunnen dienen, dat hij voor de lol iemand de Haven in duwde. Waarmee ik maar wil zeggen dat de duwer 't misschien helemaal niet op u voorzien had, maar alleen maar eens lekker wou keten, en ja, daar ging u, omdat u daar toevallig aan de wandel was. 't Was toch ook wel verrekt onverstandig om zo vlak langs het water te slenteren, u vroeg d'r om, wat zeg ik, u smeekte om een flinke duw, nee, dat briefje is vast niet afkomstig van die duwer, wie zo'n net briefje typt, kijkt uit naar andere middelen om z'n gram te halen, die duwt niet. Maar we zullen ons best voor u doen. Hoelang blijft u hier nog?'

'Ik hoop nog voor de Furieade klaar te zijn met stemmen. En dan ga ik er meteen vandoor.'

'Ja, ik zou niet blijven als hier de Furieade losbarst. Dan gaan de remmen hier pas goed los, dan gaan ze hier bandeloos uit hun bol, vooral als ze uit de voormalige groentewinkel van Kap komen. Dan zou 't, als d'r hier iemand rondbanjert die u echt een loer wil draaien – wat ik eerlijk gezegd betwijfel – wel eens menens kunnen worden. Feest is feest, dus dan wil d'r nog wel eens een borreltje te veel gedronken worden, en dan is er soms geen houden meer aan. Maar ja, zo'n spraakmakende weduwe, 't is als ik hier even mijn persoonlijke mening mag geven, ook wel vragen om stront als je uitgerekend daarmee kerkorgels te lijf gaat. Ben d'r nou echt geen andere kostgangers die je daarvoor charteren kunt?'

'Overal waar ik stem staat een ploegje toetsenindrukkers voor me klaar, meestal leerlingen van de plaatselijke organisten. Hier kreeg ik van de organist te horen dat er een eigenaardig meisje was dat dolgraag meehielp. Nou, zo eigenaardig bleek dat meisje niet te zijn, maar wel een fantastische kracht, die graag zelf wil leren stemmen, en dat wil ik haar ook best bijbrengen, en daarom kijkt zij nu toe als ik stem, en haar moeder drukt dan de toetsen in. Het is een wat ongebruikelijke gang van zaken, maar in feite plezieriger dan zo'n ploegje toetsenindrukkers die er eigenlijk allemaal 't land aan hebben om zulk doodsaai werk te doen. 't Is ook stomvervelend, je drukt een toets in en die moet je net zolang ingedrukt houden tot je hoort roepen: "Volgende toets graag." Dat hou je niet langer dan een uurtje vol, maar dit meisje... ongelofelijk, ik heb nog nooit eerder zo'n toegewijd iemand op de orgelbank gehad.'

'Meneer Pottjewijd, dank voor deze heldere uiteenzetting. Wij gaan hier aan de slag met uw aangifte. U hoort van ons zodra we iets gevonden hebben. Tot ziens.'

Ik stond op, zei eveneens: 'Tot ziens', en liep dat splinternieuwe politiebureau uit. Buiten was het warmer dan binnen. Uitbundig scheen de oktoberzon. Overal liepen vrouwen in fleurige zomerjurken en mannen in poloshirts. Niets wees erop dat zich daar ergens een legerschaar belagers ophield, belager nummer één die een dreigbrief had gestuurd, belager nummer twee die in een velomobiel had gereden, belager nummer drie die mij in de Haven geduwd had, plus nog de belagers die aan de overkant van de Haven respectievelijk de Vliet gelijk op met mij hadden gelopen, en de belager die in alle vroegte in de kerk had rondgeslopen. Over hen had ik wijselijk niet gerept tegen Mooiweer. Hij zou ze ongetwijfeld afgedaan hebben als toevallige passanten.

Rustig voortstappend in dat hartverwarmende zonlicht, merkte ik dat ik van het onderhoud met Mooiweer nogal aangeslagen was. In feite had hij alles gebagatelliseerd. Een duw in de Haven, ach, niks bijzonders, kwam daar meer voor. Tijdverdrijf van allochtonen die uit de moskee kwamen. Een dreigbrief? Mooi bewijsstuk, ach, die nieten we vast aan het aangifteformulier. Een velomobiel, ach, geen mens hier bezit zo'n overdekte ligfiets, dus naar de bezitter daarvan hoefden geen naspeuringen te worden verricht. En goedbeschouwd was het toch allemaal eigen schuld, dikke bult. Te dicht bij de walkant van de Haven gelopen. Te lichtzinnig wat betreft de keuze van mijn toetsenindrukkers.

Een man liep mij tegemoet; ik kon, omdat ik tegen het nogal felle zonlicht in keek niet zien wie het was, maar toen hij in het voorbijgaan vroeg: 'En heer Pottjewijd, bevalt de hoofdlamp?', dacht ik: o mijn God, daar heb je hem weer.

'Het is een wonder, heer Paalvast, onbegrijpelijk dat ik er niet eerder eentje heb aangeschaft.'

'Dus nu kunt in het duister niet alleen de kwinten, maar zelfs de kolokwinten zuiver stemmen!'

'Kolokwinten? Waar hebt u het over?'

'U bent zo bijbelvast, heer Pottjewijd, dan kent u toch wel dat verhaal over die kolokwinten in het woord des Heren, die giftige kolokwinten in het bijbelboek Koningen.'

'Natuurlijk ken ik dat. Een knecht van Elisa bereidt er soep mee, en dan roepen vervolgers de disgenoten als ze ervan eten: "De dood is in de pot, man Gods." Maar wat heeft dat nou met mijn werk te maken?'

'Wat heeft een kwint met uw werk te maken? De

kwint is toch het belangrijkste interval in de muziek? U stemt toch kwinten? Dus wilde, valse kolokwinten... en een weduwe die soep maakt... en de dood die in de pot zit...'

'Vergezocht, heer Paalvast, heel vergezocht', en ik liep snel verder, want IJzerhard maakte weer aanstalten om iets te gaan declameren.

Bedrukt haastte ik mij voort, steeds maar steels achteromkijkend, alsmaar vaag beangst dat ik mogelijk door Paalvast of iemand anders gevolgd werd. Had Paalvast mij via die kolokwinten, de weduwe en de dood in de pot nogmaals gewaarschuwd? Was hij dan toch de briefschrijver?

Vanaf de dijk had je een mooi zicht op de Groote Kerk. Nog even en mijn werk zou gedaan zijn. In feite alleen het rugwerk en pedaal nog. Dat rugwerk wilde ik, al is dat niet gebruikelijk, voor het laatst bewaren omdat ik dat eventueel alleen zou kunnen doen. Het rugwerk zit in die Groote Kerk immers vlak achter de speeltafel, dus je kunt een stukje lood op een toets leggen, dan je naar het rugwerk toe buigen en de bijbehorende pijp stemmen, even terugbuigen, het stukje lood verleggen naar de volgende toets, en weer stemmen. Bij kleine instrumenten kun je altijd aldus te werk gaan. Dan heb je geen toetsenindrukker nodig, ben je moederziel alleen in zo'n kerk. Stemmen kost dan wat meer tijd, maar het is zo plezierig om alles helemaal in eigen hand te hebben.

'Kom na de aangifte een tosti en een soepje eten,' had Gracinha gezegd, dus ik wandelde in de richting van de Haven. Wees maar voorzichtig, sprak ik mezelf toe.

Straks is het, al ben ik dan niet sexy, nog echt aan tussen Gracinha en mij, terwijl ik niets van haar weet. Ze is vast rooms, ze houdt vast van fado, en misschien prijkt er ergens op een lichaamsdeel een tatoeage. Niets wijst er in haar woonkamer op dat ze houdt van klassieke muziek. Nergens een grammofoonplaat te zien. En zou ze ooit een boek lezen? Ook boeken ontbreken volledig in haar woonkamer. Zeker, ze ziet er spectaculair uit, en ze kan fantastisch koken, maar dat is toch niet genoeg voor een verbintenis? Waar nog bij komt dat ze alleen maar om me geeft omdat ik kennelijk zo goed val bij haar dochter. Was dat niet het geval, dan bestond ik niet eens voor haar. En dat alles overdenkend sloop er toch iets anders doorheen – stel toch eens... stel toch eens... Ja, wat dan? Stel toch eens dat ik... godallemachtig, schei toch uit, wat een volstrekt absurde gedachte dat zo'n sjofele orgelstemmer met minder sexappeal dan een mestkever in een vrijage verzeild zou raken met zo'n beeldschoon wezen waar de sexappeal van afspatte. Ondenkbaar, totaal ondenkbaar. En maar goed ook, want m'n hele leven zou op z'n kop staan, en alle onbenoemde normen en waarden betreffende het verkeer tussen de geslachten zouden geschonden worden, nee, ik moest maken dat ik wegkwam. Desnoods in m'n eentje nog dat rugwerk stemmen, en dan afreizen. Met de Muizeneus de stad uit. Met de Hondekop de Veluwe over en Drenthe door. Met de Blauwe Engel naar Scheemda. Vandaar te voet naar Heiligerlee. En dan opdrachten aannemen die mij ver weg zouden voeren, diep Duitsland in, want er waren daar nog diverse Schnitger-orgels die ik nooit gestemd had. Bijvoorbeeld het orgel op het waddeneiland Pellworm en het instrument in Lenzen in de Mark

Brandenburg, waar mijn lievelingsschrijver Theodor Fontane zo'n fameus driedelig boekwerk over heeft geschreven.

Nog een tosti, nog een soepje, en dan een punt erachter. Mijn klus afmaken op m'n eentje. Niet meer daar 's avonds eten. En weg van hier voor die Furieade haar beslag kreeg. Wat een stad, daar wilde toch geen verstandig mens ooit wonen, al stond er dan een juweel van een orgel in de Groote Kerk, en, alsof het niet op kon, op een steenworp afstand daarvan ook een verbazend mooi Seifert-orgel in de Immanuëlkerk, plus dat die Havenkom met de Groote Kerk daarachter verrijzend, buitengewoon schilderachtig was, en het zicht vanaf de hoge zeedijk op de Noordvliet ronduit betoverend. Maar goed, elke stad of elk dorp kon wel bogen op twee of drie van zulke plekjes. En hoe schamel was hier het groen. Bijna nergens bomen, nergens een fatsoenlijk park. En geen concertzaal, geen trams, geen schouwburg, zelfs geen behoorlijke bioscoop. Maar wel een tot moskee omgebouwde groentewinkel, plus mettertijd een echte moskee met minaretten, gebouwd door een gereformeerde aannemer. En duizelingwekkende aantallen onophoudelijk krijsende mantelmeeuwen.

Uiteraard mislukte ook ditmaal de tosti. Ze had het wafelijzer met de boterhammen ertussen op het gas gezet en vergat hem blijkbaar ogenblikkelijk. Een schroeilucht walmde vanuit de keuken de woonkamer binnen, maar zelfs toen merkte ze niets op. Angstvallig hield ik mijn mond. Niet opnieuw wilde ik zo'n boze blik toegeworpen krijgen, met de mededeling erbij dat ik me niet met haar zaken moest bemoeien. Dus ik wachtte rustig af, en uiteindelijk riep Lanna: '*Mamãe, o sanduíche.*'

Gracinha haastte zich naar haar keuken, greep het wafelijzer, probeerde de tosti eruit te verwijderen, maar de sandwich was volledig verkoold.

'Waarom jij mij niet waarschuwen?' riep ze tegen mij.

'Als ik er iets van zeg, krijg ik een boze blik en zeg je dat ik me niet met jouw zaken moet bemoeien.'

'Jij altijd waarschuwen als misgaat.'

'Ja maar, ik mag mij niet met...'

'Jij daaraan niet storen, jij mij op tijd waarschuwen.'

'Als ik waarschuw, ben jij boos.'

'Jij lak aan hebben. Boos mijn zaak, jij altijd waarschuwen, jij maling aan boos van mij, boos zo weer over, kwaad kijken ook, jij mij zeggen: "Pas op, de tosti." Jij mijn woede trotseren, jij altijd plicht waarschuwen.'

'Om te waarschuwen.'

'Jij ophouden mij corrigeren, ik even genoeg van.'

'Ik dacht dat je echt goed Nederlands wou leren spreken.'

'Ik altijd nog veel beter Nederlands dan jij Portugees. Brood op, voor jou geen nieuwe tosti. Jouw eigen schuld.'

Mij lag al een weerwoord op de tong, maar ik hield mij in. De mens is een wezen dat altijd het laatste woord wil hebben. Daarvan afzien is wijsheid.

25 Ontknoping

Na de soep liep ik terug naar het Zeemanshuis. De slapeloze nacht eiste zijn tol. Doodmoe was ik. Tijd dus voor een powernap.

Onverwacht druk was het in het etablissement. In de gelagkamer zaten luid pratende en lachende mensen. Wat is er opeens aan de hand, dacht ik, en toen besefte ik: die komen vast en zeker op die Furieade af.

Aan een bolvormige vrouw vroeg ik: 'Komt u hier logeren vanwege de Furieade?'

'U vraagt naar de bekende weg, mooie meneer.'

'Maar die Furieade begint pas overmorgen.'

'Maggen we niet alvast een beetje voorpret hebben? Hiero ben ik geboren en getogen en ik vind 't ondertussen altemet zo verrukkelijk om hier weer terug te zijn, de Haven, de Vlietjes, 't Hoofd, het Stort, de Bloemhofjes, de Weverskade, Boonersluis, het Wippersmolentje, de Schans, ik ben al alle jaren dat de Furieade gevierd wordt hier terug geweest, en dan stekker ik weer door de Zure Vissteeg en dan denk ik: d'r is toch op de hele wijde wereld geen verrukkelijker steegje dan de Zure Vissteeg, vooral als 't hoogwater is en d'r vloedplanken staan. En verderop hebbie 't Wijde Slop, altemet ook een heerlijkheid.'

‘Wat denk ie anders van de Lijndraaierssteeg, da’s ook een juweeltje,’ zei een andere vrouw.

‘Ja, maar daar hebbie geen vloedplanken.’

‘Da’s waar, dat mot ik je nageven.’

‘En de Lijndraaierssteeg is zover ik weet al gesloopt ook.’

‘Nou moe, weet je ’t zeker? Wat erg.’

Ik liep tussen de tafeltjes door, was al bij de deur die toegang gaf tot een portaaltje waar de trap op uitkwam die naar de bovenverdieping leidde, toen ik, tamelijk ver achter mij, vanuit het geroezemoes van stemmen de archaïsche uitdrukking ‘hier ter stede’ hoorde opklinken. Uiteraard keek ik meteen om, maar ik kon absoluut niet uitmaken wie dat gezegd zou kunnen hebben. Er zaten zoveel mensen en er was sprake van zo’n kakofonie van geluiden en flarden van allerhande gesprekken dat de herkomst van die drie woorden niet vast te stellen viel. Alleen: ik had het gehoord, doch het leek meteen ook of Mooiweer vaderlijk fluisterde: ‘Hoorde je “hier ter stede” zeggen? Wat wou je daaruit afleiden? Dat zich ergens tussen die feestgangers de man ophield die ’t niet velen kan dat je met de weduwe Edelenbos optrekt? Kom nou toch, iedereen kan die uitdrukking “hier ter stede” gebruiken.’

In het akelige kamertje zonk ik in mijn nieuwe kleren weg op de matras. Wat de hele nacht niet gelukt was, voltrok zich in een ommezien. Ik sliep meteen in. En ’t leek ook of ik, om met psalm 3 te spreken, vrijwel dadelijk weer verfrist ontwaakte. Kom overeind, snauwde ik tegen mezelf, je moet overdag niet slapen, anders kun je slapen ’s nachts vergeten. Ik zwaaide mijn benen buiten het bed, sprong overeind en donderde met een verbazende klap tegen het smoezelige linoleum. Zo beduusd was ik dat het even duurde voor ik begreep waarom ik zo'n rare smak had gemaakt. Mijn schoenveters waren met elkaar verward geraakt, het leek daardoor of mijn voeten aan elkaar vastzaten. Ik probeerde die veters te ontwarren, zag toen pas wat er echt aan de hand was: de veters van mijn schoenen waren losgetrokken en aan elkaar vastgeknoopt. En zo goed vastgeknoopt dat het mij niet onmiddellijk lukte ze weer los te maken. Terwijl ik vooralsnog tevergeefs probeerde de knoop te ontwarren, daagde langzaam het besef dat er iemand terwijl ik had liggen slapen de kamer was binnengedrongen. Hij had de schoenveters links en rechts losgetrokken en toen de uiteinden aan elkaar vastgeknoopt. Eén kort ogenblik raakte ik in paniek. Godallemachtig, er was iemand mijn kamertje binnengekomen terwijl ik sliep. Hij had mij wel iets kunnen aandoen. Het was idioot beangstigend dat zich dat had kunnen afspelen en dat ik er niets van gemerkt had, maar gewoon was doorgeslapen. Zo diep had ik toch niet geslapen? Ik sliep nooit diep, ik werd al wakker van een zoemende mug. En nu? Zo'n powernap kon zich soms voltrekken als een vorm van bewusteloosheid, dat wist ik maar al te goed. Niettemin – veters lostrekken, dat was geen kleinigheid, wat vreemd dat ik er niets van had gemerkt. Eigenaardig was ook dat deze kleine aanslag, dit steelse lostrekken en verknopen van de veters, zo drastisch op mijn zenuwen werkte. Het leek net of dit schokkender was dan die duw de Haven in. Die had zich niet zo steels voltrokken, die had ik terstond opgemerkt, en daarop had ik vrij adequaat gereageerd. Maar dit – deze heimelijkheid, deze stiekeme actie, en nota bene in een kamertje waar ik in ieder geval veilig dacht te zijn. Stom natuurlijk dat ik de deur van het vertrek niet op slot had gedraaid. Maar ja, ik was doodmoe binnengestrompeld en had mij in één doorgaande beweging meteen op dat bed laten zakken.

Ik merkte dat ik rilde, dat ik echt van streek was. Groningse nuchterheid, hield ik mezelf voor, mobiliseer je Groningse nuchterheid. Er is immers niets aan de hand. Veters aan elkaar geknoopt, waar maak je je druk over? De insluiper was ruimschoots in de gelegenheid geweest mij iets vreselijks aan te doen, maar had slechts, bij wijze van pesterij of waarschuwing, mijn veters losgetrokken en weer vastgeknoopt. Desondanks beviel het mij niets dat zich zoiets had voltrokken. Was het iemand geweest die van buiten was gekomen, of toch de norse uitbater van dit etablissement die mij daarstraks in de gelagkamer met die bolvormige vrouw had zien praten? En was hij het misschien geweest die de uitdrukking 'hier ter stede' had gebezigd? Ach nee, dat kon niet, dat leek mij uitgesloten. Zo'n hopeloos verongelijkt en verbitterd persoon kon toch niet heimelijk verliefd zijn op Onze-Lieve-Vrouwe van het Wafelijzer? Of was hij juist nors en verbitterd geraakt omdat hij wel begreep dat hij bij Gracinha geen kans maakte? Ik achtte hem er zeker toe in staat mij een duw te geven, de Haven in. Maar dit? Veters vastknopen? Dit leek eerder opnieuw een waarschuwing, een subtiel equivalent van het dreigbriefje. Je moest er maar op komen – ik zou zoiets nooit kunnen bedenken. Als ik iemand dwars wilde zitten of diegene angst wilde aanjagen zou het toch nooit bij me opkomen om, terwijl hij sliep, zijn veters vast te knopen. Wat ik wel zou doen, kon ik zo snel ook niet bedenken, maar dit – nee, totaal uitgesloten.

Uiteindelijk lukte het mij de aan elkaar geklonken veters te ontwarren. Ik knoopte mijn veters op de normale wijze dicht, met sierlijke lusjes, en kon weer staan en lopen. Ik hoorde de torenklok van de Groote Kerk vier uur slaan. Vier uur, zo laat al? Dan had ik vrij lang geslapen. Als ik nu spoorslags wegrende naar het station kon ik de trein van tien voor half vijf halen naar Rotterdam en daar overstappen op de trein naar Groningen. Dan zou ik uiteindelijk Heiligerlee nog wel kunnen bereiken, desnoods het laatste stuk van de reis met een taxi. En dan rustig slapen in mijn eigen bed, vrij van beduchtheid, nee, erger, zeg maar gerust verlammende vrees voor degene die het op mij gemunt had.

Ik graaide mijn spullen bijeen, dacht toen: maar mijn kleren dan die nog ergens rondslingeren in het huis van Gracinha? Wat had ze ermee gedaan? Ze gewassen? Die moesten in ieder geval mee, goed, ik zou bij haar langs kunnen lopen, het lag op de route, om mijn kleren kunnen vragen en dan ook meteen afscheid van haar kunnen nemen. Desnoods dan maar een trein later. Maar mijn klus dan? Het was toch zeker mijn eer te na om er halverwege een stembeurt vandoor te gaan? Dat was toch nog nooit eerder gebeurd? Nee, maar men had mij ook nog nooit eerder naar het leven gestaan. Stond men mij hier dan naar het leven? Veters vastgeknoopt, dat was beslist geen moordaanslag. Een duw de Haven in misschien wel, of was ook dat niet anders bedoeld geweest dan de mededeling: 'Donder op hier'?

Weg moest ik, ik hield het niet langer uit, het was te gek, ik mocht mijn klus in de steek laten, er golden verzachtende omstandigheden. Maar dat fantastische Garrels-orgel dan? Aan het instrument was ik toch verplicht het stemmen af te maken? Zelden immers had ik zo'n superieur instrument onder handen gehad, en liet ik het halverwege afweten, dan kwam er een beunhaas die het zou voltooien. Met Lanna op de orgelbank, en haar moeder in de coulissen om haar te beschermen.

Nee, de aftocht blazen, dat ging te ver. Dus dan toch maar blijven? Ik zeeg weer neer op het bed, ertussenuit knijpen zou moeder en dochter bedroeven, dat wist ik zeker, al zou Gracinha er ook stellig begrip voor hebben als ik de benen nam. Van Lanna wist ik het niet. Hoe te peilen wat er in haar omging?

Straks nog een paar uur stemmen, morgenochtend vroeg weer, morgenavond eveneens een paar uur en vrijdagmorgen in alle vroegte, dan was de klus stellig geklaard. Dan kon ik op vrijdagmiddag, nog voordat die opzienbarende Furieade 's avonds zou losbarsten, naar huis. Akkoord, maar dan had mijn belager nog behoorlijk veel mogelijkheden om toe te slaan. Dat je nou toch onder zulke omstandigheden stemmen moest – ongehoord was het, nooit vertoond. En nu pardoes alle contact met Gracinha en haar dochter verbreken, dat was uitgesloten. Maar dan moest ik er, in die twee dagen die mij nog restten, wel op rekenen nog een paar keer geattaqueerd te worden. Wat een ellendig vooruitzicht! Het was mij wezensvreemd om zulke bedreigingen vastberaden te trotseren. Was ik dus laf, een angsthaas, een schijtlijster? Of zou iedereen op tilt slaan als hem of haar zoiets overkwam? Wat zouden onverschrokkenen doen? Een list bedenken? Een val zetten? Maar hoe een val te bedenken waar de belager in zou trappen? Geen flauw idee had ik; ik stond weer op, ging het kamertje uit, daalde de trap af, schuifelde door de gelagkamer en stond even later op straat. Als vanzelf liepen mijn voeten, zonder dat ik op dat punt een wilsbeslissing nam, de Havenkade op. Waar ga ik heen, dacht ik. Waren mijn voeten op weg naar Gracinha? Naar wie anders? Zij was mijn enige vertrouwenspersoon, enige toeverlaat in dit havenstadje. Verder was er niemand met wie ik mijn stress kon delen.

Blijkbaar had ze mij verwacht, want ze keek niet vreemd op toen ze de deur voor mij opende nadat ik had aangebeld. Ze zei: 'Jij weer stemmen als wild geraas van scheepswerf voorbij?'

'Ja, maar ik kan het desnoods alleen af.'

'O nee, Lanna wil zo graag jou helpen. Jij met haar naar kerk, ik boodschappen doen, straks eten maken, kom jij met Lanna hierheen.'

Ze vertrouwt me haar dochter toe, dacht ik, dat is tamelijk ongelofelijk. Dus liep ik even later met Lanna in het gouden licht van de oktoberzon, die al vrij laag boven de rivier stond en de Haven met al zijn schepen tot een feeëriek operadecor transformeerde, naar de kerk. Onderweg was ik op mijn hoede voor elke voorbijganger, ondertussen ook denkend: 'Ik vrees geen kwaad, uw stok en uw staf vertroosten mij, gij richt voor mij een dis aan voor de ogen van die mij benauwen', en ik verbaasde mij erover dat die woorden uit psalm 23 mij enigszins opbeurden, dus toen mompelde ik ook nog maar wat verzen uit m'n andere lievelingspsalm, psalm 91: 'Met zijn vlerken beschemt Hij u, en onder zijn vleugels vindt gij een toevlucht.' Als je zoveel godsvertrouwen hebt dat je dat echt gelooft, dacht ik, rijd je als Zijn stedehouder niet rond in een kogelvrije pausmobiel. Zoveel godsvertrouwen ontbeerde ik helaas, dus een kogelvrije mobiel zou mij wel bevallen zijn. Maar ook zonder die mobiel kwamen wij veilig in de kerk aan, en lukte het mij weer een flink deel van mijn stemprogramma af te werken. Ook op de terugweg naar het huis van Gracinha werd ons geen strobreed in de weg gelegd, al slenterden er reeds vele Furieade-gangers over de Hoogstraat en de Havenkade. Ik vond dat plezierig, al die mensen. Als er iets voorviel, zouden dadelijk hulptroepen bij de hand zijn om mij te ontzetten.

Tijdens de maaltijd – uiteraard weer een klein wonder, wat een bofkont was die kapiteen Edelenbos toch geweest met een vrouw die zo voortreffelijk koken kon – bracht ik het niet op Gracinha te vertellen dat mijn belager terwijl ik sliep mijn veters had verknoopt. Gek genoeg was ik vooral bang dat ik, als ik het zou vertellen, opeens in tranen zou uitbarsten. Terwijl het toch amper een aanslag genoemd kon worden, hoogstens een plaagstootje. Waarom dit gedonder toch niet wat luchtiger opgenomen, het leven zou ik er heus niet bij inschieten, en eenmaal thuis in Heiligerlee zou ik vanzelf tot rust komen, en na verloop van tijd misschien zelfs denken: het had wel iets om zo belaagd te worden. Het heeft daar, in die morsige, ernstig vervuilde uithoek van Holland, mijn leven immers bepaald minder eentonig en zouteloos gemaakt dan het meestal uitpakt.

26 J. Worp

Ditmaal vergat ik niet om de deur van mijn kamertje op slot te doen. Maar ik dacht wel: mij lijkt het reuze onwaarschijnlijk dat mijn veters verknoopt zijn door iemand die van buiten kwam. Dus moet het iemand uit het Zeemanshuis zijn geweest. En wie anders kan dat dan geweest zijn dan de norse uitbater van dit wonderlijke etablissement? Is hij het, dan beschikt hij uiteraard over een reservesleutel van de deur van dit kamertje, en kan hij op elk moment van de nacht bij mij binnendringen. Niets kon ik daartegen doen, en ik zonk, nadat ik mij had uitgekleed, weg in het bed, en akelige voorgevoelens hielden mij tot middernacht uit mijn slaap. Daarna sluimerde ik toch in, maar de sluimer transformeerde niet tot echte slaap. Hangen bleef ik in een schimmig schemergebied tussen dommelen en waken in, gevuld met bijbelse nachtgezichten, met onsamenhangende, verwarde dromen waarin kolokwinten opdoken tussen de haverhalmen in de Johannes Kerkhovenpolder.

Naarmate de tijd voortschreed, werden die nachtgezichten steeds angstaanjagender. Ik lag daar maar op die stinkende, zinkende matras, en uiteindelijk kwam er een moment waarop ik, nog half in slaap en in mijn droom een kolokwint wegschoppend, bevend verrees uit het ledikant. Ik kleedde me aan. Omzien moet ik naar een andere logeergelegenheid, dacht ik, dit gaat niet meer, hier kan ik de nacht niet meer doorbrengen. Ik verliet het kamertje, sloop over een gangetje, daalde uiterst behoedzaam een trap af, doorkruiste de gelagkamer en kwam uit in het halletje. Goddank kon ik van binnenuit de buitendeur gewoon openen, en ik stapte de Wip op en sloot de deur zo geruisloos mogelijk achter mij. Het was buiten koel, windstil, erg donker. Geen ster te zien, een inktzwarte lucht gaf je het gevoel dat het ieder moment kon gaan regenen. Ik liep door de Hoogstraat, daalde af naar de Schansbrug. Er was geen mens op straat. Doodse stilte alom. Een perfecte nacht om, met die mijnlamp op mijn kop, aan de slag te gaan, leek mij – als ik nu aan het rugwerk begin, kan ik daarmee, voordat straks scheepswerf De Haas met zijn machtig tumult elke mogelijkheid om te stemmen verijdelt, een heel eind op streek zijn, al gaat het dan wat langzamer dan met jongedame Edelenbos op de orgelbank.

Langs de winkel van Smitje de Smit liep ik, zachtjes IJzerhard Paalvast vervloekend, die mijn stemwerkzaamheden via zoiets onschuldigs als het interval van een kwint verknoopt had met de kolokwinten in de Schrift, daarmee, zo bleek uit mijn dromen, oeroude angsten mobiliserend. Als kind voortdurend in de Bijbel lezend, had ik die lijsten van dieren die je niet eten mocht in mij opgezogen, bekende dieren zoals het konijn (dat mocht wel) en de haas (die mocht niet), maar ook vreemde dieren zoals de schuifuit. Alles goed en wel dat je die niet eten mocht, maar als je niet wist hoe zo'n schuifuit eruitzag, kon die op je bord belanden zonder dat je wist dat je je vergreep aan een verboden vogel.

En dan? Dat zou de dood in de pot zijn, en meel zou je niet kunnen redden. Goed, overdag kon je erom lachen, maar in bed bleek het goed voor een nachtmerrie. Om mezelf wat op te beuren declameerde ik zachtjes het vervolg van die tekst uit Leviticus 11 vers 22, waarin dieren werden opgesomd die je wel mocht eten: '...en den solham naar zijnen aard, en den hargol naar zijnen aard, en den hagab naar zijnen aard.'

Met de zijdeursleutel die ik van de koster te leen had gekregen, verschafte ik mij toegang tot de kerk. Zorgvuldig sloot ik het deurtje weer achter mij. Vanuit het Zeemanshuis kon men mij in ieder geval niet meer belagen. De enige van wie ik mogelijkerwijs nog iets te duchten kon hebben, was de koster van de Groote Kerk, maar als dat mijn belager was, ontging mij hoe hij in staat kon zijn geweest mijn schoenveters te verknopen. Dat kon toch alleen als hij mij in het Zeemanshuis naar binnen had zien gaan, dus had geweten dat ik op weg was naar mijn kamertje. Maar dan bleef toch de vraag: hoe had hij kunnen weten dat hij ongemerkt dat kamertje kon binnendringen omdat ik vast in slaap was? Dat gold overigens ook voor elke andere indringer.

Mensenlief, wat was het donker in de kerk. Enigszins bijgelicht door de naar binnen vallende, zwakke schijnsels van straatlantaarns buiten en de Lupine Piko Smartcore op mijn kop, doorkruiste ik, half op de tast, het kerkschip en begaf ik mij via de deur onder het orgel naar het grote portaal waar de trap naar het instrument stond. Ook daar was het akelig duister. Van buiten viel nauwelijks enig licht binnen, dus min of meer op het gevoel beklom ik, bijgelicht door de onvolprezen Piko, de enge trap naar de orgelgaanderij. Aangeland bij de orgelbank kon ik daar goddank een lampje aanklikken. Ik zette de motor van de windvoorziening aan, maakte het rugwerk open en ging aan het werk. Elf registers telde dat rugwerk – dus mij wachtte een flinke klus. Ik begon met de Octaaf 4, die bleek nog aardig op stem te zijn, ik had er niet veel werk aan, en ook de beide prestanten (Prestant 16 en Prestant 8) leverden weinig problemen op. Af en toe hoorde ik de klok van de toren slaan, één uur, half twee, twee uur, half drie, drie uur. Wat aangenaam om daar in die diepe nachtelijke stilte ongehaast op mijn eentje te stemmen. Zeker, het was veel lastiger als je alleen was, je moest telkens het loodstaafje verleggen, en van de zwarte toetsen gleed het hinderlijk vaak af. Had je lange armen en een lang stemijzer, dan kon je eventueel ook met één hand stemmen, en met een vinger van de andere hand de toets ingedrukt houden, en misschien zou het mij, had ik dat nagestreefd, ook wel gelukt zijn om aldus te stemmen (want mijn stemijzer was lang genoeg), maar ik ben niet dol op dat soort acrobatiek, al moest ik er soms bij zwarte toetsen op teruggrijpen. Dus ik pendelde heen en weer tussen de claviatuur en het rugwerk – het is een beetje behelpen, maar uiteindelijk toch redelijk goed te doen. En het was een godsgeschenk dat ik mijn Pikootje op mijn kop had. Ik kon mij al haast niet meer voorstellen dat ik al die jaren gestemd had zonder een mijnlamp op mijn hoofd.

Halverwege de Holpijp 8 leek het, toen ik het loodstaafje optilde van een As, alsof er van beneden een schriel gerucht kwam. Een soort fluistering, het geluid van een ademtocht, hoewel je een ademtocht daar ergens in de diepte boven op het orgel uiteraard niet kan horen. Heel mijn leven heb ik er al last van dat ik zo'n akelig scherp oor heb, dat ik alles hoor, het geringste geluid, tot zelfs het opvliegen van een grauwe vliegenvanger aan toe. Weliswaar zijn de hoogste tonen weggevallen en hoor ik de sprinkhaanrietzanger niet goed meer, maar het bijna geluidloze gerucht dat van beneden kwam, ving ik toch op. Het kon het getrippel van een muis of rat zijn, of ook heel iets anders, de vlucht van een kleine vleermuis, al hoor je daar hoegenaamd niets van. Nee, zo'n geluid was het ook niet, en het was ook niet het geluid van een over de stenen vloer schuifelende rat. Maar welk geluid dan wel?

Ik legde het loodstaafje op de laagste toets van de Holpijp. Een doffe, zachte brom vulde de lucht.

Ik haalde het loodje weer weg, legde het op de laagste toets van de Roerfluit 4. Een nog ijlere lage brom klonk als de bastoon van een amechtige roerdomp door de kerk. Zo'n brom die nog net ruimte openliet om andere geluiden te horen, en die hoorde ik ook: er sloop iemand door de kerk, daar was ik nu toch vrij zeker van. Ik verstijfde. Wie was er binnengekomen? Wie had er binnen kúnnen komen? Wie hadden er allemaal een sleutel? Uit ervaring weet ik dat er bij alle kerken, vooral in Nederland (in Duitsland voert men doorgaans een veel strikter sleutelbeleid) altijd vrij veel gemeenteleden zijn die over een sleutel van het kerkgebouw beschikken waar ze de diensten bijwonen: voorzitters van commissies van beheer, organisten, leerlingen van hen, werksters, en doorgaans nog allerhande onduidelijke figuren die in de loop der jaren een sleutel hebben weten te bemachtigen. Dus ook hier kon zelfs des nachts een willekeurig lidmaat van de Groote Kerk zomaar binnenvallen. Niettemin hield ik het voor uiterst onwaarschijnlijk dat dat daar, op dat moment, zijn beslag kreeg. Waarschijnlijker was toch dat de koster door de kerk sloop. Wie anders op dit tijdstip? Vaag herinnerde ik mij dat hij had gezegd dat de poetsvrouw ook een sleutel had. Nu, die zou het niet zijn, op dit tijdstip. Die had stellig andere werktijden. (Overigens is mij vaak genoeg overkomen dat een werkster, terwijl ik aan het stemmen was, opeens met een stofzuiger in de kerk aan de gang ging. Zo iemand was dan steevast verbaasd als je ootmoedig verzocht: 'Mevrouw, zou u dat werkje voor een andere keer willen bewaren?')

Ik verlegde het loodstaafje om de indruk te wekken dat ik nog stemde. De insluiper was, zo te horen, genaderd tot de deur onder de orgelgaanderij. Er leek nauwelijks twijfel mogelijk: hij was op weg naar mij toe. Ik voelde hoe mijn handen plakkerig werden. Ook mijn rug werd vochtig. 'Niet bang zijn,' fluisterde ik, 'angst verlamt. Er is geen reden voor paniek. Als deze insluiper de trap op komt, kan ik hem te allen tijde een duw omlaag geven, want ik sta hoger zolang hij niet boven is.' Ja, dat kon ik, tenzij die indringer, insluiper, rotzak, ellendeling over een wapen beschikte. Dan zou hij mij, zodra ik boven aan de trap verscheen, neer kunnen schieten. Maar zo eenvoudig is dat niet, schoot het door mij heen, mikken in het donker. Dat ik ervan genoten heb om als dienstplichtig militair zowel met een eenvoudig pistool als met een uzi schietoefeningen te moeten doen, kan ik niet zeggen, maar ik heb daarvan geleerd dat het verdomd lastig is om met een pistool raak te schieten – zelfs al sta je op drie meter afstand van het voorwerp dat je raken wilt. Zo'n pistool moet je met twee handen ongelofelijk goed vasthouden, want de terugslag op het moment dat je vuurt is even onverwacht als heftig – het pistool schiet omhoog (net als een tuinslang waar opeens een straal water uit komt) en de kogel vliegt hoog over datgene heen wat je had willen raken. Dus als iemand voor je staat met een pistool en de trekker overhaalt, heb je een goede kans om te overleven. Bij een uzi is dat anders. Hij ligt beter in de handen, je schiet ermee en ook dan vliegt de kogel hoog over het doel heen, maar houd je je vinger aan de trekker dan stromen de kogels eruit, als bij een waterstraal, en dan kun je als bij zo'n waterstraal, steeds beter en lager mikken, net zolang tot je raak hebt geschoten. Nu, zo veel was zeker: degene die daar in die bloedlinke duisternis van de kerk op mij af kwam, beschikte in ieder geval niet over een uzi. Zelfs een pistool leek mij hoogst onwaarschijnlijk. En toch deed ik het zowat in mijn broek.

Als die vent de trap op komt, dacht ik, moet ik, opeens onverwacht tevoorschijn komend, een zwaar voorwerp tegen zijn kop of bast smijten zodat hij uit zijn evenwicht raakt en op die enge trap omlaag tuimelt. Maar welk loodzwaar voorwerp stond mij daar ter beschikking om hem te bekogelen? Er lagen daar een paar Peters-banden met de orgelwerken van Bach (ze zijn beschikbaar in grote en minder grote uitgaven, en daar lagen de grote uitgaven). Maar die banden lagen uit hun band en zouden op hun weg naar beneden transformeren tot losse bladzijden die zonder noemenswaardige schade aan te richten omlaag zouden fladderen. Daarbij komt dat je natuurlijk niet met de orgelwerken van Bach gaat smijten. Maar er lag daar, net als overal in Nederland waar ik gestemd heb, zo'n kolossale, zwarte uitgave van de psalmen van J. Worp. Het is alsof met de naam van de samensteller al geanticipeerd is op een nuttige gebruikstoepassing van die monsterfoliant. Mijn loodstaafje verlegde ik weer, ik pakte de psalmen van Worp en schuifelde zo geruisloos mogelijk naar de plek waar de trap op uitkwam.

Toen viel mij opeens in: maar stel nu eens dat dat mijn belager helemaal niet is, dat het een nieuwsgierige gek is, of de koster, of zijn vrouw of wie dan ook, die daar de trap bestijgt (want dat kon ik horen, zover was de insluiper inmiddels gevorderd), en dankzij een kundig gemikte worp met J. Worp het evenwicht verliest en van de trap dondert, en als gevolg daarvan bijvoorbeeld een arm of been breekt, of in het ergste geval overlijdt, wat dan? Dan wacht mij de bajes, zoal niet voor doodslag, dan toch voor verminking. Of zou de rechter er rekening mee houden dat mijn zenuwen tot het uiterste geprikkeld waren door al datgene wat mij in een paar dagen tijd beschoren was geweest? Ik wist het niet, maar de vrees dat ik met J. Worp een onschuldige kon treffen, maakte mij onzeker. Voor ik Worp kon werpen, moest ik zeker weten dat mijn belager de strap besteeg. Maar wie kon het anders zijn, zo midden in de nacht? O, maar zelfs in Hamburg had ik, rond middernacht stemmend, te maken gehad met een nieuwsgierige Duitser die de kerk was binnengedrongen omdat hij buiten het orgel had horen klinken. Je hoort het ook altijd van organisten. Zitten ze, al is het midden in de nacht, te oefenen, dan is er onvermijdelijk sprake van toeloop van enige nieuwsgierige, vaak zelfs gretige luisteraars. Waar ze vandaan komen, je snapt het niet, maar ze duiken op. En dat terwijl luisteraars orgel op de radio wegzappen.

Met J. Worp in de aanslag sloop ik naar het punt waar

de trap overgaat in de orgelgaanderij. Toen ik de man in het oog kreeg die de trap zo voorzichtig mogelijk besteeg, verdampte ogenblikkelijk al mijn twijfel. Degene die omhoogkwam, droeg een bivakmuts. 'Zie je nou wel, Mooiweer, dat ik mij niet vergiste,' had ik daar graag gebruld, maar dat zou uiteraard niet verstandig zijn geweest.

De man met de muts zag mij op hetzelfde moment dat ik hem zag. Hij verstarde. Doodstil stond hij daar, en godallemachtig nog aan toe, hij richtte een pistool op mij. Ik nam dat vrij goed waar omdat er van buiten lantaarnlicht binnen viel en mijn ogen inmiddels gewend waren aan de duisternis. Als hij schiet, dacht ik, moet hij immens veel geluk hebben om mij te raken. Niettemin leek het of ik, bij de aanblik van dat pistool, verlamd was geraakt; maar toen dacht ik: het is vast en zeker geen echt pistool, maar een alarmpistool, en gekocht bij die legendarische Smitje de Smit.

Nu was het moment daar om Worp te werpen. Waarom aarzelde ik dan nog? Omdat ik bang was dat J. Worp langs mijn belager heen zou vliegen? En dat terwijl ik zo verbazend goed mikken kan. Als klein kind kon ik dat al heel goed, en dat volstrekt nutteloze vermogen was ik in de loop van mijn leven nimmer kwijtgeraakt, en nu zou het mij dan eindelijk van pas komen. En toch aarzelde ik.

Mijn belager richtte het pistool. Hij hield het – beginnersfout – met één hand vast. Als hij vuurde, zou de kogel zich waarschijnlijk boven mijn hoofd in het plafond boren. En toch was ik bang. Doodsbang zelfs. Met één pistool, heeft Mark Twain geschreven, kan een man een hele menigte in bedwang houden. En ik was geen hele menigte, maar een hevig transpirerende sterveling, een gerenommeerde angsthaas, een saaie nachtstemmer zonder sexappeal die zoiets nog nooit bij de hand had gehad, en nog nimmer een pistool op zich gericht had gezien. J. Worp trilde steeds heviger in mijn handen. Die etter, dacht ik, zal toch wel iets zeggen voor hij vuurt, bijvoorbeeld: 'Leg weg dat dikke boek.' Dus daar wachtte ik op, maar dat bevel kwam niet, en omdat het niet kwam, en omdat er toch iets gebeuren moest, smeet ik opeens J. Worp in de richting van mijn tegenstander. Op hetzelfde moment schoot hij. Wat een ongelofelijke knal! Hij weerkaatste in die claustrofobische hal, het leek wel alsof hij opklom tegen de gewelven en weer terugkeerde, en nogmaals dezelfde weg aflegde. Hij zong rond, die knal, en ik wist meteen vrijwel zeker dat er geen kogel uit dat pistool tevoorschijn was gekomen, want dan had ik de inslag toch moeten horen of zelf geraakt moeten zijn, en daar was geen sprake van. Terwijl de knal opklonk, was J. Worp op weg naar omlaag, en het machtige, kolossale boekwerk met die ongelofelijke, die stomvervelende voorspelen bij de 150 berijmde psalmen, sloeg in als een bom. J. Worp raakte de indringer vol in het gezicht, en omdat hij net geschoten had, en daardoor kennelijk tamelijk onvast op de benen stond, verloor hij het evenwicht en tuimelde omlaag. Achteraf ben ik maar blij dat hij nog niet zo hoog geklommen was, want daardoor smakte hij gelukkig niet zo heel hard op de vloer van het portaal neer toen hij beneden aankwam. Niettemin bleef hij liggen. Wat nu, dacht ik. Moet ik nu afdalen om te zien hoe hij eraan toe is? En als dat nu eens een valstrik is? Als hem niets mankeert en hij mij aanvliegt, du moment dat ik mij over hem heen buig? Ik bleef dus boven aan de trap staan, rustig afwachtend wat er zou komen. Wat er van beneden kwam, was een raar soort, vrij zacht, behoorlijk zielig gekreun, en ik stond daar en ik luisterde, en ik dacht: hoe kan dat nou? Het lijkt wel of het een kind is dat daar ligt te kreunen. Ik liep terug naar de orgelbank, verwijderde het loodstaafje van de toets en schakelde de windvoorzieningsmotor uit.

27 Een ambulance

Nog altijd op mijn qui-vive, dus uiterst behoedzaam, mij stevig vasthoudend aan de fraaie leuning, daalde ik de ijle, hoge trap af. Onder aan die trap klonk nog steeds dat zielige gekreun. Ik vertrouwde het niet. Zo kreunt een man niet, dacht ik, zo kreunt een kind of een vrouw. Beneden aangekomen schoof ik eerst het pistool, dat vlak bij mijn belager op de grond lag, met mijn stemijzer zo ver mogelijk bij de gewonde vandaan, en boog ik mij vervolgens voorzichtig over het slachtoffer van J. Worp heen. Bloed zag ik gelukkig nergens, dus wellicht viel het mee. Dat hoopte ik in ieder geval.

'Erg gewond geraakt?' vroeg ik.

Er kwam geen antwoord. Het gekreun hield aan, en ik stond daar, mij afvragend wat ik doen moest. Hulp halen? De koster waarschuwen? Maar die sliep waarschijnlijk nog. Buiten was het donker, dus het was nog vroeg, het ijzingwekkende geluid van de stoomfluit viel voorlopig nog niet te verwachten. Toch moest er, hoe vroeg het ook was, iets gebeuren, hulp tevoorschijn getoverd worden, maar op welke manier in vredesnaam, en waarvandaan?

Ik knielde neer bij mijn in een zwarte broek en een

groot zwart jack geklede belager, en vroeg nogmaals: 'Erg gewond geraakt?'

'Veel pijn, been gebroken, denk ik,' fluisterde mijn belager.

'Dan moet er een ambulance komen, maar ja, waar halen we die vandaan?'

'Loop naar de Hoogstraat. Bakker Don is daar al hard aan 't werk. Mag je vast wel even bellen. De bakker weet ook wel een nummer waar je naartoe moet bellen, of hij kan het voor je opzoeken.'

'Goed,' zei ik, 'zal ik doen. Spijt me vreselijk dat ik je dit heb aangedaan. Had het graag voorkomen, maar ja, ik was bang...'

'Je hoeft je niet te verontschuldigen. Het is allemaal m'n eigen stomme schuld. Ik had niet achter je aan moeten gaan. Maar... maar... Ga eerst bellen. Kom dan terug. Leg ik 't je uit.'

Bij wijze van begeleiding van die laatste woorden trok mijn belager aan de bivakmuts. Die liet zich niet zomaar verwijderen, en mijn belager zei: 'Help even.'

Hoewel het mij tegenstond, en ik – en daar begrijp ik nog steeds niets van – op dat moment veel liever in het ongewisse had willen laten wie mijn belager was (terwijl ik er toch voordien op gespitst was geweest te achterhalen wie het op mij gemunt had) greep ik de bivakmuts vast en trok hem langzaam over het hoofd van de kreunende zielenpoot. Eerst kwam er een stevige hals tevoorschijn, toen een mond met volle, brede lippen, toen een forse neus, toen de ogen. Zodra ik de ogen zag, meende ik te weten wie daar lag, maar het was nog donker, mijn nog altijd brandende Piko ten spijt. Bovendien kon ik eenvoudigweg niet geloven wat toch, toen de muts eenmaal was verwijderd, onweerlegbaar leek. Niettemin duurde het enige tijd voor ik, diverse stadia van opperste verbazing doormakend, mijzelf op die gedenkwaardige oktobermorgen durfde toestaan te concluderen dat degene die daar lag niemand anders was dan Sjaan uit het Zeemanshuis.

'Mevrouw Sjaan, u?' zei ik. 'Jij? Hebt u, heb jij me de Haven in geduwd?'

Sjaan knikte. 'Ga bellen,' zei ze. 'Kom terug, dan leg ik 't je uit.'

Ik stond op, ik liep de kerk in, doorkruiste het hele schip, kwam uit bij het zijdeurtje waarvan ik de sleutel had en liep de straat op.

'Ongelofelijk,' mompelde ik onderweg naar de bakkerij maar steeds tegen mezelf. 'Ongelofelijk. Wat een aartsdom uilskuiken ben ik dat ik er zo vanzelfsprekend voetstoots van uitgegaan ben dat ik belaagd werd door een kerel, terwijl vrouwen – en dat wist ik toch – zo makkelijk en zo wanhopig verliefd kunnen worden op andere vrouwen. Plus dat 't zo langzamerhand vrij duidelijk was dat mijn belager uit het Zeemanshuis moest komen. En ik maar denken aan die norse uitbater. Wat een schaapskop ben ik, wat een onnozele hals.' En ik snelde voort over de Hoogstraat en nam het mezelf kwalijk dat het geen moment bij me was opgekomen dat mijn belager wel eens een vrouw zou kunnen zijn. Sjaan, dacht ik, het is Sjaan, en nu hebt ze door mijn toedoen haar been gebroken, en wat kan ik doen om dat weer goed te maken?

De deur van de bakkerswinkel stond open, ik liep naar binnen, zei tegen een man die een wit voorschoot droeg: 'Zou ik hier even mogen bellen? Er is een ongeluk gebeurd in de Groote Kerk, en er moet een ambulance komen.'

'Dan ken je 't beste naar Koree bellen. Die hebben wel een soortement ambulance, wacht, ik bel wel even voor je, mij kennen ze, en dan weten ze dat 't vertrouwd is. En waar mot die ambulance heen?'

'Eerst naar de Groote Kerk natuurlijk, en vandaar naar een ziekenhuis.'

'Ziekenhuis hebbie hier niet. Motten ze naar 't Holy – nou ja, ze weten de weg, ik bel even. Groote Kerk, zei je, ik dirigeer ze daarheen. Komt goed.'

Ik liep terug, het was donker, windstil. In de Haven hingen de scheepsvlaggen slap langs de masten. In het portaal lag Sjaan nog in dezelfde verkrampte houding.

'De ambulance komt eraan. Tenminste, dat hoop ik.'

'O, dat komt vast wel goed. Wachten we 't maar rustig af.'

'Nog steeds erg veel pijn?' vroeg ik bezorgd.

'Het is al wat minder geworden. Het is uit te houden.'

'Ik wou...'

'Laat nou toch,' zei ze enigzins geërgerd. 'Ik heb dit over mezelf afgeroepen. Maar 't zit zo – Gracinha, ik weet niet of je dat weet, of ze je dat verteld heeft, maar dat zal wel niet, want ze schaamt zich voor ons, Gracinha is mijn schoonzus. Toen ze vanuit Brazilië met m'n broer meekwam op de Zwarte Zee zijn we allemaal, mijn broers en zussen, vanaf 't begin dol op d'r geweest, maar zij was niet dol op ons, ze zag ons helemaal niet staan, ze wou niks met ons van doen hebben. Ze kwam op geen enkele verjaardag, behalve die paar keer dat m'n broer verlof had, dan kwam ze sporadisch met hem mee, maar die was meestentijds weg, de hort op, het zeegat uit, en als hij op zee zat, bestonden we gewoonweg niet voor haar. Goh, krijg je zo'n schoonzus, zo'n bloedmooi geval, en dan wil ze niks van je weten, valt niet mee hoor, en ik... Vanaf 't eerste moment dat ik d'r zag ben ik verliefd op d'r geweest, smoorverliefd, straalverliefd, dat mag je gerust weten, 't leek wel of de hele wereld voor me openbloeide, want tot dan toe vond ik d'r geen reet aan hier, in deze barre negorij, waar ze kerk in, kerk uit stiefelen, o... dat was ook nog zowat... Ze was niks, ze deed nergens aan... God, daar had ze geloof ik nog nooit van gehoord, en een bijbel had ze nog nooit van dichtbij gezien, ze wist niet eens dat er zo'n lor bestond, nog niet trouwens, denk ik, o, dat was zo moorddadig, dat was zo mieters, iemand die God noch gebod kende, je was d'r, vooral op de zondagsschool, altijd voor gewaarschuwd, voor blinde heidenen uit de binnenlanden, en dan staat er ineens zo'n blinde heiden op je stoep, dan komt er opeens zo iemand in je familie, en nog zo onwijs mooi ook, zo'n stuk waar je helemaal stuk van bent. En toen kreeg m'n broer dat vreselijke ongeluk en werd hij dood thuisgevaren, dat was wat, hoor, we keken allemaal huizenhoog tegen hem op, want wat zijn wij nou helemaal, de Edelenbossen, niks toch, net goed genoeg om werkster en serveerster te zijn zoals ik, of bij de reinigingsdienst te zitten zoals een paar van m'n broers, maar m'n oudste broer... Kapitein van de Zwarte Zee! En als zodanig de hele wereld over, tot Japan aan toe.'

Ze zweeg, probeerde iets anders te gaan liggen, en ik zei: 'Lig je wel goed? Moet ik je een beetje verschuiven?'

'Nee, doe maar niet, 't gaat wel, eigenlijk valt de pijn me wel mee.'

'Ik had die Worp niet moeten gooien,' zei ik vol wroeging. 'Maar ja, je kwam aanzetten met een pistool. Ik zag heus wel dat het een alarmpistool was.'

'Ben je betoeterd, niks geen alarmpistool, heeft m'n broer uit Panama meegebracht, niemand weet ervan, zelfs m'n schoonzus niet. En omdat hij het niet in huis wilde hebben, heeft hij het aan mij in bewaring gegeven. Hij zei dat m'n schoonzus razend kwaad kon worden, en dat ze als ze zo kwaad was makkelijk zat iemand iets aan zou kunnen doen, zeker als ze dat pistool in handen had. Dus ik kreeg 't onder m'n hoede, en ik werd ook razend kwaad. Ik wou je d'r mee overhoopschieten.'

'O, dan moet dat pistool weggemoffeld worden, want als de politie erachter komt dat je met een echt pistool rondliep, en op me geschoten hebt, krijg je ze achter je aan omdat je d'r iemand mee wou vermoorden.'

'Wat een vreselijk rare vent ben jij, wat een doetje. Vind je 't dan niet erg dat ik je compleet overhoop wou schieten? Kun je me dat dan zo maar vergeven? Je bent trouwens wel een ongelofelijk uilskuiken. Komt tevoorschijn met een brandende lamp op z'n kop. Kun je goed op mikken, als je iemand wil raken, maar echt goed raak schieten, dat moet ik nog leren. Maar dat kon je niet weten, dus wat een doetje ben je.'

'Ik dacht dat er een kerel achter mij aan zat. Maar jij bent het, en dat maakt alles anders. Jij was reuze aardig tegen me toen ik vorige week het Zeemanshuis binnenstapte, terwijl die akelige klier, die man van je, me behandelde als oud vuil.'

'Mijn man? Hoe kommie daar nou bij? Da's m'n

baas, Jopie Boetekees. Maar goed, da's een hoofdstuk apart, die aterling met z'n stomme montuur op z'n kop, daar hebben we 't niet over. En je denkt toch niet dat ik getrouwd ben? Da's wel het laatste waar je aan moet denken als je aan mij denkt. Wat zei ik ook weer? O ja, toch begrijp ik er geen reet van. Hoe kun je nou zo vergevingsgezind zijn? Ik was daarstraks door het dolle heen, ik was vast van plan je neer te schieten, en als die kogel een paar centimeter lager was ingeslagen, was je nou morsdood geweest. Getverdemme.'

'Zeg dat wel, getverdemme, maar dat is niet gebeurd. En 't zal heus niet gebeuren, want voorlopig ben je uitgeschakeld, en ik kan je verzekeren dat je 't helemaal verkeerd ziet. Je schoonzus vindt me oersaai, die zegt dat ik niet sexy ben, dus ik ben bij haar totaal niet in trek. 't Is alleen maar vanwege haar dochter dat ze me aanhaalt.'

'Moet ik dat geloven? Maar waarom ben je daar dan kind aan huis?'

'Dat zeg ik toch – omdat ik uitzonderlijk goed overweg kan met dat nichtje van je. Dat meisje lijkt me autistisch, die is op een wonderlijke manier gek van muziek, van simpele tonen, die helpt mij geweldig bij 't stemmen, die wil zelf ook stemmer worden. Nou, daar wil ik haar best bij helpen, en wie weet is daar een vorm voor te vinden, en daar is haar moeder dolblij mee, en daarom ben ik daar, zoals jij zegt, kind aan huis.'

'Ja, 't is waar, dat kind... Goh, 't is niet eens een kind van m'n broer... Dat foeilelijke snertkind is haar een en al, daar heeft ze alles voor over.'

'Zeg dat niet, snertkind, want daarmee maak je je echt niet geliefd bij de moeder, en 't is bovendien niet waar, het is een schat van een meisje. En foeilelijk is ze ook niet. Hoogstens een beetje plomp.'

'Ben je soms een beetje hoteldebotel van dat schaap? Is dat het? En ik maar denken... O, o, nou dan is 't maar goed dat 't nou zo gelopen is, maar wat zei je nou ook weer... Je zei iets, o wacht, je had 't erover dat m'n schoonzus je saai vond... Dat klopt dan wel met 't feit dat ze alle mannen saai vindt, dat geen enkele vent hier, en d'r hebben d'r een boel achter haar aan gezeten, en zwabberend op allebei hun knieën voor haar gelegen... Dus dat geen enkele vent hier d'r in geslaagd is om 't met haar aan te leggen is zo vreemd niet. Ze had ze voor 't uitkiezen, en echt geen kerels van achter uit de Sandelijnstraat of 't Stronikaadje, nee, grote meneren met dure sigaren, Dirkzwagers van de scheepsagentuur en directeuren van Smit Tak, en nog allerhande andere hotemetoten, maar allemaal te min voor haar, dus ik denk al heel lang... Al heel lang denk ik: ze is net als ik, alleen weet ze 't nog niet, maar d'r komt een moment dat haar ogen opengaan en dan vang ik d'r op in m'n armen... Ja, dat denk ik al heel lang, maar toen kwam jij opeens 't Zeemanshuis binnen... Goh, wat zag je eruit op die eerste avond, zo afgetobd, zo moe, ik had 't met je te doen, ik heb nog een VGA'tje voor je geritseld, al was Joop d'r fel op tegen, en de dagen daarop ook, maar toen was je opeens de hort op, zat je elke avond bij haar aan tafel, ja, wat kon ik nou anders denken dan dat 't jou eindelijk gelukt was wat al die anderen niet gelukt was... Dus ik werd zo ontzettend pissig, en ondertussen ga je gewoon door, weer geen VGA'tje, weer daar eten, dus ik die verdomde Immanuëlkerk binnen terwijl je daar met haar aan 't orgel sleutelde. Drie waarschuwingsschoten met losse flodders gelost, maar je gaf geen krimp, jij 's avonds weer daarheen... Ik zag je lopen, ik was op weg naar een verjaardag, en nou ja...'

'Op weg naar een verjaardag met een bivakmuts op?'

'Die heb ik altijd bij me, zit altijd in m'n tas, je weet maar nooit waar 't goed voor is, dus die heb ik uit het zicht in de Zure Vissteeg op m'n kop gefrommeld, en je toen een duw gegeven.'

Ze pauzeerde even, verschoof het been dat kennelijk gebroken was, zei: 'Sorry hoor, 't was eigenlijk te gek, ik schrok me dood toen je erin lag, ik ben naar de Koepaardbrug gedraafd en heb daar een reddingsboei weggegrist, en ben d'r weer mee teruggerend, en heb die toen aan zo'n opgeschoten knul gegeven, en die heeft hem naar je toe gegooid, en goddank ben je d'r heelhuids uit gekomen... Alleen toen, de volgende dag, zag ik dat je rondliep in een pak van m'n broer, en op zijn schoenen, nou ik begreep natuurlijk meteen waar dat pak en die schoenen vandaan kwamen, o, toen werd ik witheet, ziedend, toen ging ik finaal door 't lint, toen wou ik je vermoorden, echt hoor, o, o, da's toch ook niet normaal, jij zomaar in een pak van m'n broer en op zijn schoenen, 't voelde of je niet alleen m'n schoonzus had afgepakt, maar m'n broer d'r nog bij ook. Je liep zomaar op z'n zondagse schoenen, dus van die schoenen heb ik de veters losgemaakt... O, dat was best eng, je had zomaar wakker kunnen worden, maar dan had ik gezegd dat ik je kamer moest doen, en ik wou die schoenen uittrekken en meenemen, schoenen van m'n oudste broer, dringt 't tot je door, achter dat maffe lampje op je kop, nou, dat dorst ik uiteindelijk niet, dus ik heb de veters an mekaar geknoopt, maar daar werd ik alleen maar kwaaier van, dus toen ik je vannacht hoorde weggaan, het Zeemanshuis uit, ben ik je een stukkie nagelopen, en ik zag dat je naar de Groote Kerk ging, dus ik terug, ik 't pistool van m'n broer gepakt, en omdat ik in de kerk af en toe schoonmaak, heb ik een sleutel... Nou, zodoende.'

'Dat pistool moet weg. Je krijgt grote stront als de politie dat pistool vindt.'

'Gooi 't in de Haven.'

'Da's goed, dat zal ik doen. En ik zal nieuwe schoenen kopen, die schoenen van je broer zijn mij trouwens te groot, en ik zal nieuwe eigen kleren kopen, en Gracinha laat ik aan jou over... Maar weet wel dat je dat lieve kind, die Lanna, dat je die op handen moet dragen, anders hoef je echt niet bij de moeder aan te komen.'

Ik greep het pistool en deed het in de binnenzak van mijn colbertjasje. Zo meteen, nam ik mij voor, stop ik het boven bij mijn stemijzers in mijn tas.

'Niemand hoeft wat mij betreft te weten wat hier gebeurd is,' zei ik, 'en als niemand iets weet of vermoedt, hoef je ook niet bang te zijn voor lastige vragen.'

'Misschien dat iemand wil weten waarom ik zo vroeg al in de kerk was.'

'En wat zeg je dan?'

'Dat ik niet kon slapen en alvast maar een beetje ben gaan boenen, en toen van de trap viel.'

'Daar houden we het op, mocht die Kippenek of Mooiweer ons ondervragen.'

Maar er verscheen noch op dat moment, noch later ook maar een Kippenek, laat staan een Mooiweer om nog eens na te vragen wat er nu precies gebeurd was, daar in dat portaal met de trap naar de orgelgaanderij.

Op een brancard werd Sjaan door twee zwijgzame kerels weggevoerd vanuit dat portaal, en 't laatste wat ik van haar zag was dat ze vanaf de brancard haar hand naar mij opstak, en ik stak mijn hand ook op. Diezelfde hand had ik even later hard nodig om een paar tranen uit mijn ogen weg te vegen.

'Sentimentele klootzak,' zei ik tegen mezelf.

28 Krijn Lagrauw

Ik ging op zoek naar J. Worp. Het geduchte boekwerk bleek in diverse onderdelen uiteen te zijn gevallen. De zwarte band lag onder aan de trap. De katernen lagen her en der verspreid in het portaal. Uiteindelijk had ik – dacht ik althans – de hele Worp weer bij elkaar, maar toen ik de katernen op volgorde legde, kon ik er één niet vinden. De psalmen 42 tot en met 63 ontbraken. Bovendien was het voorblad losgescheurd, maar dat legde ik domweg op zijn plaats terug. Wat ik onder handen had was de zestiende druk uit 1927, herzien door J.P. Steenhuis en uitgegeven bij J.B. Wolters. Mooi bleef toch de titel: *De 150 psalmen en Lof- en Beedezangen, vierstemmig gezet met Voor- en Tusschenspelen, voor orgel met of zonder pedaal, harmonium of gemengd koor.*

Maar waar was dat verdomde katern met die psalmen 42 tot en met 63? Werkelijk nergens te vinden. Dat kon toch niet? Als J. Worp op weg naar omlaag uiteen was gevallen, moesten toch alle losse katernen onder aan de trap terug te vinden zijn? Of had dat ene katern, voordat Worp mij als wapen had gediend, al ontbroken? Het hele portaal zocht ik af, maar nergens dat ene katern. Ik begreep er niks van, beklom uiteindelijk met de onvolledige J. Worp de trap naar de orgelgaanderij en borg het boekwerk netjes weg in het kastje, waar ook wat andere orgelboeken lagen. Toen haalde ik het pistool uit mijn binnenzak en voegde het bij mijn stemijzers.

Doodmoe was ik. Terzijde van het orgel was een ruimte ingericht om te verpozen. Er stond een chaise longue met vaalgroene kussens. Voor de organist, leek mij, om een dutje te kunnen doen tijdens de prediking. Erg fris roken die kussens niet, maar ik had weinig keus. Dus ik vlijde mij erop neer, dacht aan Sjaan, vroeg mij af of ik, als haar beenbreuk genezen was, niets meer van haar te duchten had, en stelde mezelf gerust met de overweging dat ik, als zij uit het ziekenhuis kwam, lang en breed het havenstadje zou zijn ontvlucht.

Toen vroeg ik mij af of Gracinha wellicht, samen met haar dochter, in de kerk zou verschijnen om te assisteren bij het stemmen. De avond daarvoor hadden wij daarover niets afgesproken. Ik zie wel, dacht ik, en rekte mij uit op de chaise longue. Of ik toen terstond al insliep, of wat later, weet ik niet meer, maar ik weet wel dat ik, langzaam ontwakend, na andermaal lugubere dromen over kolokwinten, bij het voeteneinde van de chaise longue, toen ik mijn ogen traag opende, een onbekend heerschap zag staan.

'Goedemorgen,' zei hij. 'Goed geslapen?'

'Ik heb hier de hele nacht gestemd en ben zonet eventjes gaan liggen,' stamelde ik.

'U hoeft zich niet te verontschuldigen. Mij was reeds lang duidelijk hoe een en ander zijn beslag had gekregen. Maar ik zal mij even voorstellen: ik ben Krijn Lagrauw, wij hebben zowel schriftelijk als telefonisch contact gehad over deze stembeurt, en ik heb inmiddels begrepen dat er sprake is geweest van menigvuldige hindernissen en allerhande valkuilen bij uw werkzaamheden hier ter stede en dat u, overdag in dit unieke bedehuis niet terechtkunnend vanwege het lawaai van de scheepswerf, en passant ook nog het orgel van de Immanuëlkerk onder uw hoede hebt genomen. Om een en ander betreffende uw logies hier ter stede met u kort te sluiten, ben ik vanmorgen, op weg naar mijn kantoor, even bij het Zeemanshuis langs gevlinderd, maar daar trof ik u niet, en de heer Boetekees deelde mij aldaar mede dat u waarschijnlijk thans wel in de kerk zou vertoeven. En inderdaad, daar was u en u sliep de slaap der rechtvaardigen. Wat ik u wou doorgeven is: uw verblijfskosten vergoeden wij uiteraard, maar u hebt ook drie dagen gestemd in de Immanuëlkerk en daardoor bent u hier veel langer gebleven dan begroot. Dus die kosten zijn voor rekening van de gereformeerde kerk, en dat heb ik reeds met hun scriba, de heer Tuitel, kortgesloten. Hoe staat het ervoor? Bent u zo zoetjesaan ermede gereed?'

'De pedaalregisters moet ik nog doen. Dat is nog minstens een dag werk. Dus ik zou vandaag klaar kunnen komen, maar zo meteen gaan ze weer op scheepswerf De Haas met klinkhamers aan de gang, en dan valt er aan stemmen niet te denken.'

'Volgens informatiën die mij bereikt hebben, is scheepswerf De Haas met het oog op de komende Furieade heden en morgen gesloten.'

'Dat zou buitengewoon plezierig zijn, dan kan ik vandaag in alle rust stemmen en het karwei afronden. Moet ik alleen mijn hulptroepen nog zien te mobliseren.'

'De weduwe Edelenbos en haar dochter, heb ik begrepen. Zulke bijzondere hulptroepen zult u elders toch zelden of nooit op uw arbeidsvelden aangetroffen hebben.'

'Dat klopt.'

'Moge het u verder dan wel gaan, dan neem ik nu afscheid van u, daarbij hopend dat we in de toekomst, als er weer gestemd moet worden, en onze vaste stemmer niet beschikbaar is, andermaal een beroep op u mogen doen, want van Jaap hoorde ik dat hij buitengewoon te spreken is over uw verrichtingen. Ook Koos, de organist van de Immanuëlkerk, schijnt zeer in zijn nopjes te zijn.'

'Blij om dat te horen,' zei ik.

'Gegroet en tot ziens.'

'Tot ziens,' zei ik.

Daar ging hij, mij totaal verbluft achterlatend. Als ik niet beter wist, zou ik, daar was ik zeker van, bij het aanhoren van zijn ouderwets te noemen spreektaal terstond gedacht hebben: dit is de schrijver van het briefje. 'Hier ter stede,' had hij tweemaal gezegd, het woord 'reeds' had hij tweemaal gebruikt. Maar had Sjaan wel over dat dreigbriefje gerept? Dat kon ik mij niet herinneren. Was hij dan misschien... Zou hij dan misschien... Was deze man wellicht ook een aanbidder van Gracinha? Had deze man dat dreigbriefje geschreven? Maar dat kon toch niet, hij moest toch weten, gehoord hebben dat de weduwe en haar dochter mij assisteerden en dat er verder niks achter gezocht hoefde te worden dat ik daar soms in huis vertoefde? O, mijn God, dacht ik, nou ben ik nog niet verlost, nou blijft nog de dreiging aanwezig, nou kan ik nog steeds niet met een gerust hart bij Gracinha een soepje plus een half verschroeide tosti uit haar wafelijzer eten.

Ik verliet de kerk, toch weer enigszins nerveus, en begaf mij naar het huis van Gracinha, erop hopend dat ze thuis zou zijn en dat haar dochter mij, al dan niet in aanwezigheid van haar moeder, zou kunnen helpen. Want het pedaal op m'n eentje, dat was nagenoeg onmogelijk. Nee, ik moest hulp hebben.

Tamelijk schichtig voortwandelend bedacht ik dat echte verlossing nooit onder handbereik was. Zelfs simpele gemoedsrust niet. Pas als je dood was, kon niets je meer deren. En toen flitste door me heen: mocht er nog iets gebeuren, je hebt nu een pistool. Ik schoot in de lach, en een voorbijganger keek me bevreemd aan, ongetwijfeld denkend: die vent is gek geworden. Nu, gek was ik nog niet, maar dat briefje zat mij dwars. Het moest door Sjaan geschreven zijn, dat kon niet anders. Was dat briefje mij niet overhandigd, dan zou ik immers niet begrepen hebben waarom er vervolgens in de Immanuëlkerk drie waarschuwingsschoten werden gelost. Die vloeiden logisch voort uit dat briefje. En eerst een briefje van Lagrauw, en dan, los daarvan, een paar dagen later schoten van Sjaan – dat was al te toevallig. Nee, dat briefje kwam van haar. Maar 'hier ter stede' dan? Plus het gebruik van het woord 'reeds'? Een bizar toeval, anders niet. Of misschien had Sjaan, die immers ook contact had met deze Lagrauw, zijn woordgebruik overgenomen. Of misschien zelfs expres geïmiteerd bij wijze van dwaalspoor.

Gracinha was thuis, Gracinha gaf mij, toen ik vertelde dat scheepswerf De Haas gesloten was en er dus gestemd kon worden, zonder enige aarzeling haar dochter mee, en toen ik Lanna op de orgelbank installeerde, wees zij naar de pedaaltoetsen en zei in vlekkeloos Nederlands: 'Nu zijn zij zeker aan de beurt.'

'Dat zijn ze,' zei ik, en ik dacht: en dan durven ze hier nog te beweren dat ze verstandelijk gehandicapt is.

Ik stemde al die zware basregisters, waarbij zich twee verrassingen voordeden. Toen ik aan de Bazuin 32 toe was, trok Lanna, alsof dat vanzelf sprak, ook de Trompet 8 op het hoofdwerk uit. Ik wou er iets van zeggen, maar dacht toen: dat meisje met haar wonderbaarlijke geheugen voor wat zij hier eerder gedaan heeft, herinnert zich nog dat de vaste stemmer altijd de Trompet 8 van het hoofdwerk als referentie heeft gebruikt bij het stemmen van die Bazuin 32 omdat die veel dichterbij zit dan de Octaaf 4 en bovendien heel geschikt daarvoor is. En dat bleek inderdaad het geval, al was het een ongelofelijke klus om die Bazuin 32 goed te stemmen. Vooral de laagste tonen – mensenlief, wat een crime. Je hoort een dof gerommel, als van een ver onweer. Hoe dan vast te stellen of de toon zuiver is? Je kunt niet veel anders dan er maar een beetje op gokken dat je de juiste toon te pakken hebt als je met je stemijzer de stemkruk omhoog of omlaag tikt.

'Zo'n register hebben ze zelfs in de Immanuëlkerk niet,' zei ik tegen Lanna, 'een 32 voet, dat vind je niet vaak, dat zijn enorme pijpen. Vaak, net zoals hier, krom aan de bovenkant, anders passen ze niet in de orgelkas. In de dom van Keulen heb je zelfs een 64 voetsregister. Dat zijn pijpen als scheepsmasten. En een geluid uit de grootste pijpen dat je amper hoort, maar des te beter voelt. Alsof er sprake is van een aardbeving.'

Of ze er iets van begreep – ik weet het niet. Meer misschien toch dan je zou denken.

Nog lastiger dan die Bazuin 32 bleek de Open Subbas 16. Hij was achter de Bazuin 32 tegen de achterwand van de orgelkas opgesteld. Eerst dacht ik nog dat ik er wel langs de Bazuin om bij zou kunnen klimmen, maar dat was totaal onmogelijk. Hoe er dan bij te komen? Van bovenaf misschien, via het bovenwerk? Mij leek het de enige mogelijkheid, maar toen ik afdaalde uit het bovenwerk, bleef ik halverwege min of meer steken. Ik was domweg net iets te breed. En dat terwijl ik toch vrij slank ben. Wat te doen? Colbert, broek en trui uit, zodat ik net nog wat slanker zou zijn? Maar mijn kleren uit, met zo'n meisje vlakbij op de orgelbank, leek mij toch weinig aantrekkelijk. En moest ik dan in onderbroek en hemd die subbas stemmen? De grootste pijp daarvan was zestien voet hoog. Een voet is ongeveer 30 centimeter; 30 maal 16 is 480 centimeter, en zo'n pijp staat op een voetstuk. Dus de hele pijp is langer dan vijf meter. Daar kun je, als je ervoor staat, niet bij, want je moet hem, anders dan de Bazuin die een stemkruk bij zijn voet heeft omdat 't een tongwerk is, bovenin stemmen. Er zit in zo'n geval niet veel anders op dan de rij pijpen van laag tot hoog als smalle trap te benutten, al is dat vaak tamelijk griezelig. Even nog kwam 't idee bij me op Lanna de subbas te laten stemmen, maar zo'n subbas bestaat uit grote vierkante pijpen met aan de achterkant een schuif die een beetje verzakken kan. Zo'n schuif schroef je los, haal je voorzichtig omhoog en je schroeft hem weer goed vast. Hoe dat aan Lanna uit te leggen? En was ze wel sterk genoeg om zo'n schuif weer vast te schroeven? Dus Lanna inzetten als stemmer leek mij geen optie. Die Open Subbas 16 dan maar laten voor wat hij was? Zo'n subbas ontstemt doorgaans nauwelijks, dus waarom niet? En toch kon ik dat niet over mijn hart verkrijgen; het zou plichtsverzaking zijn geweest als ik hem had overgeslagen. Dus ik deed mijn colbert, broek en trui uit, daalde via het bovenwerk af naar de Open Subbas 16, klom naar de hoogste pijp, daalde pijp na pijp af, en haalde hier en daar de schuif een beetje omhoog en schroefde hem weer vast, ondertussen rillend als een juffershondje, want het was behoorljk koud in die Groote Kerk. Of Lanna er iets van gemerkt heeft dat ik mijn bovenkleren had moeten uitdoen om bij die Open Subbas 16 te komen weet ik niet, hoop ik niet, en kreeg ik uiteraard ook niet van haar te horen.

Na die stoutmoedige stemronde daalden wij af naar het kerkschip en begaven wij ons naar het bovenhuis op de Haven. Ik kreeg andermaal een half verschroeide tosti, en een majestueus soepje.

's Middags stemden we verder, en toen kwam uiteindelijk het grote moment waar ik al zo lang reikhalzend naar had uitgezien, het moment dat je kon zeggen: 'Het werk is af, de klus is geklaard, de eindstreep is bereikt.' We daalden af naar de begane grond. Ik liep naar het kantoortje van de koster en vond hem daar, aan zijn sigaar trekkend als een bezetene en daarbij rookwolken uitstotend als een op kolen gestookte elektriciteitscentrale, en overhandigde hem de reservesleutel.

'Zo, zo,' zei hij, 'het is gepiept, begrijp ik.'

'Dat is het,' zei ik, mij schrap zettend voor als er vragen zouden komen over de ambulance. Maar blijkbaar had hij niets gemerkt, noch ook het schot gehoord, want vragen bleven uit, en ik zei uiteraard niets, en daar gingen we, Lanna en ik in de al laagstaande oktoberzon. Mij overviel, hoe opgelucht en tevreden ik ook was, een gevoel van grote treurigheid. Nog één keer zo'n vorstelijke maaltijd bij Gracinha en het zou voorbij zijn.

Morgenochtend vroeg zou ik vertrekken, en dit havenstadje met z'n ruime Havenkom, dat mij als zwembad had gediend, en z'n majestueuze Groote Kerk zou ik misschien nooit meer terugzien, want daar nogmaals stemmen met vlak bij de kerk zo'n aanpalende scheepswerf, dat was voor mij niet weggelegd, want ik was immers maar een invaller voor de vaste stemmer van Pels & Van Leeuwen. En met moeder en dochter op stap in andere steden en andere kerken – dat was natuurlijk wel een mooie logistieke uitdaging, maar hoe dat in praktijk zijn beslag moest krijgen, was mij toch niet duidelijk. Eerst maar eens zien wat mijn volgende klus zou zijn. Allicht zouden er thuis bij de post wel uitnodigingen zijn van andere kerken – wat mij betreft toch het liefst in Duitsland en liefst voor instrumenten van Arp Schnitger. Daar in Duitsland kon je altijd vredig stemmen. Aanpalende scheepswerven waren er niet, voor zover ik wist, zomin als norse uitbaters van etablissementen als het Zeemanshuis, met de passende achternaam Boetekees. Maar ja, Gracinha's en Lanna's zouden daar helaas ook ontbreken, nou ja, ik kon hen wellicht meenemen. Wat zouden ze in Oost-Friesland opkijken als ik daar aankwam met zo'n exotische schoonheid als Gracinha en haar zwijgzame dochter. Zouden ze mij, met zo'n aanhang, toelaten in hun oeroude kerkgebouwen met hun eeuwenoude Arp Schnitger-orgels?

Mensenlief, het was zo aangenaam om in dat lage zonlicht over de Havenkade te wandelen. Het water rimpelde vredig in de diepte en overal zag je de olievlekken glanzen. Hoe het was om omstuwd door zulke vlekken in de Haven te zwemmen, was mij geopenbaard; dat was unieke kennis die ik maar met weinigen hoefde te delen. Op het punt waar ik liep, kon ik het ijzeren trapje niet eens zien dat ik beklommen had om eruit te komen. Er was wederom, ondanks het feit dat de middag al bijna overging in de avond, sprake van grote bedrijvigheid. Grindoverslag, zandoverslag, rijnaken die gevuld werden, en boven op sommige van die rijnaken waslijnen met witte lakens eraan die volgens mij misschien dan wel droogden, maar ook meteen, dankzij de vervuilde lucht, weer in de was konden. Op de rivier bliezen onzichtbare boten, alles ging gewoon verder, niets wees erop dat aan dit alles ooit een einde zou komen, al werd er vast en zeker in de kerkgebouwen aldaar gepredikt dat de wederkomst van Christus aanstaande was. Hoe bevindelijker een dominee, hoe zekerder hij ervan is dat het op z'n hoogst nog dertig jaar zal duren eer de Heere Heere op de wolken des hemels terugkeert. Maar vooruit, laat mij een onthulling doen: Jezus komt nooit meer terug, sterker, hij is er nooit geweest, de vier evangeliën zijn tamelijk onbeholpen verzinsels van met matige verbeeldingskracht gezegende, elkaar plagiërende pennenlikkers.

Het was druk op de Havenkade. Overal flaneerden aspirant-Furieade-gangers. Morgen zou het geweld in alle hevigheid losbarsten. Dan zouden als de avond viel de inwoners door de hele stad heen brandende kaarsen op hun vensterbanken uitstallen, en allicht zou hier of daar, als gevolg daarvan, een brandje uitbreken. De stad ging luisterrijke, van echt gebeuren voorziene uren tegemoet, terwijl ik dan alweer in Heiligerlee zou zijn, enerzijds opgelucht, anderzijds treurend omdat voor mij door haar, door Gracinha, geen dis meer zou worden aangericht 'voor de ogen van die mij benauwden'.

Ach, hoe zou het met haar zijn die mij benauwd had, en was zij de enige die mij benauwd had, of was de heer Krijn Lagrauw 'hier ter stede' eveneens een benauwer – om nu maar een voor de hand liggend woord toe te voegen aan de Nederlandse taal? Hoe het ook zij, hij zou mij die ene avond, die laatste avond met Gracinha, niet afhandig kunnen maken.

Ik bracht Lanna tot aan hun huisdeur, zei tegen haar dat ik even ging rusten in het Zeemanshuis en dat ik om een uur of zeven zou verschijnen voor de avondmaaltijd.

29 Furieade

Hoewel het feest pas de volgende dag officieel door de burgemeester geopend zou worden, was de Furieade op die donderdagavond 4 oktober reeds in volle gang. Overal verlichte kraampjes met overbodige, glinsterende snuisterijen, ronddrentelende Furieade-gangers, de Haven propvol gepavoiseerde en net zo uitbundig van kleine lampjes voorziene schepen als die ambulante verkooppunten, de toren van de Groote Kerk uitgelicht door schijnwerpers, de vensterbanken van de huizen voorzien van brandende kaarsen, en van ver het gerucht van een koperensemble. Tussen al die van voorpret glanzende gezichten van feestgangers zocht ik mismoedig mijn weg naar het huis van Gracinha. Hoe valt toch te begrijpen, dacht ik, al die glinsterende ogen van mijn medemensen aanschouwend, dat ik dit alles verafschuw tot in het diepst van mijn ziel. In het Zeemanshuis was mij een folder aangereikt met het programma van de Furieade en daarin had ik gezien dat er seniorenmiddagen geprogrammeerd waren. Alleen al van dat woord werd ik onpasselijk. Je zult toch oud worden, en oud worden we allemaal, onvoorziene omstandigheden voorbehouden, en moeten deelnemen aan seniorenmiddagen! Mijn hart draaide ervan om. Weer kwam de herinnering boven aan feestdagen uit mijn vroegste jeugd, en aan mijn twee broers en twee zussen die dagenlang vol verwachting uitzagen naar het grote moment dat ze mochten opblijven en dan mee mochten lopen in een lampionnenoptocht in Delfzijl. Ze hadden medelijden met mij omdat ik daar nog te klein voor was, maar hoe misplaatst was dat medelijden geweest, want toen de grote dag aanbrak dat ook ik, voorzien van zo'n brandgevaarlijk misbaksel met een flakkerend kaarsvlammetje erin, tussen mijn broers en zussen voor de tocht mocht opdraven, had ik mij schreiend op bed geworpen, driftig met mijn vuistjes op de dekens trommelend en tussen twee snikken door brullend: 'Ik wíl niet meelopen in een lampionnenoptocht.' Niets hadden mijn broers en zussen ervan begrepen, en mijn vader en moeder evenmin, en misschien begreep ik er zelf destijds ook al niets van, en nu in ieder geval zeker niet. Want hoe kun je nou toch een lampionnenoptocht versmaden? Hoe komt het dat ik dat alles zo totaal anders ervaar dan het gros van mijn medemensen? Maar mijn broer had mij een keer uit Schopenhauer voorgelezen: 'Bewimpelde en bekranste schepen, kanonschoten, feestverlichting, tromgeroffel en trompetgeschal, gejuich en geschreeuw, het is allemaal het uithangbord, de aanduiding, de hiëroglief van de vreugde, zonder dat de vreugde zelf van de partij is, zij is de enige die verstek heeft laten gaan.' 'Dus die Schopenhauer,' zei mijn broer, 'was net als jij.' Was het bij hem en is het bij mij een vorm van autisme? Of is het een raar soort hoogmoed? Waan je jezelf hoogverheven boven de platte geneugten van je medemens, denk je dat je een edeler mens bent omdat je veel liever op een zolderkamertje in je eentje die prachtige eerste symfonie in E van Jozef Suk afspeelt, dan deel te nemen aan om het even welke vorm van feestviering ook? Maar daarin schuilt iets reuze eigenaardigs. Want stel: je zet na de symfonie van Suk cantate 153 van Bach op. Daarin is, in het openingskoraal, de aria's en de recitatieven, eerst sprake van ellende, van kommer en kwel, van leeuwen en draken die je bedreigen, en uiteraard van de duivel die je wil wurgen – want de Satan is helaas nooit ver weg in de cantates van Bach – en dan volgt bij wijze van contrast een altaria met de tekst: '*Soll ich meinen Lebenslauf unter Kreuz und Trübsal führen, Hört es doch im Himmel auf. Da is lauter Jubilieren. Daselbsten verwechselt mein Jesus das Leiden, mit seliger Wonne, mit ewigen Freuden.*' De muziek die Bach bij die tekst componeerde is wonderschoon, hoor je die muziek dan loop je die de hele verdere dag alsmaar te neuriën, en ben je overal tegen gewapend, zelfs tegen lampionnenoptochten, maar wie wil er nou 'louter jubileren'? Wie wil er nou eeuwige gelukzaligheid en altoos durende vreugde? Daar heb je toch na tien minuten al schoon genoeg van? O, feestvreugde, ik haat het tot in de verste uithoeken van mijn zenuwstelsel, maar hoor ik 'Le Matin d'un jour de fête' uit *Ibéria* van Claude Debussy, dan springt mijn hart huizenhoog op. Zulke weergaloze muziek, maar toch, wel degelijk, onmiskenbaar geïnspieerd door dezelfde soort sentimenten die daar, op de Havenkade, met al die vrolijk flanerende mensen, hun beslag kregen.

Er valt, kortom, niets van te begrijpen, en ik zocht, andermaal verbaasd over mijzelf, vol vertwijfeling mijn weg tussen de feestgangers door, mij ondertussen ook nog knijpend voor een of andere dreun van een tweede aanbidder van Gracinha, de heer Lagrauw bijvoorbeeld.

Of wellicht nog iemand anders, want 'hier ter stede', om de woorden van Lagrauw te gebruiken, wemelde het immers van de bewonderaars van Gracinha, als ik de koster van de Groote Kerk of dominee Berenschot mocht geloven. En wat viel nu makkelijker te begrijpen dan dat? Als je haar zag, vergat je op slag je af te vragen of ze mogelijkerwijs een xantippe was, of ze ooit wel eens een boek las, of ze van echte muziek hield, en met echte muziek bedoel ik datgene wat anderen klassieke muziek noemen. Meer deed er immers niet toe, maar ja, mijn Lore was ook niet zo'n lezer, en hield stiekem van domme Duitse schlagers, en zag uit naar feestjes, en was op die vijfentwintigste juli 1980 in alle vroegte op weg geweest naar de bruiloft van een vriendin in Sauwerd om aldaar het middagmaal te bereiden. Dat ik domweg had geweigerd om mee te gaan, had nog voor enige wrijving tussen Lore en mij gezorgd, maar nadat ze mij de toezegging had ontfutseld dat ik later op die dag naar de receptie zou komen, was ze akelig vroeg de deur uit gegaan. Nee, niet aan die dag terugdenken, niet doen, hield ik mijzelf voor, en ik neuriede bij wijze van bezwering die altaria uit cantate 153, toch nog denkend: bij die receptie ben ik niet verschenen, maar wat zou ik er veel voor geven als ik daar wél had kunnen verschijnen, als die treinbotsing er niet tussen was gekomen. Goed, dat was lang geleden, daar kon een mens inmiddels misschien enigszins overheen zijn, en diezelfde mens mocht dan, hoe eenzelvig ook, heus wel uitzien naar iemand anders om het leven mee te delen, maar als er al zo iemand mijn pad kruiste, dan toch niet een zwemster die opgevist was uit de monding van de Amazone? En wat verbeeldde ik me wel? Dat ik haar zou kunnen veroveren? Wat een hoogmoed! Wat ik moest doen, leek duidelijk. Rustig een poosje wachten tot Lanna wat ouder was, en dan naar haar hand dingen. Dat zou haar moeder, die ik er dan meteen bij kreeg, vast approuveren, en dan kon ik het hele land, met Duitsland erbij, doorreizen met moeder en dochter, er overal van verzekerd dat ik beschikte over betrouwbare toetsenindrukkers. Plus dat ik dan met een vrouw zou verkeren die nooit haar mond opendeed, en derhalve nooit door de muziek heen zou praten.

Ik belde aan. Gracinha deed open. Ik beklom de trap naar haar bovenwoning. Ze begroette me niet, maar vroeg pardoes: 'Wat gebeurd met Sjaan in kerk?'

'Ze maakte de trap schoon naar de orgelgaanderij, en daar is ze af gevallen, en ze heeft toen ze neerkwam haar been gebroken.'

'Trap schoon? *Muito estranho.* Waarom zij daar, zo vroeg, trap schoonmaken? Ik begrijp niks van.'

'Hoe weet je eigenlijk dat er iets met Sjaan aan de hand is?' vroeg ik om haar af te leiden.

'Ik opgebeld. Door zwager. Zei Sjaan ligt in ziekenhuis, been stuk. Sjaan mijn schoonzus, moet je weten.'

'Ja, dat vertelde Sjaan mij toen ze lag te wachten op de ambulance. Daar was ik nogal verbaasd over. Waarom had je mij dat niet verteld?'

'Waarom ik jou zeggen Sjaan uit Zeemanshuis mijn schoonzus? Waarom jij zo nodig moeten weten?'

'Dat is waar, daar heb je gelijk in, 't is mijn zaak niet. Maar ja, ik zag haar daar elke dag, dus ik was toch verbaasd dat ze jouw schoonzus bleek te zijn.'

'Wereld altijd kleiner dan je denkt. Maar ik begrijp niks van. Zij zo vroeg al in kerk om schoonmaken?'

‘Om schoon té maken,’ verbeterde ik haar.

‘Hou op, nu mij niet verbeteren, andere dingen nu aan hoofd, ik wil weten: waarom zij daar, zo vroeg?’

‘Ik zou het niet weten.’

‘Zij op weg naar jou toe, ik denk.’

‘Waarom?’

‘Zij mij aardige man willen afsnoepen.’

‘Hoe kom je erbij? Sjaan een oogje op mij, dat is toch totaal ondenkbaar?’

‘Zij al dagje ouder, zij nog zonder man, zij op zoek, wil nog kinderen, jij goed met kinderen, heel goed.’

‘Of dat waar is, weet ik niet, maar als het waar is, weet zij daar toch niks van?’

‘O, zij vast wel weten jij goed, jij *muito, muito bom*, met Lanna.’

‘Hoe zou ze dat gehoord kunnen hebben?’

‘Van haar broers en haar zus, van mensen hier in stad, van dominee dat jou zeggen ik met speer in de Vliet, van die agent – alles hier meteen overal rondverteld. Jij toch wel merken?’

‘Ja, dat klopt, de koster wist de volgende dag al dat ik op zoek was geweest naar een Portugese bijbel.’

‘Jij geen bijbel nodig voor Sjaan.’

‘Hoor nu eens, jij bent toch niet jaloers, hoe kun je nou denken dat ik met die Sjaan... Ze is best aardig, ziet er ook heel goed uit met dat rode krulhaar, *muito bom*, maar ik... met haar, ik snap er totaal niks van, hoe kun je nou toch denken dat ik...’

‘Zij vroeg in kerk, jij ook vroeg in kerk, jij daar stemmen zonder ons, jij misschien met haar willen stemmen.’

‘O, o, o, wat een achterdocht, wat bizar, ik met Sjaan

Edelenbos, hou toch op, schei toch uit.'

'Niks bizar, zij best beetje mooi, zij rood krullen, mannen gek op, zij nog vrij, zij vroeg in kerk, jij vroeg in kerk, trap schoonmaken, niks van, niks van, zij op weg naar jou toe.'

We stonden daar, nog boven aan de trap, nog niet in haar woonkamer, en ik dacht: hoe krijg ik dit in vredesnaam uit haar hoofd gepraat? Zeker, ik zou haar kunnen onthullen waarom Sjaan daar in alle vroegte de trap had beklommen, maar dat was tegen de afspraak die ik met haar had gemaakt, en daarbij kwam dat Gracinha blijkbaar nooit had gemerkt welke gevoelens zij bij haar schoonzus had opgeroepen, iets wat me heel erg verbaasde overigens, maar als ze dat nooit opgemerkt had, zou ze me vast niet geloven als ik haar zou toevertrouwen dat Sjaan degene was die schoten had gelost en mij in de Haven had geduwd. Het stak allemaal zo vreemd in elkaar, ik was niet toegerust om zulke gordiaanse knopen te ontwarren, ik was slechts een doodsaaie orgelstemmer zonder sexappeal, dus waarom was ik nou in zo'n allemachtig raar doolhof terecht gekomen? Wat te doen om die vreemde achterdocht te bezweren? En wat zou het als Sjaan inderdaad, zoals Gracinha dacht, een oogje op mij had? Waarom was ze daar nou zo door uit het veld geslagen? Toch niet omdat ze zelf...? Ze had het woord 'saai' gebruikt, en gememoreerd dat ik niet sexy was. Betekenden die woorden dan helemaal niets? Of gebruikte ze die termen om gevoelens te bezweren? Ik snapte er totaal niets van, ik stond daar, en Gracinha stond een halve meter van mij af, en ik overbrugde die afstand en greep haar vast en haalde een zinnetje aan uit de Linguaphone-cursus Portugees: '*Eu gosto de você*,' met daaraan toegevoegd: '*Não* Sjaan.'

Het was alleen maar een raar soort wanhoopsgebaar, die onhandige greep van mij. Ik wilde die gordiaanse knoop in één klap ontwarren, dus ik was er niet op voorbereid dat die lompe halve omhelzing, nee, kwart omhelzing, van haar kant beantwoord zou worden met een even volledige als onstuimige omhelzing. O mijn God, dacht ik, daar ga je, hoe moet dat nou? Morgen naar huis, dat gaat vast niet lukken. En wat moet hier van komen, dat kan toch niet goed gaan, werelden van verschil tussen ons, de Amazone versus de Dollard, het Braziliaanse regenwoud versus de Johannes Kerkhovenpolder, twee culturen op een kussen, daar slaapt de duivel tussen, met Lore was het vaak al zo heidens moeilijk geweest, terwijl Duitsland en Nederland toch veel minder van elkaar verschilden dan Nederland en Brazilië, maar o, wat rook ze lekker, en ik viel bijna in zwijm toen haar lippen de mijne raakten. Goddank kwam Lanna opeens tevoorschijn, Lanna die in opperste verbazing op ons afliep, en haar moeder liet mij, met duidelijke tegenzin overigens, weer los, en ik hoorde Lanna iets roepen in het Portugees, en kreeg ook nog mee dat haar moeder daarom lachte, zo'n volle, diepe lach, die lach van toen ze het uitschaterde omdat ze merkte dat ik, zoals zij zei, op mijn pik bleek te zijn getrapt. Maar als ik dan zo verbluffend saai was, zoals ze terecht had opgemerkt, en niet over sexappeal beschikte, waarom dan dit? Deze onstuimige omhelzing, en die warme lippen, o mijn God, ik ging eraan, ik had hier geen verweer tegen, ik was de klos, om het maar zo simpel mogelijk te verwoorden. Hier hielpen zelfs de cantates van Bach niet tegen, of de vroege werken van Suk, hier was niets tegen bestand, maar toch zou het, hoe je het ook wendde of keerde, enorm verstandig van mij zijn als ik morgen afreisde naar de halflandelijkheid van de Geuzenstraat in Heiligerlee. Daar zou ik op adem kunnen komen, daar zou ik afstand kunnen nemen van mijn bewogen verblijf in dit stinkende, luidruchtige havenstadje, waar nu, tijdens die Furieade, op enig moment vast en zeker een lampionnenoptocht zou opduiken. In Heiligerlee zou ik koele muziek kunnen draaien, geen Mozart, dat al helemaal niet, die had het patent op echte hartstocht, maar de kuise Ravel bijvoorbeeld, of, beter nog, de grote Bach zelf, en dan niet een van de cantates, want ook daarin werden menigmaal hartstochten beleden, maar een van de cellosuites, of de *Kunst der Fuge*, en ik zou ook kunnen grijpen naar Sjostakovitsj, want bij hem ontbrak sensualiteit volledig, of naar Stravinsky, en dan natuurlijk niet naar de 'Pas de deux' uit *Apollon musagète*, maar naar die verpletterende *Symphonie de Psaumes*.

De maaltijd was, zoals te doen gebruikelijk, van een ongeëvenaarde klasse – althans in mijn wereld, waarin de lat voor lekker eten nooit erg hoog wordt gelegd. Wel nota bene met pompoensoep als voorgerecht. En dat terwijl de kolokwint ook een pompoen is, zij het dan een uiterst giftige. En Lanna zat erbij en waakte erover dat haar moeder en ik elkaar niet opnieuw vastgrepen. Akkoord, 'waken' is misschien het goede woord niet, maar haar aanwezigheid voorkwam in ieder geval dat wij elkaar andermaal omhelsden.

Aan het einde van de maaltijd, na een verrukkelijk toetje (peertjes uit de oven in rode wijn, met honing en zure room en weet ik wat allemaal nog meer) zei ik, met een air alsof het vanzelf sprak, en niemand moest wagen daar iets tegen in te brengen: 'Morgenochtend ga ik terug naar huis.'

Waarop Gracinha zei, alsof ook dat vanzelf sprak, en ik het op mijn beurt niet moest wagen daar iets tegen in te brengen: 'Wij met jou mee. Wij altijd in weekend van Furieade hier weg. Zoveel pestherrie, Haven vol dronkaards, hele stad stampvol luidkeels mensen, wij 's nachts niet slapen, daarom wij altijd op vlucht, al veel jaren, dus nu ook.'

Ze zweeg even, keek me zegevierend aan, zei: 'Waar jij heen gaan vast wel bed and breakfast, wij daar logeren, wij daar foto's bekijken van jou in Mariana, jij beloofd, wij daar flink wandelen met z'n drieën, goed voor ons, en vast heel stil daar.'

'Bladstil,' zei ik enigszins ironisch, mij erover verbazend dat ze het woord 'pestherrie' tot haar beschikking bleek te hebben, en ik dacht: ze neemt het heft in eigen handen, en zo zal het altijd gaan, ze zal altijd het heft in eigen handen nemen, en derhalve heb ik voortaan niets meer te zeggen, moet ik altijd naar haar pijpen dansen.

'Jij daar iets weten wij kunnen logeren.'

'Kloosterholt op de Trekweg,' zei ik, mij in gedachten vastklampend aan het woord 'klooster'.

'Jij daar in buurt wonen?'

'Een paar straten verderop. Vlak bij het Klokkengieterijmuseum.'

'O, wij daarheen. Vindt Lanna mooi. Is dol op klokken.'

Ze pauzeerde even, keek me aan alsof ik mij reeds geheel geschikt had in mijn rol van huisvader, en zei: 'Wij nu gewend akelig vroeg op zijn. 'Wij morgenochtend heel vroeg trein. Niemand ons weg zien gaan. Niemand over ons roddelen.'

Mij viel een dichtregel in van niemand minder dan Mandelstam: 'En dan nemen wij de eerste trein, naar een plek waar wij onvindbaar zijn.'

En ik dacht: dat moet dan maar. Waarom ook niet? Al reizen Lanna en zij met mij mee terug vanwege het feit dat zij op de vlucht zijn voor de Furieade, dan hoeft dat verder toch nog niet te impliceren dat er iets is tussen Gracinha en mij. Och, rot op, dacht ik, hou jezelf nou niet voor de gek. En ik dacht ook: hoe kan ik Sjaan nou onder ogen komen als er toch iets blijkt te zijn opgebloeid tussen Gracinha en mij, terwijl ik haar gezegd heb dat er niets speelde tussen ons, tegelijk ook denkend: ik kom Sjaan vast en zeker nooit meer tegen. Maar mijn hooggeleerde broer wel, en wat moest ik dan tegen hem zeggen? En mij viel de psalm in die we in het Zeemanshuis gezongen hadden: 'Maar, Heer, wie is de man die op 't nauwkeurigst kan zijn dwalingen doorgronden?' In plaats van doorgronden liever voorkomen, dacht ik. En hoe luidden die eerste woorden van de psalm ook weer? 'Dus krijg ik van mijn plicht, o, God, een klaar bericht.' Was dat... het dan? Was het mijn plicht om voor dat meisje Lanna te zorgen, met als vorstelijke bonus de moeder erbij? En ik dacht nogmaals: dat moet dan maar, we zien wel waar het schip strandt. Zoveel was zeker: scheepte je je in, dan was er altijd kans op schipbreuk. Maar welke dichter had ook weer gezegd: 'En schipbreuk is mij zoet in deze golven?' Daar moest ik het dan maar op houden. Schipbreuk was onvermijdelijk, was onontkoombaar, dat stond voor mij vast, gegeven de totaal andere achtergrond van Gracinha en mij, het zou niet goed gaan, het kón domweg niet goed gaan, maar ondertussen konden we desondanks proberen er het beste van te maken. En dan daarbij, ze had een weduwepensioen, en ze verkeerde alsmaar in de waarschijnlijk foute veronderstelling dat ze dat zou kwijtraken als ze hertrouwde. Waar het dus op aankwam was haar in die waan te laten. Plus dat ik ook niet de fout moest maken met haar te gaan samenwonen. Eventueel een latrelatie, dat was misschien een mogelijkheid. Ach, kom nou toch, wat verbeeldde ik me wel, zo'n vaart zou het stellig niet lopen, we waren immers geen twintig meer, maar van middelbare leeftijd, en inmiddels allicht wel zo wijs geworden dat we niet pardoes aan een nieuwe verhouding zouden beginnen.

30 Terug naar Groningen

Het vroor licht toen ik om tien over half zes het Zeemanshuis verliet. Het leek aangenaam koud, maar over de Havenkom sloop een gure noordoostenwind. Als Gracinha haar voordeur opende, zou hij pal in haar gezicht blazen. Misschien zou ze dan afzien van de reis naar het Hoge Noorden. Daar immers kwam die wind vandaan, een wind waar ze in Brazilië vast geen ervaring mee hadden. Zo'n wind die aan kon wakkeren tot de grimmige Noordooster uit het Friese epos van T. Geertsma-Allema.

Hoopte ik erop dat ze haar reis zou afblazen? Opluchting zou mijn deel zijn, dat wist ik vrijwel zeker, zoals ik ook vrijwel zeker wist dat ik het tegelijkertijd zou betreuren als moeder en dochter thuisbleven. Was het bestaan toch maar wat overzichtelijker en eenvoudiger, dacht ik.

De kille wind ten spijt bleek aanbellen niet eens noodzakelijk. Gepakt en gezakt stonden moeder en dochter al op mij te wachten. En terstond werd er ook flink de pas in gezet, want de eerste trein van drie minuten over zes naar Rotterdam moest gehaald worden. Dus we snelden over de Haven, sloegen links af aan het einde ervan, en liepen de laan met de platanen op. Het was daar aardedonker, want ook hier werd op straatverlichting bezuinigd. Terwijl we daar in gezwinde pas voortmaakten, hoorde ik opeens achter ons iets wat klonk als aanzwellend gerommel van de donder. Maar er gebeurde niets anders dan dat wij gepasseerd werden door de okergele velomobiel, die in razende vaart voortdenderde over die Stationslaan. Niets viel er in de duisternis te ontwaren van de bestuurder, het vehikel was ook in een oogwenk voorbij, maar desondanks was ik verlamd van schrik. Maar ik kon mijn zorg niet delen met mijn metgezelinnen, die stapten stevig voort alsof er niets gebeurd was. Niettemin – het kon geen toeval zijn, diezelfde velomobiel, daar op dat tijdstip op de Stationslaan. Maar niemand kon toch weten dat wij daar op weg waren naar de eerste trein, want ik had niets over ons voornemen tegen wie dan ook gezegd, en dat gold vast ook voor Gracinha. Dus was het toch toeval, een bizar toeval, dat die ellendige velomobiel juist op het moment dat wij daar liepen voorbij was gedenderd.

Zo meteen, daar was ik van overtuigd, zou dat miserabele vervoermiddel, nadat het ergens gekeerd was, weer in ons gezichtsveld verschijnen, nu uit de tegenovergestelde richting. Zoveel was zeker – als hier sprake was van opzet, zou de bestuurder ongetwijfeld begrijpen dat wij op weg waren naar het station, en op dat station kon hij dan weer navragen waarheen wij een kaartje hadden gekocht.

En inderdaad, alsof het afgesproken was, kwam dat weerzinwekkende voertuig weer in volle vaart op ons af denderen, en het passeerde ons, en de rust keerde weer op die duistere Stationslaan.

'Krantenjongen,' zei Gracinha.

'Zou je denken?' vroeg ik verbaasd.

'*Certeza*, heeft ochtendkranten opgehaald op station. Brengt naar punt waar bezorgers klaarstaan. Dan kranten overal heen.'

Op het station bleek nog geen loket geopend. Dat vond ik buitengewoon plezierig. In de trein zouden we bij de conducteur een kaartje moeten kopen, en dat hield dus in dat op het station niemand weet had van onze bestemming, en deze dus ook niet aan de bestuurder van de velomobiel kon doorgeven. Maar ja, als die bestuurder inderdaad ochtendkranten had opgehaald, was er ook niets aan de hand. Toch week het vage gevoel van verontrusting niet. Pas toen de trein van 6.03 precies op tijd het station binnenreed, bedaarde mijn hartslag.

'Wij eerste klas reizen,' zei Gracinha, 'anders wij altijd last van snertkerels. Jij vast altijd tweede klas. Betaal ik bij.'

'O, dat hoeft niet,' zei ik, 'dat verschil kan Bruin nog wel trekken.'

'Bruin trekken? Wat jij bedoelen?'

'O, hemel, dat is zo'n uitdrukking... die ken je natuurlijk niet, ik bedoel daarmee dat ik dat verschil wel betalen kan. En misschien kunnen we zo'n groepsreis krijgen, dat is dan alweer veel goedkoper, we vragen het de conducteur.'

Een groepsreis bleek, toen de conducteur verscheen, inderdaad mogelijk, al was het ook duidelijk dat die conducteur, een vrij jonge man nog met een profetenbaard, niet geloven kon dat wij echt bij elkaar hoorden. Niettemin schreef hij een kaartje voor ons uit, en zo zaten we dus prinsheerlijk in de eerste klas, eerst in de stoptrein naar Rotterdam, en vervolgens in zo'n geriefelijke coupé met een schuifdeur die wij helemaal voor onszelf alleen hadden, in de doorgaande sneltrein naar Groningen.

Even voorbij Nijkerk viel Lanna in slaap, en haar moeder zei: 'Nu zij voorlopig niet meer wakker. Nu wij vrijuit praten. Ik jou iets vertellen. Mijn moeder dood toen zij vijftig jaar had. Haar oudste zus ook dood toen zij vijftig had, haar jongste zus al dood achtenveertig jaar, haar moeder net drieënvijftig geworden, en moeder van mijn moeder tweeënveertig jaar – weg. Alle vrouwen in mijn familie vroeg dood – allemaal zelfde ziekte, glioblastoom, tumor in hersenen, zit in genen in onze familie, niks aan te doen.'

'Kunnen ze die tumor dan niet weghalen uit de hersenen?'

'Nee, want groeit onstuimig alle kanten op in hersenen.'

'Zo'n tumor die alle kanten op groeit... daar heb ik nog nooit van gehoord.'

'Mag blij zijn jij, hier misschien zeldzaam, weet ik niet, maar in Brasil niet.'

Ze keek me aan alsof ze zojuist had verteld dat Brazilië op iets moois kon bogen dat Nederland niet had, en vervolgde haar discours.

'Ik nu vijfenveertig jaar. Over vijf jaar ik ook dood, vast en zeker. Is niet erg. Weet al mijn hele leven. Doodgaan helemaal zo erg niet, je hoeft niet voor uit bed te komen, en dood zijn, merk je niks van. Niet oud, ik, *é bom*, niet in rolstoel, geen *demência*, niet in verpleeghuis, allemaal goed, heel goed, en ik – onmogelijk mens, *xântipe*, vreselijk. Vijftig, weg ermee, goed zo.'

'Nou zeg, kom, kom, dat kun je niet menen.'

'Ik wel menen, heel erg menen, jij niet begrijpen, mij best, *eu não me importo*, maar wat jij wel moet begrijpen – ik *colossal* erg bezorgd om Lanna. Wat gebeuren met haar als ik doodga? Zij dan in gesticht? Wie voor haar zorgen? Ik daar niet van slapen. Daarom ik zo blij – met jou. Ga ik dood, jij voor haar zorgen, maar hoe ik nou zorgen dat jij dan voor haar zorgen? Ik denk: wij trouwen, jij dan *padrastro*, jij haar niet in steek, want jij *querido homem*.'

'Als jij hertrouwt, ben je je weduwepensioen kwijt.'

'Ik nagekeken, niks van, ik dat houden, jij dan vrouw met mooi weduwepensioen, jij vast *muito económico*, beetje haveloos jij uitzien, alles *muito* oud, schoenen, broek, sokken met grote gaten, niks erg jij met die kleren in Haven, niks aan verloren, jij valt neer in een cent, jij blij met geld van mij bij, wil jij doen – jij met mij trouwen?'

Misschien word ik wel belazerd, dacht ik, dat verhaal over al die vroege sterfgevallen kan van a tot z gelogen zijn, dat dist ze alleen maar op om op mijn gemoed te werken, maar ik verwierp dat denkbeeld ook terstond weer, want wat viel er te winnen door mij voor te liegen? Als ik nou nog een gefortuneerde, sexy, briljante, hartveroverende man zou zijn, ja, dan zou het voor haar allicht de moeite waard om zich met mij in te laten. Maar wat was ik nou helemaal? Een sjofele orgelstemmer op leeftijd, een vent voor wie, op Lore na, nooit ook maar enige vrouw belangstelling had getoond. Niet dat mij dat ooit gedeerd had, o nee, het was wel plezierig geweest, al dat hopeloze getob van mijn schaarse vrienden en verre kenissen, en vooral mijn oudste broer, op de o zo netelige terreinen van de liefde was volledig aan mij voorbijgegaan. Maar nu, gvd, zat ik tot aan mijn nekharen in de narigheid, en hoe mij hier weer uit te redden? Of wilde ik dat misschien helemaal niet, en waarom bleef die verdomde psalm maar steeds door mijn hoofd dreunen? 'Dus krijg ik van mijn plicht, o, God, een klaar bericht.' So far, so good, maar gold dan ook de volgende regel? 'Wat is 't vooruitzicht schoon?'

'Jij niks zeggen,' zei ze, 'wat jij denken?'

'Is er dan,' vroeg ik om tijd te winnen, 'in Brazilië geen vader die voor Lanna kan zorgen als jij dood zou gaan?'

'Ik niet weten wie is haar vader. Ik losbandig, ik *fizera amor* met drie jongens tegelijkertijd, ik niet weten wie van drie vader is. En als ik wel zou weten, zij niet terug naar Brasil, *absolutamente impossível*.'

'Dat begrijp ik, maar wij met elkaar trouwen? Het is toch een beetje al te dwaas om daar al aan te denken, wij kennen elkaar pas een dag of tien, we weten nog erg weinig van elkaar af, maar ook al weten we niks, het ligt toch voor de hand om te veronderstellen dat wij waarschijnlijk totaal niet bij elkaar passen.'

'Geeft niet, ik toch gauw dood.'

'Ja, dat zeg je, maar misschien ben jij de uitzondering in jouw familie, word jij honderd. O, wat dwaas, deze discussie, alsof ik jou niet zo gunnen om honderd te worden.'

'Ik honderd? Dan wij altijd weer scheiden kunnen.'

'Als Lanna er niet was, zou jij...'

'Dan wij elkaar nooit ontmoet. Lanna is er. Lanna helemaal weg van jou, ik daardoor ook weg van jou, en jij ook weg van mij, weet ik zeker – jij naar mij kijken, jij smelten.'

'Ja, maar wie niet die naar jou kijkt?'

'Al die kerels anders naar mij kijken dan jij naar mij. Al die kerels – zij mij alleen maar bespringen willen, jij... ik weet niet hoe te zeggen, jij... Jij...'

'Zeg het in het Portugees.'

'Ook dan, ik niet weten, ik nooit eerder man tegenkomen die zo naar mij keek.'

Ik wilde nog iets terugzeggen, maar daar kwam haar rechterhand, heel aarzelend, heel voorzichtig, heel langzaam, en die hand, die prachtige hand, werd naar mij uitgestoken, en ik had er domweg geen verweer tegen, temeer daar er opeens tranen in haar ogen stonden. Daar ging ik, ik wist het, er was geen weg terug, en de vooruitzichten waren helemaal niet schoon, en dat hier sprake was van een bericht omtrent mijn plicht – wat een bullshit. Dus toen die hand die onmetelijke afstand tussen twee tegenover elkaar liggende zitplaatsen in de eerste klas van de trein naar Groningen had overgestoken, greep ik die hand stevig vast, en verdomme, verdomme, ik kon geen woord meer uitbrengen, en aan gene zijde van het raam raasde de Veluwe voorbij, dennen en nog eens dennen, en verderop nog wat sparren, en weer dennen, met daartussenin, hier en daar, verdwaald leek het wel, een enkele loofboom. En opeens een station, Hulshorst, las ik op zo'n blauw bordje met witte letters, en vervolgens weer dennen en sparren, en af toe open plekken met heel licht zand, bijna zo bleek als duinzand, en op een van die open plekken liep een witte geit – hoe kwam die daar, wat deed die daar? – en natuurlijk dacht ik meteen aan Drieke, die maar steeds losbrak en dan zo snel als haar spierwitte hoefjes haar dragen konden naar ons huis draafde, enkel maar om mij te zien. En toen ik het huis was uit gegaan, en ze dus steeds tevergeefs was losgebroken, en tevergeefs die tocht naar ons huis had gemaakt, was ze weggekwijnd. Kon mij dat aangerekend worden? Was het destijds mijn plicht geweest om naar haar om te zien? Nooit had ik daarbij stilgestaan totdat mijn toen nog niet hooggeleerde broer had gezegd dat ze van verdriet om mij was gestorven. Ik had hem uitgelachen, ik had hem niet willen geloven, en eigenlijk kan ik nog steeds niet geloven dat een geit zo dol op mij is geweest dat ze stierf van verdriet toen ze mij nooit meer zag. Zulke zaken – daar hoor je toch nooit over? Nou ja, misschien als het honden en hun bazen betreft, maar een grote, fiere, trotse geit? Mijn vader had aan Ai Stront voorgesteld die geit te kopen, maar Ai wou onder geen beding van haar af, en ik begrijp inmiddels helaas donders goed waarom.

Toen de trein over de brug van de IJssel ratelde, en wij vervolgens Zwolle binnenreden, zaten wij daar, sinds we elkaars hand hadden vastgepakt, nog steeds zwijgend tegenover elkaar.We lieten elkaars hand los en daar ging de trein weer, dwars door Drenthe, en langs Wijster, waar in 1975 een machinist en twee passagiers van een gekaapte stoptrein waren doodgeschoten, iets wat me, als we Wijster passeerden, steeds weer van blinde razernij vervulde.

In Assen stopten we. Toen reden we weer, nu langs De Punt, waar in 1977 ook een trein was gekaapt. Die was uiteindelijk bestormd en daarbij waren twee gijzelaars en zes kapers om het leven gekomen. We reden het station van Groningen binnen. Daar stapten we uit en liepen we het perron op. En wie liep daar, stomtoevallig, ook over dat perron, kennelijk op weg naar een trein richting Zwolle? Mijn hooggeleerde broer! En nooit zal ik vergeten hoe hij, toen hij ons in het oog kreeg, opeens volledig stilviel, terwijl hij een moment eerder nog als een snelwandelaar over dat perron had gedraafd. O, die verbazing, die totale, complete, alomvattende verbazing. Hij zag zijn kleine broertje, dat broertje op wie hij al zijn hele leven lang een beetje (veel) neerkeek, een jongetje dat nimmer in zijn briljante schaduw had kunnen staan, een muloklantje, terwijl hij zelf moeiteloos met verbluffend hoge cijfers het gymnasium had doorlopen en daarna medicijnen was gaan studeren – wat hem ook al zo makkelijk afging – om zich uiteindelijk te specialiseren in kinderpsychiatrie. Ja, mijn superieure broer zag zijn broertje en zag dat zijn broertje in gezelschap verkeerde van een verpletterend mooie vrouw en een alledaagse jongedame, en dat kon hij niet bevatten, dat ging zijn enorme verstand ver te boven. Het kon eenvoudig niet waar zijn, het moest op een misverstand berusten, die vrouw en die jongedame stonden toevallig vlak naast dat broertje maar hadden niets met hem te maken, dus ik stapte op hem af en zei: ‘Mag ik je mijn vriendin voorstellen, Gracinha Edelenbos, en dit is haar dochter waarover ik belde, Lanna Edelenbos.’ En tegen Gracinha zei ik: ‘Dit is mijn oudste broer, Hugo Pottjewijd.’ En mijn broer gaapte me aan, wou iets zeggen maar kon geen woord uitbrengen, terwijl hij doorgaans toch nooit om een woord verlegen zit, en schudde toen maar de hand van Gracinha, hees fluisterend: ‘Mevrouw, aangenaam kennis te maken.’

‘Is jouw broer?’ vroeg Gracinha mij.

'Ja, is mijn broer.'

'Ziet al erg oud uit,' zei Gracinha.

'Ik ben op weg...' zei mijn broer, en toen wist hij blijkbaar niet wat hij verder moest zeggen, en hij wist niet, en zal ook nooit weten, hoe ongelofelijk veel genoegen ik beleefde aan zijn verbijstering. Het was net of al zijn kleine vernederingen, al zijn pesterijen, al dat geniepige getreiter uit het verleden werden uitgewist, nee, niet echt uitgewist, maar toegedekt. Het was mijn oudste broer, en ik hield heus wel (een klein beetje) van hem, maar mij had altijd parten gespeeld dat ik mij, vergeleken met hem, maar een tweederangs kneusje had gevoeld, een niet serieus te nemen nakomertje, een sukkeltje, en nu had ik hem dan, al zou zijn verbijstering snel genoeg vervlogen zijn, voor één keer toch overtroefd, voor één keer toch met stomheid geslagen.

Hij hervond zichzelf, hij zei nogmaals: 'Ik ben op weg...' En liet erop volgen: '...naar Utrecht, maar het is nog vroeg, ik kan ook een trein later nemen, mag ik jullie een kop koffie aanbieden? In de restauratie van de eerste klas, daar zit je lekker rustig.'

Toen we daar zaten, voerde hij alweer het hoogste woord. En uiteraard begon hij meteen te baltsen.

'Mevrouw,' zei hij, 'uw schoonheid overrompelt mij, ik ben met stomheid geslagen, Gaby had mij al iets over u en uw dochter verteld, maar dat u beiden met hem deze kant op zou komen, had ik toch totaal niet verwacht, want als mijn broertje een vrouw leuk vindt, probeert hij een bijbel te bemachtigen, maar een bijbel had hij in uw woonplaats niet kunnen scoren, vertelde hij me door de telefoon...'

‘Hij wel bijbel scoren,’ zei Gracinha, ‘een Portugese bijbel.’

Mijn broer keek me bestraffend aan, zei: ‘Dus je hebt me voorgelogen.’

‘Ik heb niet gelogen,’ zei ik, ‘ik heb alleen maar gezegd: “Hoe zou ik in dit havenstadje nu ooit een Portugese bijbel op de kop kunnen tikken?” En toen zei jij dat je in Groningen ook niet makkelijk aan een Portugese bijbel zou kunnen komen. Als je had doorgevraagd... als je had gezegd: “Maar blijkbaar is het je desondanks toch gelukt”, zou ik eerlijk hebben geantwoord: “Ja, het is mij gelukt.”’

Mijn broer wilde iets terugzeggen, maar Gracinha was hem voor, zei: ‘Lanna en ik hier even naar de *Ladies*, kunnen jullie ondertussen bakkeleien over bijbel.’

Moeder en dochter stonden op, verwijderden zich, en mijn broer zei: ‘Bakkeleien! Dat ze zo’n woord kent en kan gebruiken, terwijl haar Nederlands nog lang niet vlekkeloos is.’

‘O, maar ze heeft heel veel ouderwetse Hollandse woorden tot haar beschikking, maar hoe en waar je in het Nederlands het woordje “er” gebruikt, ontgaat haar volledig.’

‘En wat is, als ik vragen mag, nou je bedoeling met deze exotische, ongelofelijke stoot?’

‘Mag ik eerst een wedervraag stellen?’

‘Ga je gang.’

‘Wat is je indruk van de dochter?’

‘Die sprekend op haar moeder lijkende, maar toch onopvallende dochter ziet er volstrekt normaal uit. Daar is zo te zien niks mee mis.’

‘Toch komt er geen woord uit.’

'Dat kan een psychiatrische stoornis zijn, of domweg selectief mutisme zoals ik al zei, of toch autisme... Ik zou haar een poosje in m'n kliniek kunnen opnemen, dan kom ik er wel achter, denk ik.'

'Dan krijg je de moeder erbij.'

'Alsof dat een bezwaar zou zijn. Niet te geloven is het, zo'n wondermooie, zo'n verpletterende verschijning. En, wat staat er nu te gebeuren?'

'Ik ben van plan om met haar trouwen,' zei ik, mij erover verbazend dat al mijn aarzelingen daaromtrent, dankzij de toevallige ontmoeting met mijn oudste broer, opeens volledig verdwenen bleken.

'Dat je met haar wil trouwen, verbaast me niks, maar lijkt me nogal vermetel. Weet je wel zeker dat zij ook met jou wil trouwen?'

'Onderweg in de trein, ergens ten hoogte van Hulshorst, heeft ze mij ten huwelijk gevraagd.'

'Je meent het. Hoe bestaat het. Maar hoe denk je van jouw magere salarisje zo'n vrouw te gaan onderhouden? Zo iemand, daar moet ongelofelijk veel geld bij. Neem alleen al wat ze nu draagt, dat heeft een fortuin gekost.'

'Ze heeft een riant weduwepensioen.'

'Hoe kan zo iemand nou op jou vallen?'

'Zeker, zo'n schlemiel als ik, hoe kan dat nou?'

'Mij heb je het woord "schlemiel" niet horen gebruiken. Jij denkt maar altijd dat ik jou als een loser zie. Mis, jij ziet jezelf als een loser, en dat projecteer je op mij, ik weet heus wel wat je waard bent, je bent een op-en-top vakman, al kon je vroeger nog niet eens een stekker uit elkaar halen, een van de beste orgelstemmers van Nederland, zo niet de beste, maar hoe goed je ook bent, zo'n vrouw... zo'n vrouw, da's high society, dat is een wereld waar wij, jongens van de gestampte pot, mijlenver van af staan. Dus hoe kan zo iemand nou op jou vallen?'

'High society? Man, waar heb je het over. Ze komt uit de sloppenwijken van Belém, wij leefden destijds in de Kerkhovenpolder in weelde, vergeleken met de omstandigheden in haar jeugd.'

'Kan best zijn, maar nu is ze een grande dame.'

'O zeker, en of het zal gaan? Ik weet het niet, maar hopelijk beter dan bij jou.'

'Waar doel je op? Mijn scheiding? Da's al tien jaar geleden. Of mijn verhouding met Annet?'

'Annet? Daar weet ik niks van, die naam hoor ik voor het eerst.'

'Als je het weten wilt... Die is gillend weggelopen, die zei dat ik stronteigenwijs was.'

'Zo te horen iemand met mensenkennis.'

Even dacht ik dat ik te ver was gegaan, want hij fronste zijn wenkbrauwen, maar toen klonk zijn gulle lach, toen zei hij: 'Getob is het, al tien jaar getob. Ik pak het kennelijk totaal verkeerd aan, ik denk dat ik jouw voorbeeld maar eens volg. Ik zal ook eens een buitenlandse bijbel kopen.'

Werk van Maarten 't Hart bij De Arbeiderspers:

ROMANS

Stenen voor een ransuil
Ik had een wapenbroeder
Een vlucht regenwulpen
De aansprekers
De droomkoningin
De kroongetuige
De ortolaan
De jakobsladder
Het uur tussen hond en wolf
De steile helling
Onder de korenmaat
Het woeden der gehele wereld
De nakomer
De vlieger
De zonnewijzer
Lotte Weeda
Het psalmenoproer
Verlovingstijd

VERHALENBUNDELS

Het vrome volk
Mammoet op zondag
De zaterdagvliegers
De huismeester
De unster
Verzamelde verhalen
De vroege verhalen
De moeder van Ikabod

NOVELLE

Laatste zomernacht

NON-FICTIE

De vrouw bestaat niet
De kritische afstand
De som van misverstanden
Ongewenste zeereis
Het eeuwige moment
Een dasspeld uit Toela
Een havik onder Delft
Du holde Kunst
De gevaren van joggen
Johann Sebastian Bach
De Schrift betwist
De groene overmacht
Mozart en de anderen
Het dovemansorendieet
De wereld van Maarten 't Hart

AUTOBIOGRAFIE

Het roer kan nog zesmaal om
Een deerne in lokkend postuur
Dienstreizen van een thuisblijver
Magdalena

WETENSCHAPPELIJKE STUDIE

Ratten